Das Buch

Ein Auslandssemester in Göteborg verspricht den beiden Studentinnen Marie und Sarah aufregende Abenteuer: Schweden im Sommer, wenn die Tage lang und die Nächte hell sind. Die beiden ziehen in eine WG mit dem sexy Jess, der sie in die Partyszene der Stadt einführt und an beiden eindeutiges Interesse zeigt. Marie und Sarah lassen sich auf ihn ein und entdecken völlig neue Seiten aneinander. Denn der kühle Norden kann ganz schön heiß werden …

Die Autorin

Diana Schwartz, bekennende Anfang-Vierzigerin, hat ihr Herz vor langer Zeit an die Hansestadt Hamburg verloren, was sie jedoch nicht davon abhält, mit ihrer Familie in der Provinz zu leben. Unter Arbeiten versteht sie, ihre erotischen Phantasien zu unterhaltsamen Geschichten zu verschmelzen. Dabei hilft ihr der Ausblick auf eine Linde, unter deren Blätterdach es nicht nur im Frühjahr höchst munter zugeht.

Von Diana Schwartz ist in unserem Hause
bereits erschienen:

Die Sieben Sünden

Diana Schwartz

Schärennächte

Erotischer Roman

Ullstein

Besuchen Sie uns im Internet:
www.ullstein-taschenbuch.de

MIX
Papier aus verantwortungsvollen Quellen
FSC® C083411
FSC
www.fsc.org

Originalausgabe im Ullstein Taschenbuch
1. Auflage September 2016

Umschlaggestaltung: ZERO Werbeagentur, München
Titelabbildung: © FinePic®, München
Satz: LVD GmbH, Berlin
Gesetzt aus der Berkeley Old Style
Druck und Bindearbeiten: CPI books GmbH, Leck
Printed in Germany
ISBN 978-3-548-28793-5

1. Kapitel

»In einhundert – Metern – haben Sie – Ihr Ziel erreicht. Das Ziel befindet sich auf der linken Seite«, quäkte Maries Smartphone besserwisserisch. Sie schaltete die Navigations-App aus, blieb stehen und schaute sich um. Hübsche Gegend, daran bestand kein Zweifel. Vier- bis fünfstöckige Jugendstilhäuser mit großen Fenstern erhoben sich wie auf einer kitschigen Postkarte auf beiden Seiten vor dem blauen Himmel. Bunte Frühsommerblumen strahlten in der Nachmittagssonne mit den weißen und cremefarbenen Fassaden um die Wette.

Marie rückte ihren Trekkingrucksack zurecht und ging weiter, bis sie den richtigen Hauseingang ihres Gastgebers gefunden hatte. Das Haus mit der Nummer 114 war wie die anderen top gepflegt. An den schmiedeeisernen Gittern um den Vorgarten waren mehrere Fahrräder angeschlossen, das deutete daraufhin, dass hier auch ein paar jüngere Leute wohnten. Zwei Kinderwagen und ein Dreirad, die in dem dämmrigen Hausflur hinter der riesigen verschnörkelten Eingangstür standen, bestätigten diesen Eindruck.

Marie fand es ungewöhnlich, dass die Tür nicht verschlossen war, aber vielleicht war das hier in dieser Gegend üblich. Aber so kam sie jedenfalls erst einmal ins Haus und aus der warmen Mittagssonne heraus. Mit einem erleichterten Seufzer nahm sie den Rucksack ab und ging auf die acht Briefkästen an der Wand zu ihrer Linken zu. Jess Paulussen wohnte im dritten Stock.

Sie sah sich um. Gegenüber der Haustür befand sich ein breiter Treppenaufgang mit einem wunderschön geschwungenen Geländer, das regelrecht zum Herunterrutschen einlud. Unter der Treppe standen die Kinderwagen, an der Wand gegenüber den Briefkästen entdeckte sie eine Tür, die vermutlich in den Keller führte.

Was fehlte?

Marie stöhnte innerlich auf. Normalerweise hielt sie sich für sportlich und nahm aus Prinzip für zwei oder drei Stockwerke die Treppe. Aber mit dem tonnenschweren Trekkingrucksack hätte sie ganz gern einen Aufzug gehabt. Sollte sie ganz dreist bei ihrem Gastgeber klingeln und darauf hoffen, dass er ganz gentlemanlike herunterkommen und ihr Gepäck nach oben bringen würde?

Nein, so weit kommt's noch! Selbst ist die Frau. Entschlossen machte Marie sich an den Aufstieg und war bereits nach wenigen Stufen außer Atem. Kein Wunder, war sie doch seit sechzehn Stunden auf den Beinen – Zugfahrt von Köln nach Frankfurt, Flug nach Göteborg, dann dieser Wirrwarr an Straßenbahnen in der fremden Stadt und am Ende ein Fußmarsch, den sie allerdings sich selbst zu verdanken hatte, weil sie eine Haltestelle zu spät ausgestiegen war und nicht auf die nächste Rückfahrtmöglichkeit hatte warten wollen.

Sie konzentrierte sich ganz auf die kleinen Details im Treppenhaus. Jedes Stockwerk hatte eine Zwischenplattform mit einer Fensterbank und einem riesigen Buntglasfenster, durch das man in den Garten hinter dem Haus blicken konnte. Dann kam der Absatz mit den Wohnungen. Im ersten Stock eine bunte Sammlung schlammverschmierter Gummistiefel vor der linken Tür, an der rechten ein getöpfertes Schild mit »Magda Fredrikkson« und Katzenfiguren in verschiedenen Ausführungen. Auf dem zweiten Absatz vier Topfpflanzen, im zweiten Stock ein schlichtes Messingschild mit »Dr. Peter Rosenbaum – Rechtsanwalt und Notar« rechts und einer nichtssagenden Tür links. Marie warf einen sehnsüchtigen Blick über das Geländer, das ihr inzwischen nicht mehr ganz so schön erschien, sondern einfach nur endlos. Schritt für Schritt quälte sie sich nach oben.

Im dritten Stock die obligatorischen zwei Türen. Vor der linken stand ein Regal mit zwei Motorradhelmen und einem Paar Bikerstiefel darunter. Marie fand kein Klingelschild und schaute auf die rechte Tür. Da stand es doch: Jess Paulussen. War das zu glauben, sie war endlich angekommen.

Die drückte auf den unauffälligen Klingelknopf, der jedoch keinen Ton von sich gab.

Marie stutzte und schaute sich um. Dann, als sie gerade an die Tür klopfen wollte, bekam sie mit, dass diese einen Spaltbreit offen stand. Sie schob sie zaghaft weiter auf und streckte den Kopf in den Flur.

»Hallo? Jemand da? Jess? Jess Paulussen?«

Keine Antwort. Das fehlte noch, dass der Herr des Hauses jetzt nicht da war. Sollte sie einfach hineingehen? Immerhin würde sie hier die nächsten sechs Monate wohnen, sie betrat also nicht einfach ungefragt eine fremde Wohnung. Trotzdem gehörte sich so etwas natürlich nicht.

Sie rief noch einmal, etwas lauter, und wieder vergebens. Marie zögerte, hatte Bedenken. Doch sie war müde, hungrig und durstig, und vor allem wollte sie endlich ihren Rucksack loswerden. Sie nahm ihn ab und stellte ihn neben die Tür. Sie würde jetzt kurz hineingehen, in der Küche ein wenig Wasser aus der Leitung trinken und sich dann hier draußen auf die Treppe setzen und warten. Spätestens in sechs Stunden, wenn Jess Sarah am Info-Büro für die Austauschstudenten abgeholt hatte, musste er ja auftauchen. Musste ein seltsamer Typ sein, wenn er einfach die Wohnungstür offen stehen ließ und dann nicht zu Hause war.

Innerlich über ihre eigene Sorglosigkeit fluchend, trat sie in den Flur. Sie hätte ja auch vorher anrufen können, die Nummer von Jess hatten sie ihr im Info-Büro mitgegeben. Egal, jetzt war sie eben da und würde halt im Treppenhaus ihre Strafe absitzen.

Der Flur war ein einziger langer schmaler Gang, der über die halbe Breite des Hauses führte und von dem sechs Türen abgingen, dazwischen hingen gerahmte Comiczeichnungen. Nur die Tür ganz am Ende gegenüber dem Eingang stand ein bisschen offen. Sie konnte sehen, dass das Zimmer hübsch eingerichtet war, hell und mit wenigen weißen Möbeln, die zwar irgendwie an IKEA erinnerten, jedoch stabiler und teurer wirkten.

Als Marie die Wohnungstür schließen wollte, merkte sie, dass diese blockiert wurde. Sie schaute sich um und bückte sich nach einem schwarzen Stoffstück. Eine Herrensocke, und da, vor der Tür vorn links, stand auch ein ganzer Korb mit Wäsche, der sogar noch etwas Wärme und einen schwachen Hauch Weichspüler ausströmte. Lächelnd warf Marie die Socke auf den Haufen. Vermutlich hatte Jess die Wäsche eben erst aus dem Trockner geholt, hier stehen lassen und gar nicht bemerkt, dass die Tür sich nicht schließen ließ.

Aber dann musste er ja irgendwo sein? Ihm war doch hoffentlich nichts passiert?

Obwohl sie das nicht glaubte, siegte schließlich ihre Neugier. Sie öffnete die erste Tür rechts. Dahinter entdeckte sie ein funktional eingerichtetes Schlaf- und Arbeitszimmer, ein mit bunter Wäsche bezogenes Bett, einen leeren Schreibtisch, einen Kleiderschrank – der war zweifelsohne von IKEA – und zwei offene Regale, die genau auf Aktenordnergröße eingestellt waren. Ein großes gerahmtes Panoramafoto der Schären zierte die Wand. Hinter der zweiten Tür gingen zwei Räume ab – vermutlich die beiden Gästezimmer, von denen sie und Sarah je eines beziehen würden. Daran schloss sich ein Badezimmer an.

Von ihrem Gastgeber weiter keine Spur.

Marie überlegte gerade, welchen Raum sie als Nächstes inspizieren sollte, als sie am Ende des Flures ein Geräusch zu hören glaubte. Langsam näherte sie sich und lugte durch den Spalt. Dabei war sie zwar nicht besonders leise, begriff jedoch sofort, warum Jess sie bisher nicht bemerkt hatte – zumindest ging sie davon aus, dass es sich bei dem großen blonden Mann auf dem riesigen Ecksofa um den Besitzer der Wohnung handelte. Er hatte große Kopfhörer auf, die Beine weit von sich gestreckt …

… mit heruntergeschobener Hose … und masturbierte.

Marie blieb der Mund offen stehen. Ihr Verstand befahl ihr umgehend, sich zurückzuziehen, denn Jess würde sie sehen, sobald er zur Tür blickte. Doch der starrte gebannt auf einen überdimensionalen Flachbildfernseher gegenüber der Couch, während er sich langsam seinen Schwanz rieb. Dabei wanderte seine Zungenspitze im gleichen Takt über seine Oberlippe.

Marie riss sich mit aller Gewalt von dem ungewöhnlichen Anblick los und machte einen Schritt zurück hinter die Tür. Dann erst wagte sie einen Blick auf den Fernseher.

Dort lief ein Porno, aber das wunderte sie schon nicht mehr. Allerdings hatte sie noch nicht viele Filme dieser Art gesehen und schon gar nicht in Leinwandgröße. Eine schlanke blonde Frau räkelte sich auf einer Wiese, die Arme weit nach hinten gestreckt, so dass sich ihre Brüste mit den kleinen steifen Nippeln in den blauen Himmel reckten. Ein Mann kniete vor ihr und war gerade dabei, sich in sie zu versenken.

Großer Gott, wo bin ich hier gelandet? Marie bekam weiche Knie, wobei sie nicht sicher war, ob das von dem Schock dieses Anblicks herrührte oder ihr Körper Gefallen daran fand, was sie da sah. Wieder schaute sie auf den Fernseher.

Der Mann hatte die gespreizten Beine der Frau angehoben und bewegte sich langsam und gleichmäßig. Die Kamera zoomte auf die Hüfte der Frau und schwenkte ihren Körper hinauf bis zu ihren Brüsten, die sich sanft im Takt wiegten. Dann wurde ihr Gesicht gezeigt, eine verzückt verzerrte Grimasse, die ohne Ton ein wenig gespenstisch wirkte.

Unwillkürlich spähte Marie noch einmal um das Türblatt zu Jess. Der hatte natürlich Ton, und ganz offensichtlich heizte ihn das Ganze gehörig an. Er wichste sich nun schneller, rieb sich den Schwanz über die gesamte Länge. Und er hatte einiges zu bieten, daran bestand kein Zweifel. Marie starrte auf seine Hand, wie sie zärtlich über die Eichel strich und dann die Vorhaut beinahe brutal nach unten riss, wieder und wieder. Jess atmete schnell und stöhnte kaum hörbar.

Der Mann im Film ließ die Frau los und zog seinen feucht glänzenden Schwanz heraus. Seine Gespielin richtete sich auf und öffnete verlangend den Mund, worauf der Mann sich breitbeinig über sie stellte und mit seinem Glied erst mehrmals über ihre Lippen streifte, bevor er zwischen sie drang. Die Muskeln an seinem Hintern spannten sich.

Wieder folgte eine Kamerafahrt den wunderschönen weiblichen Körper entlang bis zu ihrer rasierten Scham. Die Frau spreizte die Beine und reckte sich dem Betrachter verheißungsvoll entgegen. Zwei Hände näherten sich und zogen die roten Schamlippen sanft auseinander. Erst ein, dann zwei Finger drangen in sie. Sie gehörten einer zweiten Frau, die sich nun zwischen die Schenkel der ersten beugte und über den Kitzler leckte.

Marie spürte ein Ziehen in ihrem Schoß und rieb sich mit der flachen Hand über die Jeans. Ihr Mund wurde ganz trocken. Nervös biss sie sich auf die Oberlippe und versuchte, das einsetzende, erwartungsvolle Kribbeln zu ignorieren.

Eine Bewegung auf der Couch ließ sie herumfahren, dass sie gegen die Tür prallte und diese ein Stück weiter aufschwang. Jess war tiefer gerutscht und stemmte die Füße wie bei einem Kraftakt gegen den Boden. Und zum Glück für sie hatte er die Augen inzwischen geschlossen.

Hastig trat Marie den Rückzug an, sie hatte das Risiko, beim Spannen erwischt zu werden, zur Genüge strapaziert. Denn das war es doch? Sie lief durch den Flur zurück nach draußen, verzichtete trotz ihres quälenden Dursts auf den Umweg durch die Küche.

Irgendwie war sie schockiert, obwohl sie sofort innerlich dagegen ankämpfte und diese entrüstete Gouvernantenstimme zum Schweigen zu bringen versuchte, die ständig herumfeixte. *Da sitzt der mitten am Tag auf dem Sofa und holt sich einen runter? So etwas macht man doch nicht.*

Was genau war ihr Problem?

Sie lebten im 21. Jahrhundert, und jeder Mensch hatte das Recht, in seinen eigenen vier Wänden Pornos zu schauen und sich dabei einen runterzuholen. Und zu behaupten, dass die Handlung dieses Films sie kaltließ, wäre glatt gelogen. Außerdem hatte sie immer schon gewusst, dass die Schweden in diesen Dingen wesentlich freizügiger waren.

Natürlich machte man so etwas, das war völlig normal und in Ordnung.

Trotzdem, es zu wissen und es dann, wenn man überhaupt nicht mit so etwas rechnete, live zu erleben, waren zwei verschiedene Paar Schuhe. Außer Atem schloss Marie die Wohnungstür und setzte sich neben den Rucksack auf die Treppe. Ihr war noch heißer geworden, und der Schweiß lief ihr in den Nacken. Sie verschränkte die Hände und zählte langsam bis zehn.

Das war wirklich alles völlig in Ordnung. Sie war nicht konservativ oder prüde, im Gegenteil. Sie hatte nur einfach nicht mit so etwas gerechnet und war von der Situation einen Moment lang überfordert gewesen. Außerdem hatte sie Jess beobachtet. Sie war in seine Wohnung eingedrungen und hatte ihm zugesehen, wie er einen Porno guckte und sich dabei befriedigte. Das gehörte sich allerdings viel weniger, war nicht okay. Und das war doch ihr eigentliches Problem. Sie schämte sich für dieses Verhalten.

Marie legte die Handflächen aneinander und klemmte sie zwischen die Oberschenkel, drückte dabei gegen ihren Schoß, der immer noch erwartungsvoll pochte.

Nach einer Weile beruhigte sich ihr klopfendes Herz, und der Durst wurde wieder übermächtig. Sie war aufgewühlt, nach der langen Anreise übermüdet und hatte sich erschreckt. Alles gut.

Wie lange saß sie jetzt hier? Konnte sie es wagen zu klopfen?

Sie wartete noch eine kleine Weile, dann hielt sie es nicht mehr aus, sprang auf und hämmerte gegen die Tür. Sie hörte einen dumpfen Knall aus der Wohnung, als wäre etwas umgefallen, dann ein Türenschlagen und Schritte. Und im nächsten Moment flog die Tür auf.

Jess war einen ganzen Kopf größer als sie und starrte leicht verwirrt auf sie herab.

Erst jetzt hatte Marie Gelegenheit, die breiten Schultern und muskulösen Oberarme ihres Gastgebers in Augenschein zu nehmen. Ein schwarzes T-Shirt spannte sich leicht über seiner gut geformten Brust und flatterte am Bauch ein bisschen.

Maries Blick wanderte weiter nach unten zu der lässigen knielangen Boxershorts. Obwohl sie weit geschnitten war, wurde ihr klar, dass sie nicht lange genug gewartet hatte. Seine Erektion zeichnete sich deutlich unter dem Stoff ab.

Hastig schaute sie auf und fragte sich, ob der leicht gehetzte Ausdruck in seinen stahlblauen Augen daher rührte, dass er sich ertappt fühlte, obwohl er kaum ahnen konnte, dass sie wusste, was er gerade getan hatte. Marie erleichterte das. Das entsprach doch ihren eigenen Gedanken, oder nicht? Es mochte normal und nicht verwerflich sein, sich einen Porno anzusehen. Es war eine Sache, es zu tun, vielleicht sogar ungeniert abends beim Bier darüber zu reden, und eine ganz andere, dabei erwischt zu werden. Das fühlte sich einfach blöd an.

Und vielleicht fragte Jess deshalb auch nicht, wer sie war oder was sie hier wollte, sondern lächelte nur unsicher und fuhr sich mit der Hand durch die schulterlangen hellblonden Haare.

Marie fasste sich ein Herz und streckte die Hand aus. »Hi, ich bin Marie, eine der beiden Austauschstudentinnen, die bei dir wohnen sollen.« Ihr Schwedisch klang noch ungewohnt in ihren Ohren, aber es klappte besser, als sie befürchtet hatte. »Mit meiner Reiseplanung hat was nicht geklappt, so dass ich einen früheren Flug nehmen musste. Und daher bin ich jetzt schon da ... wenn das in Ordnung für dich ist.«

Erst jetzt schien Jess wie aus einer Trance zu erwachen. Er lächelte kurz und erwiderte den Händedruck. »Ach so, alles klar. Also ich bin Jess, hast du dir sicher schon gedacht. Natürlich kannst du reinkommen, ist alles für euch vorbereitet.« Er öffnete die Tür und stockte, fixierte dabei einen Punkt hinter Marie. »Gut, dass du geklopft hast. Hast du versucht zu klingeln?«

»Wie bitte? Nein, die Klingel hat keinen Mucks von sich gegeben.«

Jess ging an ihr vorbei und hob eine Postkarte auf, die Marie bis jetzt gar nicht bemerkt hatte. An einer Ecke klebte ein Streifen Tesafilm. »Deswegen.« Jess zeigte ihr die Vorderseite der Karte. Darauf war eine Comiczeichnung – ein Wikinger mit einem gehörnten Helm, der einen überdimensionalen Kriegshammer um sich schleuderte. *HAMMARE!* stand in einer gezackten Sprechblase darüber.

»Hammer?«, fragte Marie verwirrt.

Jess lachte und befestigte die Karte notdürftig über der Klingel. »Na ja, das soll Thor sein, der Kriegsgott, der dir sagt, dass du an die Tür hämmern, also klopfen sollst. Die Klingel ist seit ewigen Zeiten kaputt.«

»Ach so! Dann hab ich ja alles richtig gemacht.«

Sie betraten endlich die Wohnung, und Jess zeigte ihr die beiden Räume, die sie bereits gesehen hatte. »Das sind die beiden Gästezimmer, such dir eins aus. Wenn du noch was brauchst, dann sag einfach Bescheid. Willst du was trinken? Hast du Hunger?«

»Ich sterbe vor Durst.«

»Setz dich in die Küche.« Er wies auf die Tür gegenüber dem Badezimmer. »Ich komme sofort.«

Marie unterdrückte ein Kichern, weil sie sich der Doppeldeutigkeit dieser Aussage bewusst wurde. Jess war immer noch erregt, doch sie bezweifelte, dass er damit andeutete, zu Ende zu bringen, was er begonnen hatte. Sie betrat die Küche, die mit hellen Möbeln in einem modernen Stil mit mattglänzenden Lackflächen gehalten war, und setzte sich an den Tresen mit den vier hochbeinigen Hockern.

Wobei die Vorstellung, wie Jess sich so selbstvergessen streichelte, durchaus ihren Reiz hatte. Bei dem Gedanken spürte sie wieder dieses Prickeln. Sie atmete tief ein.

»Alles in Ordnung mit dir?«, ertönte seine Stimme hinter ihr.

Marie fuhr zusammen, fühlte sich erwischt, obwohl sie nichts getan hatte. Zumindest nichts, was offensichtlich war. Sich Jess beim Masturbieren vorzustellen zählte nicht.

Sein Schwanz war immer noch steif. Seine Erektion hatte zwar etwas nachgelassen, doch je nachdem, wie er sich bewegte, als er ihr ein Glas Wasser hinstellte und einen Kaffeevollautomaten startete, Becher und Zucker bereitstellte und Milch aus dem Kühlschrank holte, konnte sie es sehen. Maries Blick klebte förmlich an seiner Lendengegend. Sie konnte gar nicht anders, Jess hatte auch einen straffen Hintern und gut geformte Oberschenkel und Waden, die mit einem leichten blonden Flaum bedeckt waren. Er lief barfuß über die Fliesen.

»Marie?«

»Was?« Sie schreckte auf.

»Möchtest du Kaffee?« Er sah sie stirnrunzelnd an, als versuche er zu erraten, woran sie gerade dachte.

Marie senkte verlegen den Kopf, fuhr sich mit der flachen Hand übers Gesicht und gähnte dramatisch. »Gerne. Du musst mich entschuldigen, aber ich bin seit über sechzehn Stunden auf den Beinen und total unkonzentriert und müde.«

»Du kannst dich gerne ins Bett legen.«

Marie wurde wieder heiß, und sie trank hastig das Wasser aus. Das meinte er genau so, wie er es gesagt hatte. Sie hatte erwähnt, sie sei müde, und er schlug ihr vor zu schlafen. Was man in einem Bett machte. Alles normal. Er konnte nichts dafür, dass sie wusste, dass er mit sich selbst beschäftigt gewesen war.

Eigentlich war er sogar sehr nett, beinahe fürsorglich. Er stellte ihr einen Kaffee hin, rückte Zuckerstreuer und die Packung Milch in ihre Reichweite und machte eine einladende Geste und begann dann, die ohnehin schon ordentliche Küche aufzuräumen.

Marie süßte den Kaffee und beobachtete ihn dabei aus den Augenwinkeln. Jetzt gerade reckte er sich und angelte einen Karton aus einem Hängeschrank. Dabei rutschte das T-Shirt hoch und gab den Blick auf seinen straffen Bauch frei. Glatte Haut, leicht angedeutetes Sixpack. Natürlich, sie hatte irgendwie nichts anderes mehr erwartet. Der Typ verbrachte regelmäßig Zeit im Fitness-Studio.

Marie schluckte nervös, als sich bei seiner nächsten Bewegung zur Spüle seine Shorts wieder strafften. Jess war immer noch hart. Vermutlich bräuchte es nur ganz wenig, bis sein

Schwanz wieder stand. Herrgott, was dachte sie da? Sie war doch sonst nicht so empfänglich für solche männlichen Reize. Aber Jess war einfach überirdisch gut gebaut, einfach perfekt.

In Wahrheit war sie kein bisschen müde, sondern völlig überdreht. Ja, das war die Erklärung, sie war total aufgedreht, und da konnten die eigenen Hormone schon mal außer Kontrolle geraten.

Das mochte eine angemessene Einschätzung sein, doch sie half leider kein bisschen weiter. Marie versuchte sich zu entspannen, ganz ruhig zu atmen und einfach ihren Kaffee zu trinken.

»Der schmeckt köstlich«, sagte sie in die Stille hinein.

Jess lächelte ihr zu. »Freut mich. Es sind italienische Bohnen, ich bestelle sie extra im Internet.«

Er räumte den Inhalt des Kartons in eine Spülmaschine. Als er sich reckte und die leere Schachtel wieder in den Schrank stellen wollte, stieß er versehentlich mit dem Schritt gegen die Kante der Tischplatte und verzog das Gesicht.

Marie konzentrierte sich ganz auf ihren Kaffee.

Jess wandte sich ab und rieb sich verstohlen über seine Erektion. Dann, als hätte er ihren neugierigen Blick gespürt, drehte er den Kopf zu ihr, zog die Hand weg und wurde rot.

Marie hielt den Atem an. Sie konnte es im Grunde nicht sehen, doch es war vollkommen klar, dass Jess gerade ein Problem hatte. Offenbar reichte diese unfreiwillige Berührung und vielleicht auch ihre Anwesenheit, dass sein Schwanz sich wieder aufrichtete.

So etwas hatte sie noch nie erlebt, diese ganze Situation war völlig grotesk. Marie wusste nicht, ob sie einfach gelassen lachen oder weiterhin so tun sollte, als ob sie nichts bemerkte. Wobei Letzteres langsam unmöglich wurde, das schien ihnen beiden klar zu sein.

Jess versuchte den Arm so zu halten, dass er ihr möglichst die Sicht versperrte, murmelte etwas von »sehr peinlich« und wollte die Küche verlassen.

Als er auf Maries Höhe war, griff sie nach seinem Arm. »Warte doch.«

Sie hätte selbst nicht sagen können, was gerade in ihr vorging. Ihr Herz klopfte wie wild, und es fühlte sich an, als strömte Brause statt Blut durch ihre Adern.

Jess blieb stehen. Er war feuerrot geworden, hielt die Hand schützend über seinen Schritt, aber das nutzte ihm natürlich überhaupt nichts. Sein Schwanz hatte sich steil aufgerichtet, der dünne Stoff der Hose bot keinen Widerstand. Er hätte genauso gut nackt dastehen können.

Bevor ihr bewusst wurde, was sie tat, hatte Marie die Fingerspitzen ausgestreckt und strich über die Wölbung.

Jess schnappte nach Luft und zuckte weg. »Was machst du da?«

Marie hob die Schultern und grinste verlegen. Beinahe war es ihr, als hörte sie eine leise Stimme in ihrem Hinterkopf fragen, ob sie den Verstand verloren hätte.

Er neigte verwirrt und unsicher den Kopf zur Seite und starrte sie sprachlos an.

Einen Moment lang schien es ihr, als hätte sie Jess unfreiwillig mit ihrem Blick hypnotisiert. Er stand wie versteinert da, auf den Wangen immer noch rote Flecken, und nur am Hals pochte eine Ader. Seine Verlegenheit machte ihn irgendwie authentischer, nahm ihm ein wenig den Zauber der Perfektion, die sein Körper versprach, und gab Marie überhaupt erst den Mut zu handeln. Sie öffnete ihren Gürtel und den Knopf ihrer Jeans.

Zögernd trat er einen Schritt an sie heran und strich scheu mit dem Finger über ihre Wange. »Meinst du das ernst?«, flüsterte er heiser.

Marie konnte nur noch nicken. Ihr schlug das Herz bis zum Hals. Sie hielt sich zwar für eine selbstbewusste Frau, war aber normalerweise keine, die den ersten Schritt machte. Meistens lösten gut aussehende Typen auch gar nichts groß bei ihr aus.

Das hier war anders, in jeglicher Hinsicht. Vielleicht weil sie schon wusste, was sie von ihrem Gastgeber zu erwarten hatte. Sie wollte vom Hocker rutschen, aber da war Jess plötzlich über ihr. Sein heißer Atem streifte ihren Hals, dann ihren Mund. Seine Zunge drängte sich zwischen ihre Lippen und zwang sie auseinander. Marie erwiderte den stürmischen Kuss, wobei sie kaum Luft bekam.

Zugleich riss er mit einer Hand an ihrem Reißverschluss und schob sich in die enge Hose. Ihr String rutschte zwischen ihre Schamlippen und scheuerte darüber, so dass sie gequält aufstöhnte.

Erschrocken hielt Jess inne. »Entschuldige.«

»Mach, was du möchtest«, forderte Marie ihn auf. Vielleicht war das nicht sehr klug, doch ihr Verstand hatte sich irgendwo ins Nirwana verabschiedet. Und Jess wirkte so freundlich wie ein gutmütiger Riese, dass sie ihm von Anfang an vertraute.

»Also gut.« Ein letzter intensiver Blick seiner blauen Augen, als wollte er sich versichern, dass sie es ernst meinte. Vielleicht hätte sie allerdings daran denken sollen, wie erregt er bereits war …

Er rieb noch einmal kurz über ihre Scham und zog dann die Hand weg, um sie an den Hüften zu packen und hochzuheben, als würde sie gar nichts wiegen. Marie spürte ein kurzes flaues Gefühl im Magen, wie bei einer Achterbahnfahrt. Mühelos trug Jess sie bis zu der niedrigeren Anrichte, setzte sie auf die Arbeitsplatte und zog ihr beinahe grob die Hose ein Stück herunter. Marie hielt sich mit beiden Händen an der Kante fest. Sie konnte die Beine kaum spreizen, aber das störte Jess nicht. Ohne Hemmungen streifte er die Boxershorts herunter und packte seinen Schwanz. Seine Schultern hoben und senkten sich bei seinen schweren Atemzügen. Eine Haarsträhne fiel ihm ins Gesicht und blieb auf seiner Stirn kleben.

Er streichelte sich einmal, zweimal, schob die Vorhaut bis über die Eichel und wieder zurück, genau wie zuvor, als er allein auf der Couch gelegen hatte.

Der Anblick machte Marie beinahe wahnsinnig. Ihre Schamlippen begannen zu pulsieren, und ihre Klitoris zog sich erwartungsvoll zusammen. Sie wollte darüberreiben, doch da war Jess schon da, drückte stöhnend seinen harten Schwanz gegen ihren Hügel. Marie versuchte die Beine zu öffnen, aber das war unmöglich.

»So eng.« Jess bohrte zwei Finger in sie, zog den String aus der feuchten Enge und presste dann mit aller Kraft dagegen. Und dann glitt er wie von selbst hinein. Er schrie entzückt auf, fasste sie an den Hüften und drang noch tiefer. »Verdammt, bist du feucht. Hast du nur darauf gewartet, dass ich dich ficke, kaum dass du da bist?«

Marie stöhnte, als er begann, sie mit raschen Stößen zu nehmen und sich dabei im Takt bewegte. »Dein Anblick war einfach zu scharf.«

Er lachte, schnappte nach Luft und warf den Kopf in den Nacken. Sein Rhythmus wurde schneller und härter.

Marie drückte ihre Hüfte nach vorn, versuchte, sich seinem Griff zu entwinden, um sich selbst zu bewegen, doch vergeblich.

Jess hielt sie fest, bestimmte den Rhythmus. Sie konnte nur dasitzen und sich seinen brutalen Stößen ergeben, mit denen er sie jetzt rücksichtslos nahm.

Sie hatte völlig die Kontrolle verloren.

Und das machte sie unglaublich an.

Ihre Brustwarzen zogen sich schmerzhaft zusammen, drückten gegen ihr Bustier. Ihr Atem raste, und das Herz schlug ihr bis zum Hals. Ihr brach erneut der Schweiß aus. Sie packte Jess an den Oberarmen, versuchte ihn wegzuschieben, damit er ihr Zeit gab. Ihr Körper war in Aufruhr, aber sie war noch nicht so weit, dass sie hätte kommen können.

Das stachelte Jess nur an. Er umarmte sie, presste seine Lippen auf ihren Mund, als wollte er ihr auch noch den letzten Atem nehmen. Marie spannte sich an, als er sich stöhnend verkrampfte und drei-, viermal tief in sie stieß. Dann zog er sich zurück.

Marie starrte ihn schwer atmend an. Sein Schwanz war nass von ihren Säften, und immer noch pulsierte sein Samen heraus. Jess schob die Vorhaut nach vorn, und ein weißer Tropfen fiel auf die Küchenfliesen.

Er biss sich auf die Unterlippe und wurde wieder rot. Dann sah er Marie an und hob fragend die Augenbrauen.

Sie schüttelte den Kopf. Ihr Herzschlag hatte sich etwas beruhigt, doch ihre Schamlippen pochten. Es hatte so wenig gefehlt. Aber selbst wenn sie gewollt hätte, stellte sie fest, dass sie das Jess nicht erklären konnte. Für diesen Spezialfall reichte ihr Schwedisch plötzlich nicht mehr aus.

Ihr Gastgeber verstand sie dennoch. Ganz plötzlich war er bei ihr, hob Maries Beine an und zog ihr die Jeans weiter herunter. Dann beugte er sich über sie. Seine Zunge umspielte ihren Kitzler, drang tiefer in sie, leckte einige Male über die empfindliche Haut.

Marie schloss die Augen. Das war wirklich kaum zu fassen …

Seine Lippen umschlossen ihre Klitoris, saugten und zupften an der kleinen Perle, bis Marie ein Zucken spürte. Sie legte Jess die Hand auf den Hinterkopf. »Nicht.«

Wieder war da seine Hand, ein Finger nach dem anderen schob sich zwischen ihre Schamlippen, bis der Druck beinahe nicht mehr auszuhalten war. Jess bewegte die Hand vor und zurück, seine Zunge fuhr schnell über ihren Kitzler.

Marie keuchte, wollte die Beine schließen und zugleich weiter öffnen, damit er tiefer eindringen könnte. Jess presste die andere Hand gegen ihre Innenschenkel und strich darüber.

Das war endgültig zu viel. Marie spürte ein kurzes Zucken und ein langes Ziehen, als sich die Spannung krampfartig entlud. Sie rutschte beinahe von der Arbeitsplatte, hielt sich an Jess' Haaren fest und genoss die prickelnden Wellen, die über sie hinwegfluteten, bis ihr ganz schwach wurde. Vor ihren Lidern tanzten Punkte, und das Blut rauschte in ihren Ohren.

Endlich schaffte sie es, Jess wegzudrücken. Sie blieb noch einen Moment atemlos sitzen und horchte darauf, dass ihr Herz sich wieder beruhigte. Erst als sie sicher war, dass ihre Beine sie trugen, sprang sie herunter und zog ihre Hose hoch.

Jess wischte sich über den Mund und grinste breit, keine Spur mehr von Verlegenheit. »Ja dann … noch einmal herzlich willkommen in Schweden. Ich nehme an, du möchtest jetzt duschen?«

2. Kapitel

Sarah stopfte ihre Jacke in den schon übervollen Rucksack und gähnte hinter vorgehaltener Hand. In dem kleinen Raum war es stickig, was nicht nur an den Dutzenden Studenten lag, die in einer endlosen Schlange warteten, weil es da vorn am Tresen nicht vorwärtsging, sondern auch daran, dass die Nachmittagssonne auf die breite Fensterfront knallte.

Göteborg hatte wunderschöne Universitätsgebäude, und Sarah freute sich schon seit Wochen darauf, sie alle zu erkunden und nicht nur auf dem heimischen Laptop anzuschauen. Doch das Info-Büro musste sich natürlich in so einem gesichtslosen Betonklotz-Zweckbau befinden, die man offenbar überall auf der Welt irgendwann gebaut hatte.

Die Schlange bewegte sich, und Sarah schob ihren Rucksack mit dem Fuß einen halben Meter weiter nach vorn. Die rotbraunen Haare klebten ihr an den Schläfen, und sie musste sich ständig die schweißfeuchten Hände abwischen. Sie öffnete den Zopf, nahm alle Strähnen zusammen und band ihn neu. Aber sie hatte es auch nicht so warm erwartet, daher war sie mit dem langärmeligen T-Shirt und der Cargohose viel zu warm angezogen. Es war Anfang Juni, und in Schweden war bereits der Sommer ausgebrochen.

Noch sechs Leute vor ihr, sie würde also wahrscheinlich den Rest des Tages hier verbringen. Zum mindestens Dutzenden Mal wanderte ihr Blick über die verblichenen Poster der Sehenswürdigkeiten Göteborgs, die abgenutzte Sitzecke und den verstaubten Gummibaum. Den anderen Wartenden ging es nicht anders, Austauschstudenten aus ganz Europa und von Partneruniversitäten aus Japan standen herum, doch die munteren Gespräche waren inzwischen leiser geworden oder ganz verstummt. Da die meisten zu zweit oder in kleinen Gruppen angekommen waren, wurde der Raum kaum leerer, sobald jemand an der Reihe war.

Sarah vermisste Marie. Es war das erste Mal, dass sie vollkommen allein und auf sich gestellt irgendwohin reiste, und dann auch noch mit Bahn und Flug für neun Monate in ein fremdes Land. Sarah war schon Tage vor dem Aufbruch nervös geworden. Als Marie dann einen anderen Flug buchen musste, war sie am Rande einer Panikattacke gewesen und hätte das Unternehmen am liebsten komplett abgeblasen.

Aber sie hatte sich durchgekämpft, worauf sie sehr stolz war. Das Abenteuer Schweden hatte begonnen. Trotzdem war sie froh, wenn sie Marie heute Abend endlich wiedersah. Sie hatte ihr bereits mehrere Textnachrichten geschickt, weil sie wissen wollte, ob sie gut angekommen war und was sie von ihrem Gastgeber zu erwarten hatten, aber ihre Freundin schien ihr Smartphone nicht zu checken, denn eine Antwort war bisher ausgeblieben.

Gleich zwei Studenten wedelten lachend vorn am Tresen mit ihren Unterlagen und verabschiedeten sich. Nur noch vier Leute – zwei Japaner, eine südeuropäisch aussehende Studentin mit schwarz glänzenden Locken und ein etwas bulliger Typ, der seine Nationalität unmöglich verleugnen konnte. Er hatte bisher kaum ein Wort Schwedisch gesprochen, und wer an seinen rotblonden Haaren und seinem Akzent noch nicht erkannt hatte, dass er Schotte war, dem erklärte er lautstark, er stamme aus Glasgow und studiere Sport. Solche Typen hatte Sarah schon allein bei ihrem Anblick gefressen. Gut, Clive, so sein Name – auch für alle, die es *nicht* interessierte – hatte natürlich den Vorteil, dass er in der Regel erwarten konnte, mit seiner Muttersprache überall durchzukommen. Aber sie waren in Göteborg, und das nicht nur, um sich in ihren jeweiligen Studienfächern fortzubilden, sondern auch, um die Sprache zu lernen. Das konnte man doch sogar von einem englischen Sportstudenten erwarten, oder?

Die drei Studenten hinter dem Tresen schauten erschöpft in den Raum, eine der beiden Frauen lächelte zum bestimmt hundertsten Mal entschuldigend in Richtung Schlange. Inzwischen wollte Sarah schon gar nicht mehr wissen, warum das alles so endlos lange dauerte, sie wollte nur noch hinaus an die frische Luft und zu ihrem Gastdomizil. Wieder musste sie gähnen.

»Was ist denn nun wieder?«, fragte die Südeuropäerin auf Schwedisch, als die beiden Japaner an den Tresen traten und sich sofort eine lebhafte Diskussion mit allen drei Sachbearbeitern entspann. Die beiden Frauen schienen sich über irgendetwas nicht einig zu sein, der Dritte im Bunde, ein hochgewachsener Mann mit Dreadlocks, die er zu einem dicken Knoten am Hinterkopf zusammengebunden hatte, hörte ihnen schweigend zu. Sarah war bereits aufgefallen, dass er seine Studenten sehr freundlich, aber mit unaufgeregter Effektivität abfertigte, während die anderen beiden immer wieder Rückfragen an ihn hatten, miteinander diskutierten oder hilflos mit irgendwelchen Papieren wedelten.

»Vielleicht wollen sie wissen, wo sie das nächste Sushi-Restaurant finden«, mutmaßte Clive und grinste in die Runde. Immerhin auf Schwedisch, er konnte es also doch.

»Klar, lasst uns doch ein paar Vorurteile austauschen. Du siehst ja schon so aus, als ob du nur Fish'n'Chips isst.«

Clive fuhr herum und bedachte Sarah mit einem abfälligen Blick. Sie verstummte erschrocken, hatte gar nicht bemerkt, dass sie Schwedisch und nicht Deutsch gesprochen hatte. Ihr Sprachzentrum hatte sich offenbar bereits den Gegebenheiten angepasst.

»Wo wir schon mal bei Fish'n'Chips sind, die gehören nach England«, erklärte er großmütig.

Sarah verdrehte die Augen. »Ja, und du bist Schotte, das hab ich mitbekommen. Verzeihung der Herr, dass ich das verwechselt habe.«

Clive verschränkte die Arme und grinste sie breit an. Dabei zeigte er blendend weiße Zähne, was fast schon ein bisschen bedrohlich wirkte. Unwillkürlich rückte Sarah ein wenig ab.

»Wo kommst du denn her?«, wollte er wissen.

»Nordrhein-Westfalen. Köln.« Sarah wartete. Die übliche Reaktion war *Dom, Kölsch, Karneval* in wechselnder Reihenfolge.

»Gut. Was also wäre,«, Clive reckte einen Zeigefinger in die Höhe wie ein Oberlehrer, »wenn ich *Bayer* zu dir sagen würde, hm?«

»Na, du kennst dich ja gut auf der Deutschlandkarte aus«, erwiderte Sarah verwirrt.

»Bist du Bayerin?«

»Gott bewahre, nein. Rhein-län-de-rin.« Sie betonte jede Silbe einzeln, damit dieser blöde Schotte das auch begriff. Aber außer breitem Grinsen, dummen Sprüchen und selbstherrlichem Auftreten schien mit dem nicht viel los zu sein. Gut, sein Körper war ganz gut in Form. Er war vielleicht ein wenig klein für einen Mann und eher kräftig gebaut, aber mit guten Proportionen. Und das mit den Fish'n'Chips konnte auch unmöglich stimmen, denn er hatte eher Muskeln als Fett, wenn man genauer hinsah. Aber das würde sie ihm kaum ins Gesicht sagen.

»Siehst du«, sagte er gerade und riss sie aus ihren Betrachtungen.

Sarah blinzelte verwirrt. »Bitte was?«

»Möchtest du, dass man dich Bayerin nennt?«

»Ich bin …«

»Und ich bin kein Engländer. Brite, gezwungenermaßen, kein Engländer, kapiert? Englisch ist nicht mal meine Muttersprache, sondern Gälisch.«

»Und jetzt sind wir in Schweden«, meinte Sarah und senkte den Kopf. Dann schaute sie sofort wieder auf und lächelte entschuldigend. »Gut, Punkt für dich. Hab's verstanden, Highlander.«

»Damit kann ich schon leben, aber ich bin aus den Lowlands. Und mit wem habe ich nun das Vergnügen?« Clive breitete die Arme aus und vollführte einen albernen Diener.

Sarah stöhnte lautlos. Das hatte sie nun davon. Konnte er nicht wieder mit der Südländerin flirten und sie in Ruhe lassen? Aber falls sie ihn dazu hätte bringen können, war es zu spät. Die Japaner waren endlich fertig, und sie rückte vor.

»Sarah. Ich studiere Skandinavistik und europäische Ethnologie«, erklärte sie höflich.

»Okay, Sarah. Darf ich dich auf einen Drink einladen und dir die Gegebenheiten meiner wundervollen Heimat nahebringen?« Dabei klimperte er kokett mit den Wimpern, was bei seinem eher breiten Gesicht mit den kräftigen Wangenknochen völlig unpassend wirkte. Aber sein Schwedisch war beinahe akzentfrei, das musste Sarah neidlos anerkennen. Wider Willen kicherte sie. »Wirst du jetzt auch noch lyrisch?«

Er warf sich theatralisch in die Brust. »Wir Schotten stemmen nicht nur Baumstämme, sondern haben auch eine lange Tradition …«

Sarah stupste ihn an und zeigte auf eine der beiden Sachbearbeiterinnen, die müde winkte. »Ich glaube, du bist dran.«

Zugleich sah sie erleichtert, dass der Dreadlocks-Mann auf sie zeigte, und ging ebenfalls an den Tresen.

Ihr Gegenüber lächelte kurz. »Willkommen in Göteborg. Tut mir leid, dass es so lange dauert. War so nicht geplant. Name?«

»Sarah Michalek, Universität zu Köln.«

»Sekunde. Kannst du mir deinen Studentenausweis zeigen?« Noch während er mit seiner angenehm dunklen Stimme vor sich hin murmelte, nahm er eine Mappe vom Tisch und durchsuchte ein Register.

»Hier bitte unterschreiben, dass du angekommen bist. Den Rest, die Einschreibung, Buchung von Seminaren und Praktika, erledigst du online. Diese Mappe ist von unserer Studentenorganisation, du findest einen Stadtplan, Infos über die Stadt und zum Ausgehen und so weiter. Wenn du Lust hast, bei unseren Aktionen mitzumachen, dann das beiliegende Formular ausfüllen und hier wieder abgeben.« Während er sprach, hatte er die Mappe aufgeschlagen, und sein Finger huschte hin und her, dass Sarah beinahe schwindelig wurde.

»Du Armer, das hast du bestimmt heute schon zweihundertmal gemacht«, rutschte es ihr heraus.

Er blickte verdutzt auf. »Ich habe nicht gezählt. Aber tatsächlich, viel zu oft.« Er lächelte reumütig. »War das zu schnell? Du siehst aus, als wärst du schon ein paar Stunden auf den Beinen.«

»Ich fühle mich wie durchgeschleudert und weichgespült«, gab Sarah zu und wischte sich die klebrigen Hände an der Hose ab.

Er bedachte sie mit einem langen Blick, der bis in ihr Herz durchzudringen schien. Seine Augen waren dunkel und wirkten bei seiner eher blassen Haut fast schwarz, wie ein tiefer unergründlicher Brunnen.

Sarah erschauderte unwillkürlich, als hätte er sie bei einem verbotenen Gedanken ertappt.

»Pass auf!«, sagte er und brach damit den Bann.

Sarah riss sich zusammen und konzentrierte sich.

Er griff nach einem Zettel, auf den er etwas kritzelte. »Das ist die Adresse deines Gastgebers und die S-Bahn-Haltestelle. Nimm das alles mit und schau's dir in Ruhe an. Und falls du Fragen hast, bin ich für dich da. Ich bin übrigens Mika.« Er schob ihr den Zettel zu und nickte freundlich.

»Danke. Kann auch sein, dass mein Vermieter mich abholt, ich soll ihn gleich anrufen. Weißt du zufällig, ob Marie Walters schon dort ist?«

»Sie hat heute Morgen hier eingecheckt und wollte direkt dorthin. Denke schon.«

Sarah schaute sich noch mal um. »Cool, dass du das noch behalten hast.«

Mika zuckte mit den Schultern. »Danke, das ist mein Job. Heute Morgen war aber auch noch nichts los. Hier ist sonst nicht so ein Chaos, eine Gruppe Japaner war zu früh und eine andere Gruppe aus Spanien zu spät, und jetzt sind sie alle gleichzeitig da. So, mach's gut, Sarah.«

Er nickte ihr freundlich zu. Jetzt erst fiel Sarah auf, wie müde und gehetzt er aussah. Hing er wirklich schon den ganzen Tag hier fest, ohne Pause immer wieder dieselbe Leier? Bekam er wenigstens ein bisschen Geld dafür, oder war das ein Ehrenamt?

Doch obwohl er unter Druck stehen musste und sich sicherlich danach sehnte, endlich Feierabend zu machen, wartete er geduldig, bis sie ihre Sachen eingesammelt hatte und sich mit einem dankbaren Nicken verabschiedete.

»Vielen Dank, Mika. Wir sehen uns.«

Er wirkte verwundert, schien nicht allzu häufig ein Kompliment für seine Tätigkeit zu bekommen. Dann winkte er rasch ab.

»Halb so wild. Bis bald.«

Sarah lächelte ihm aufmunternd zu und nahm sich vor, ihm bei Gelegenheit einen Kaffee oder so auszugeben. Das hatte er sich verdient, sie fühlte sich willkommen. Eine Reise in ein fremdes Land war gar nicht so ein schreckliches Unterfangen, wie sie es sich ausgemalt hatte.

Beim Hinausgehen winkte Clive ihr zu und versuchte, ihr ein Zeichen zu geben, dass sie auf ihn warten sollte. Doch sie dachte im Traum nicht daran. Wenn sie Pech hatte, würde sie ihn früher oder später sowieso wiedersehen.

Nach ihrer Ankunft, Maries stürmischer Begrüßung, einer ausgiebigen Dusche und der Möglichkeit, endlich in ein luftiges Top zu schlüpfen, fühlte Sarah sich wie neugeboren. Zudem hatte ihr Gastgeber Jess ihr und Marie ein gemeinsames Abendessen in Aussicht gestellt. Konnte es ein herzlicheres Willkommen geben?

Sie wollte gerade die Küche betreten, als sie verdutzt innehielt und mit verschränkten Armen auf der Türschwelle stehen blieb. Marie hatte in ihrem Leben noch nie freiwillig die Kochlöffel geschwungen. Und jetzt standen sie und Jess nebeneinander an der Anrichte und schnippelten Gemüse. Dabei lachten und kicherten sie, als wären sie schon seit Ewigkeiten ein Paar.

Sarah presste die Lippen aufeinander und mahnte sich innerlich zur Ordnung. Die Fahrt und der ganze Stress hatten ihr anscheinend doch weit mehr zugesetzt, als sie geahnt hatte. Oder wie war das sonst zu erklären, dass sie gerade einmal eine halbe Stunde in der Wohnung ihres Gastgebers war und schon wilde Vermutungen anstellte und eifersüchtig war?

Nein, Eifersucht war es nicht, schließlich kannte sie Jess noch gar nicht, und Marie war ihr nur wenige Stunden voraus, da konnte also auch noch nichts passiert sein. Zumal der blonde Schwede nicht dem Beuteschema ihrer Freundin entsprach, soweit sie das beurteilen konnte.

Sie dagegen hatte sich nur mit größter Mühe zusammenreißen können, als Jess sie bei ihrer Ankunft begrüßt hatte. Der Mann war der absolute Oberhammer. Er erinnerte sie an den Surfer Björn Dunckerbeck, natürlich gut zwanzig Jahre jünger, mit helleren Haaren und ein wenig schmalerem Gesicht. Und dann diese Ausstrahlung.

Sarah fand das komisch, aber sie konnte sich Jess einerseits verdammt gut mit Kettenhemd und Helm keulenschwingend auf einem Wikingerschiff vorstellen und sah ihn zugleich im Geiste vor sich, wie er in einem legeren Maßanzug in einem schwedischen Café saß und mit einem Fingerschnippen den Deal seines Lebens einfädelte. Passte das zusammen? Wohl eher nicht.

Gerade hob Jess sein Brett mit dem geschnittenen Gemüse, schwang die Hüfte und stieß Marie an. Sie kicherte und hüpfte ein Stückchen zur Seite, damit er an den Herd konnte.

Oder doch, es war diese Aura von lässigem Auftreten gepaart mit der Gewissheit, seinen Willen mühelos durchzusetzen. Er war selbstbewusst. Er wäre nicht einfach nur auf dem Wikingerschiff, er würde die Horde befehlen. Und er würde nicht einfach Deals abschließen, ihm würde der Laden gehören, für den er arbeitete.

Ja, so ergab das einen Sinn.

Einer der beiden musste sie bemerkt haben, denn sie fuhren herum und grinsten verlegen, als hätte Sarah sie bei einer geheimen Aktion ertappt. Zumindest schien sie die traute Zweisamkeit zu stören. Sarah zwang sich, ganz cool zum Tresen zu gehen und sich dort hinzusetzen. Was auch immer zwischen den beiden lief, sie sollte sich jetzt auf keinen Fall etwas anmerken lassen!

»Alles klar bei euch?«, fragte sie und stellte zufrieden fest, dass ihre Stimme ganz normal klang.

Jess machte den Herd an und gab Öl in eine Pfanne. »Sicher. Hast du Hunger?«

»Sogar mächtig.«

Er schaute von einer zur anderen und grinste. »Wer von euch beiden ist denn die Sportliche? Drei Stockwerke nach unten, weiter in meinen Keller und wieder zurück? Oder wollt ihr keinen Wein zum Essen?«

Marie zog eine Grimasse.

»Ich hatte für heute genug Sport. Außerdem muss ich nachher noch in die Stadt und mir eine SIM-Karte holen.«

»Ich gehe schon.« Sarah rutschte vom Hocker und verdrehte die Augen. Mussten sie jetzt jedes Mal darum feilschen, wer von ihnen die Vorräte die ganzen Treppen heraufschaffte? Das fing ja gut an. Doch dann überraschte Jess sie. Mit einem Satz sprang er an ihr vorbei und gab ihr im Vorbeigehen einen Klaps auf die Schulter. »War nur Spaß. Ihr seid meine Gäste. Ihr müsst natürlich in den nächsten Tagen selbst sehen, wie ihr klarkommt, aber für heute verwöhne ich euch. Wie gefällt dir dein Zimmer?«

»Alles bestens.« Sarah blickte ihm verwundert hinterher und dann zu Marie, die mit einem verträumten Lächeln am Herd stand und darauf wartete, dass das Nudelwasser kochte.

Sarah trat an den Herd und rührte in dem brutzelnden Gemüse. »Was ist los mit dir?«

»Der ist süß, oder?«

Sarah starrte sie verdattert an. »Seit wann stehst du auf Blonde? Und seit wann fährst du schon nach ein paar Stunden auf Typen ab? Du bist doch sonst so wählerisch. Ich erkenne dich nicht wieder.«

»Ach nein, da ist nichts.« Marie lachte laut auf, aber für Sarahs Geschmack klang es ein bisschen zu aufgesetzt.

»Im Ernst«, fuhr Marie fort. »Jess ist als Gastgeber ein absoluter Glücksfall, sehr fürsorglich und zuvorkommend. Hast du die Zeichnungen im Flur gesehen? Die hat er selbst gemacht. Ich überlege schon, was ich ihm in Auftrag gebe, damit ich es am Ende unserer Zeit hier mit nach Hause nehmen kann.«

Marie schüttete die Nudeln ins kochende Wasser, während Sarah weiter schweigend in der Gemüsepfanne rührte.

Ein Mann, der umwerfend gut aussah und in seiner schicken Wohnung nicht nur ein paar Räume als Gästezimmer anbot, sondern sich auch noch rührend um seine Besucher kümmerte? Sie probierte das Gemüse. Kochen konnte er auch noch. Das musste ein Traum sein. Ein irrer, total verrückter Traum. Sicher wachte sie gleich auf und stellte fest, dass sie am Düsseldorfer Flughafen saß und den Flieger verpasst hatte. Oder noch wahrscheinlicher: Jess war schwul. Ja, ganz sicher, das war die Erklärung, es konnte gar nicht anders sein.

Jess kehrte zurück, und sie deckten den Tisch in der Küche. Während des Essens entspannte sich Sarah wieder etwas. Marie wirkte tatsächlich aufgedreht, aber sie quatschte immer viel und hatte eine wesentlich stressigere Anreise hinter sich. Jess schien auch nicht auf den Mund gefallen zu sein. Sie sollte sich einfach damit begnügen, den beiden zuzuhören und es gut sein lassen.

Gemeinsam räumten sie nach dem Essen die Küche auf, und Sarah konnte sich allmählich auf den ungezwungenen Umgangston einlassen. Zu gern hätte sie mehr über Jess erfahren, doch sie wusste nicht, was sie fragen sollte, ohne dass es allzu auffällig interessiert wirkte. Aber jedes Mal, wenn sie ihn aus den Augenwinkeln betrachtete, wie er sich eine Haarsträhne zurückstrich oder sich reckte, um etwas in den Schrank zu stellen, vollführte ihr Herz einen aufgeregten Hüpfer. Es hatte sie ganz schön erwischt. So etwas hatte sie schon ewig nicht mehr erlebt – oder sogar noch nie.

»So, jetzt sollte ich aber mal langsam los, sonst wird das nichts mehr mit dem Mobilfunkladen. Mein Datenroaming-Paket habe ich allein mit der Navigation hierher fast komplett verbraucht.«

Jess zwinkerte Sarah zu und warf dramatisch die Arme in die Luft. »Die großen Sorgen der digitalen Generation.«

Marie schüttelte lachend den Kopf. »Könntest du ein Dreivierteljahr auf dein Smartphone verzichten?«

»Natürlich nicht. Na los, bis zehn hast du noch Zeit, dann machen die Läden im Einkaufszentrum zu.« Jess zeigte auf die Uhr.

»Schon halb zehn?«, rief Marie und warf einen verwirrten Blick zum Küchenfenster. »Mir kommt's viel früher vor.«

»Das macht die Helligkeit, da werdet ihr euch noch dran gewöhnen müssen.« Jess lächelte. »Ende des Monats feiern wir Mittsommer, und die Weißen Nächte brechen an.«

»Die Weißen Nächte?« Mittsommer kannte Sarah natürlich, wenn nicht schon durch ihr Studium, dann durch die penetranten Werbekampagnen von IKEA. Aber dieser Begriff war ihr neu.

Jess nickte. »Die Zeit um den Mittsommer, in der wir Schweden turnusgemäß durchdrehen. Nein, das ist wirklich so. Ihr werdet's erleben, es ist eine besondere Phase, voller Leben, Partys und ungezwungenem Beisammensein. Man wird einfach rastlos, wenn es fast gar nicht mehr dunkel wird, kommt schwer zur Ruhe, will raus und nicht allein sein. Keine Ahnung wieso, aber wenn man damit aufwächst, findet man das ganz normal.«

»Na, dann können wir ja gespannt sein.« Marie lachte und schwenkte ihre Umhängetasche. »Ich bin erst mal weg. Bis später ihr beiden.«

»Hast du den Schlüssel?«, rief Jess ihr nach.

»Ja, Mama.«

Jess stutzte verdutzt, dann lachte er. »So hat mich auch noch niemand genannt. Dann guck doch, wer dich wieder reinlässt, falls ich gleich noch rausgehe, Mädchen.« Damit wandte er sich an Sarah und prostete ihr mit seinem halbvollen Weißweinglas zu. »Dann sind wir jetzt also erst einmal allein.«

3. Kapitel

Kaum war die Tür ins Schloss gefallen, wurde Sarah unsicher. Eigentlich hatte sie erwartet, dass Jess sich seinen Privatangelegenheiten widmen würde, schließlich hatten sie und Marie nur Zimmer gemietet und keine Rund-um-die-Uhr-Betreuung.

Damit, dass er sich jetzt noch mit ihr zusammensetzen wollte, hatte sie nicht gerechnet. Sie folgte ihm in sein Wohnzimmer. Es war ein wunderschöner heller Raum, der größte der Wohnung mit einer breiten Fensterfront gegenüber der Tür, neben der ein großes Bücherregal den größten Teil der Wand einnahm.

»Setz dich doch.«

Jess stellte sein Glas und die Weinflasche auf dem Couchtisch vor dem riesigen Ecksofa ab.

»Wow, das ist ja die reinste Spielwiese«, entfuhr es Sarah, und sie warf sich in die Ecke auf die Kissen. Dann wurde ihr bewusst, wo sie war, und sie räusperte sich verlegen. Nur weil sie in der nächsten Zeit hier wohnte, musste sie sich doch nicht am ersten Abend schon benehmen, als wäre sie zu Hause. Sie hatte noch nicht viel Wein getrunken, aber vermutlich war ihr der nach der ganzen Anstrengung sehr schnell zu Kopf gestiegen.

Jess schien das gar nicht groß mitbekommen zu haben oder tat zumindest so. Er setzte sich neben sie und legte den Arm auf die breite Rückenlehne. Sein T-Shirt spannte sich leicht über der Brust, bis er es unbewusst zurechtzupfte. Danach fuhr er sich mit der Hand durch die Haare und ließ die Hand ein, zwei Sekunden im Nacken liegen, bevor er sein Glas nahm und genüsslich daran nippte.

Sarah stockte der Atem. Dieser Typ schien sich seiner Wirkung gar nicht bewusst zu sein. Oder doch? Machte er das mit Absicht?

»Wir können einfach reden, uns ein bisschen kennenlernen«, sagte er plötzlich in die entstandene Stille hinein. »Oder willst du das schwedische Fernsehprogramm testen? Ihr könnt diesen Raum nutzen, wann immer ihr wollt, oder euch auf den Balkon setzen.« Er wies auf die Glastür in der Fensterfront. »Ich bin bei zwei Streaming-Diensten angemeldet, ihr solltet nichts vermissen.«

Sarah lächelte »Okay, danke. Schaust du Serien?«

»Unmengen Serien und Filme, aber nur im Original.«

Er neigte den Kopf und betrachtete sie. »Weißt du was?«

»Nein?« Sarah wurde unter seinem prüfenden Blick heiß und kalt. Sie hatte Mühe, nicht zur Seite zu schauen.

»Diese Cargohose steht dir nicht. Das passt mehr zu deiner Freundin. Du solltest bunte Kleider mit Blumenmuster tragen oder wenigstens lässige Blusen.«

»Oh?« Mit so einer Ansage hatte Sarah ganz und gar nicht gerechnet. Dieser Typ war ganz schön direkt. »Bekomme ich gleich am ersten Abend eine Style-Beratung?« Sie versuchte, sich die Verwirrung nicht anmerken zu lassen, was ihr allerdings nicht ganz zu gelingen schien, denn Jess grinste reumütig.

»Entschuldige, ich wollte dich nicht beleidigen«, erklärte er rasch. »Im Gegenteil. Ich meinte eigentlich nur, dass du eher der romantische Typ bist, wenn ich mich nicht irre.«

»Ich verstehe nicht.« Sie meinte das ernst. Sie wurde unsicher, ob Jess ein bestimmtes Ziel verfolgte. Solange Marie dabei gewesen war, hatte sie darauf gehofft, dass er sie eine Spur mehr beachtete als ihre Freundin, hatte versucht, seine Aufmerksamkeit zu erlangen. Doch ihr Gastgeber war unverbindlich und gleichbleibend freundlich zu ihnen beiden gewesen. Und jetzt, da er sich ihr ganz und gar widmete, ging ihr das alles zu schnell.

Sei vorsichtig mit dem, was du dir wünschst, wisperte eine kleine Stimme in ihrem Kopf.

Wie wahr.

Jess setzte sein Weinglas ab und hob die Hand, als wollte er sie berühren, besann sich jedoch im letzten Augenblick.

Sarah erzitterte innerlich. So etwas hatte sie noch nie erlebt. Jess machte sie völlig verrückt, er hatte im Grunde keine Möglichkeit, sich ihr gegenüber angemessen zu verhalten, solange sie selbst nicht wusste, was sie von ihm erwartete. Oder?

»Na, ist auch egal. War nicht so gemeint.« Jess überspielte die entstandene Pause, indem er die Weingläser füllte.

»Marie hat mir erzählt, dass ihr schon ewig befreundet seid. Dann bist du auf jeden Fall eher der schweigsame Teil von euch beiden, oder?« Er lehnte sich wieder lässig zurück, den einen Arm auf der Rückenlehne, den anderen auf dem Oberschenkel.

»Ja«, erwiderte Sarah zögerlich, und dann gingen ihr die Worte aus. Was war denn los mit ihr, ja, sie war die Stillere, aber sie sollte noch wissen, wie man sich unterhielt! Lag das an der fremden Sprache? Ihr Schwedisch war ziemlich gut, aber sie wandte es natürlich in Deutschland viel zu selten an, da konnte man schon mal einrosten.

Jess schaute sie erwartungsvoll an. Um seine Mundwinkel zuckte es, als hätte er Mühe, nicht laut aufzulachen.

Sarah kam sich plötzlich vor wie bei so einem Anstarr-Wettbewerb, bei dem derjenige verlor, der zuerst lachte oder wegschaute. Sie lächelte.

Er hatte volle Lippen mit einem schönen Schwung und ein Grübchen am Kinn. Auf seinen Wangen lag ein leichter Bartschatten, den man allerdings erst auf den zweiten Blick bemerkte, weil seine Haare so hell waren.

Sarah spürte ein nervöses Prickeln, das ihr eine Gänsehaut verursachte. Jess sah einfach gut aus. Was war dabei, wenn sie sich das eingestand?

»Soll ich dir ein paar meiner Bilder zeigen?« Jess sprang auf und machte eine Geste in Richtung Flur.

»Klar, gerne.« Sarah rutschte von der Couch, innerlich erleichtert, weil sie sich nicht dazu hinreißen lassen hatte, etwas Albernes zu sagen oder sogar irgendwelche Dummheiten zu machen. Jess interessierte sie, aber er sollte auf keinen Fall einen schlechten Eindruck bekommen. Sie hatte keine Ahnung, wie es bei Männern ankam, wenn Frauen die Initiative ergriffen. Ihre Erfahrungen hielten sich diesbezüglich in engen Grenzen. Genau genommen hatte sie bisher *immer* ihr Gegenüber den ersten Schritt machen lassen.

Und dass Jess nicht bei der erstbesten Gelegenheit nicht über sie herfiel, sprach nur für ihn. Schließlich würden sie für neun Monate zusammenleben, da musste man doch nicht gleich am ersten Abend in die Vollen gehen. Wenn er überhaupt das gleiche Interesse an ihr hatte wie sie an ihm. Vielleicht sollte sie sich diesbezüglich auch nicht zu viele Hoffnungen machen. Sie kannte ihn doch gar nicht …

Sie folgte ihm in den Flur, wo er vor einer Zeichnung stehen geblieben war, eine Hand in der Hosentasche seiner Shorts.

»Das war das erste Mal, dass ich so ein großes Format gezeichnet habe: Odins Tafel.«

Ein bunte Horde kleiner knollennasiger Krieger saß an einer langen Tafel und hielt ein Gelage ab. Schäumende Bierkrüge knallten aneinander, ganze Schweine wurden vertilgt, überall standen Schwerter, Schilde und Bögen, lagen Pfeile und Knochen. Hunde suchten unter dem Tisch nach Resten, und kleine pummelige Kinder bewarfen sich mit Essensresten. Ein paar Männer hatten barbusige Frauen auf dem Schoß und machten gierige Stielaugen, aber insgesamt war es ein witziges, fast braves Wimmelbild.

Sarah bemerkte, dass Jess sie neugierig beobachtete, als sie sich das Bild genauer anschaute und dabei versonnen lächelte.

»Kennst du dich in der nordischen Mythologie aus?«, fragte er.

»Ja sicher. Das ist also deine Version von Walhalla, wo die tapfersten Krieger an der Ehrentafel sitzen. Das habe ich mir … würdiger vorgestellt. Es hat mehr vom Schlussbankett bei Asterix und Obelix.«

Jess grinste geschmeichelt. »Wunderbar, das ist völlig okay, ich will meine Einflüsse nicht verleugnen.«

Sarah schielte nervös auf die Hand in seiner Hose. Er bewegte sie unbewusst oder spielte mit einem Gegenstand in der Tasche. Je nachdem, aus was für einem Winkel sie daraufschaute, sah es aus wie eine Erektion. Sie atmete unauffällig ein und zwang sich, ruhig zu bleiben. Was war eigentlich mit ihr los?

Jess hatte eine unglaubliche Wirkung auf sie, das war los. Nur, wie sollte sie damit umgehen?

Hastig wandte sie sich zum nächsten Bild. Zwei Wölfe, beide aufrecht auf zwei Beinen stehend, der eine kopfschüttelnd die Vorderläufe verschränkt, während der andere eine abwehrende Geste machte und auf ein Bündel Karotten zeigte. Vor den beiden ein ratloser Wikinger mit einem Tablett voller Knochen und triefendem Fleisch.

»Odins Wölfe Geri und Freki«, erklärte Jess hinter ihr. »Normalerweise fressen sie alles, was Odin ihnen hinwirft, aber die beiden haben sich entschieden, sich ab sofort vegetarisch zu ernähren.«

Sarah drehte sich nicht um. Sie spürte Jess' Nähe, hätte sich am liebsten einfach ein Stück nach hinten fallen lassen. »Sehr politisch korrekt, man muss mit der Zeit gehen«, hörte sie sich sagen.

»Ich bin Vegetarier, daher finde ich das gut, wenn die Leute ein Bewusstsein in diese Richtung entwickeln.«

»Echt jetzt?« Das hatte sie nicht erwartet.

»Ja, wieso? Vorurteile?«

Sie verwünschte sich für ihren vorlauten Kommentar. »Das sollte ... nicht beleidigend klingen«, stammelte Sarah hastig.

»Keine Sorge, ich bin hart im Nehmen.«

Sarah machte einen Schritt zurück und prallte gegen Jess. Unwillkürlich sog sie scharf die Luft ein. Bei Jess war noch etwas anderes hart. Nein, das war nur seine Hand, die er sicherlich immer noch in der Hose hatte. Oder doch nicht? Sie konnte nicht anders, sie lehnte sich gegen ihn. Sein Atem streifte ihre nackte Schulter und verursachte ihr eine Gänsehaut. Sie schauderte wohlig.

Jess strich ihr mit den Fingerspitzen über den Arm und sandte das nächste sanfte Prickeln durch ihren Körper. Sie schloss die Augen. Sie würde das jetzt einfach auf sich zukommen lassen, hoffen, dass sie die richtigen Signale setzte und er begriff, dass ihr der Mut dafür fehlte, aktiver zu sein.

Ihn aufzufordern.

Zum Sex.

Sie schluckte trocken. Der Tag war ewig lang gewesen, und draußen ging gerade erst die Sonne unter. Offenbar wirkten das Licht und die Energie, der Zauber der kommenden Weißen Nächte jetzt schon auf sie.

Sarah wandte sich um, öffnete die Augen und erschrak für den Bruchteil einer Sekunde. Natürlich stand Jess hinter ihr, doch sie hatte nicht realisiert, wie nahe er ihr gerückt war. Er war fast einen Kopf größer als sie und schnitt ihr sozusagen den Weg ab. Es wirkte beinahe ein wenig bedrohlich.

Er schien das zu spüren, nahm den Kopf zurück und legte die Hände auf den Rücken. Er leckte sich unsicher über die Lippen, schien hin- und hergerissen zu sein, ob er noch mehr auf Abstand gehen sollte, sich ihr aber viel lieber nähern würde.

Sein Zögern gab den Ausschlag. Wie von selbst stellte Sarah sich auf die Zehenspitzen.

Er neigte den Kopf und küsste sie. Seine Lippen berührten erst zaghaft ihren Mund. Als sie nicht protestierte, sondern ihre Lippen öffnete, fuhr seine Zunge gierig hinein. Wie aus dem Nichts waren da Jess' Hände, die über ihren Rücken streichelten und sie anschließend an seinen warmen Körper zogen. Sarah spürte seine kräftigen Brustmuskeln und dann auch seine Erektion. Einen Moment wurde sie unsicher, doch ihr Körper reagierte unmittelbar. Hitze breitete sich von ihrem Schoß aus, und ein heißes Prickeln lief durch ihren Körper. Sie seufzte lautlos.

Jess hatte ihren Mund erobert, tanzte mit seiner Zunge um ihre und sog spielerisch an ihren Lippen.

Sarah ergab sich. Sie machte einen Schritt zurück, bis sie gegen die Wand prallte und ließ es zu, dass Jess ihr folgte. Er rückte näher und legte ihr eine Hand in den Nacken, ohne den Kuss zu unterbrechen. Seine andere Hand fuhr unter ihr Top bis zu ihren Brüsten und schoben sich unter den BH.

Jetzt stöhnte Sarah laut, und das motivierte ihn natürlich. Auffordernd rieb er seine Hüfte gegen ihren Schoß, seine Erektion bereit unter seinen Shorts.

Seine Zunge schlug hektischer gegen ihren Gaumen, und sein Atem beschleunigte sich. Sein Daumen umkreiste mehrmals ihre Brustwarze, bis sie hart wurde und sich aufrichtete. Dann schob er ihren BH nach oben, wechselte zu der anderen Brustwarze und rieb sie.

Sarah konnte sich nicht entscheiden, ob sie sich auf seine tanzende Zunge oder seine Berührungen konzentrieren sollte. Sie wollte sich revanchieren, ihn berühren und seinen Schwanz zwischen ihren Fingern reiben. Zugleich pochte ihre Klitoris, und ihre Schamlippen zogen sich schmerzhaft zusammen, wollten gestreichelt werden. Doch Jess war so nah, drückte sie gegen die Wand und raubte ihr beinahe den Atem, so dass sie lediglich die Hände auf seine Hüften legen konnte.

Oder nein, da war ja noch sein knackiger Hintern. Ihre Hände wanderten über den Saum seiner Shorts und zwängten sich darunter. Als sie die nackte warme Haut unter ihren

Fingerspitzen spürte, schoss ein wohliger Schauer durch ihren Körper. Jess hielt kurz inne, brummte zufrieden und kniff sie spielerisch in die Brust. Seine Lippen kräuselten sich zu einem Lächeln, als sie überrascht aufkeuchte. Sie wollte sich rächen, indem sie ihn in die Pobacke zwickte, doch Jess spannte die Muskeln so stark an, dass ihr das nicht gelang.

Er unterbrach den Kuss und lachte leise. »So nicht, mein Fräulein.«

Ein paar wirre Haarsträhnen hingen ihm in das erhitzte Gesicht. Seine Augen glänzten auffordernd. Sarah sog das nussig herbe Aroma ein, das sein Körper ausströmte. Sie strich ihm über den Hintern. Jess schloss verzückt die Augen und grinste breit. Er schob die Hüften vor und presste seine Erektion aufregend gegen ihren Schoß.

»Du hast mir dein Schlafzimmer noch nicht gezeigt«, wisperte sie.

Er legte den Kopf schief. »Das ist kein romantischer Ort.« Er ließ die Worte dramatisch in der Luft hängen.

»Sondern?«

»Was erwartest du?«

»Ein breites Bett für harten Sex. Vielleicht bin ich wirklich nicht so romantisch, wie du glaubst.«

Er schaute sie fragend an. »Also gut. Aber sag nicht, ich hätte dich nicht gewarnt.«

Sarah ließ sich mitziehen, und er öffnete die Tür. Auf den ersten Blick wirkte der Raum ganz normal. Ein breites Himmelbett dominierte den Raum, und am hinteren Ende stand ein verschlossener breiter Rollschrank. Gegenüber dem Bett hing eine mindestens zwei Meter breite Comiczeichnung.

Jess schob Sarah ins Zimmer und schloss die Tür. Sie drehte sich um und erkannte, dass die gesamte Wand neben der Tür von einem Kleiderschrank mit Schiebetüren eingenommen wurde. Aber das war nicht das Besondere. Das Besondere waren die verspiegelten Fronten. Als sie genauer hinsah, entdeckte sie auch unter dem Himmel des Bettes einen Spiegel und auf einem breiten Haken daneben ein Seil und zwei Handschellen. Und das gezeichnete Wimmelbild hatte bei näherem Hinsehen nichts mit den harmlosen Zeichnungen im Flur gemeinsam.

Sarah fiel die Kinnlade herunter.

Jess zuckte mit den Schultern. »Wenn es dich stört, können wir ins Wohnzimmer gehen. Ist nicht jedermanns Sache, sich selbst beim Vögeln zu beobachten. Ich jedenfalls finde es geil.«

»Ich habe noch nie drüber nachgedacht.« Zögerlich setzte Sarah sich auf das Bett und schaute nach oben. Ihr Spiegelbild erwiderte ihren Blick, und sie zog eine Fratze.

Plötzlich war Jess auf ihr und drückte sie nach hinten in die Laken. »Schau mich an. Mach dich locker. Probier's einfach mal aus.«

»Mir kommt das vor, als ob mich jemand beobachtet.« Unbehaglich zog Sarah die Schultern zusammen, wobei sie nicht leugnen konnte, dass sich ihre Neugier meldete. Was hatte sie denn zu verlieren? Wohl kaum ihre Unschuld.

»Das ist Sinn der Sache. Unter anderem.« Jess schob ihr Top hoch und beugte sich über ihre Brüste. Sarahs Blick wanderte nach oben. Sie sah sich, Jess' Hinterkopf und seine Zunge, die ihre Brustwarzen umkreiste, die roten Höfe leckte und an den Nippeln sog.

»Perspektivenwechsel.« Jess hob den Kopf und begann ihre festen Brüste zu kneten. Fasziniert beobachtete Sarah seine Bewegungen, zuckte unter seinen sanften Kniffen zusammen und spürte, wie ihr Herz wieder schneller schlug. Er küsste sie sanft und liebkoste ihre harten Spitzen, bis sie das Gefühl hatte, sich unter seinen Berührungen aufzulösen.

Jess schien zufrieden, ließ von ihren Brüsten ab, drehte sich um und setzte sich rittlings auf ihren Bauch. Sarah schob sein T-Shirt hoch und streichelte seinen Rücken. Seine Haut war warm und fühlte sich angenehm samtig unter ihren Fingern an. Mit wenigen Handgriffen hatte Jess sie aus der Hose befreit und spreizte ihr ungeniert die Beine. Sarah spürte einen kühlen Lufthauch auf ihrer feuchten Scham. Ein Finger fuhr wie zufällig über ihren Kitzler.

»Was hast du vor?«, japste sie. Das war kaum eine Berührung, und trotzdem fühlte es sich an wie ein elektrischer Schlag. Das Atmen fiel ihr zunehmend schwerer. Jess war nicht gerade leicht.

»Frag nicht, schau zu«, murmelte er selbstvergessen.

Obwohl Sarah sich innerlich ein wenig sträubte, schaute sie nach oben. Sie sah, wie Jess über ihre Schamlippen strich, sie auseinanderzog und einen Finger hineingleiten ließ. Als er ihn wieder hervorzog, glänzte er nass von ihren Säften. Er tippte mit der Fingerspitze gegen ihre kleine Lustperle, und ihr Körper war wie elektrisiert. Sie wollte sich aufbäumen, dagegenstemmen, doch das Körpergewicht des Mannes auf ihr ließ das nicht zu. Ohnmächtig schlug sie ihm mit der flachen Hand auf den Rücken.

Jess blickte hastig nach oben, und ihre Blicke trafen sich im Spiegel. Sarah begriff. Er vergewisserte sich, dass es ihr gefiel. Sie lächelte und formte mit dem Mund ein lautloses *Wow*.

Er drückte seine flache Hand gegen ihren Venushügel und liebkoste mit dem Daumen ihre Klitoris. Er rieb, erst sanft, dann heftiger. Ein Finger glitt zwischen ihre Schamlippen, dann folgte ein zweiter, ein dritter. Kurz darauf drang er mit allen vier Fingern tief in sie, zog sie ein Stückchen heraus, und stieß wieder hinein. Sarah schaute zu, wie seine Hand sich in sie versenkte. Dabei spürte sie die Dehnung, das Ziehen und Pochen. Sie spannte die Muskeln an, versuchte das Gefühl zu ignorieren. So schnell war sie noch nie heiß geworden.

Seine Finger genügten ihr nicht mehr. Sie wollte seinen Schwanz in sich spüren. Sie schloss die Augen und rieb mit der Hand hektisch über seinen Rücken.

Er sollte jetzt auch nicht aufhören …

Sie schloss die Beine und spürte seine Hand an ihren Schenkeln. Er ließ sich davon nicht im Geringsten beeindrucken, im Gegenteil, er verminderte zwar seinen Rhythmus, stieß jedoch härter in ihre feuchte Enge.

Sarah merkte, wie Erregung sie wie eine Welle überflutete. Ihre Klitoris pulsierte heftig, ihr Körper verlangte nach Befriedigung.

»Aufhören, bitte.« Sie kreuzte die Beine, und endlich zog Jess seine Hand zurück und sah sie an. Er grinste breit und war mit einem Satz davon.

Schwer atmend blieb Sarah liegen und schloss die Augen. Sie konnte sich nur mühsam beherrschen, jetzt nicht ihren Kitzler zu reiben und sich diesen letzten entscheidenden Kick zu geben.

Plötzlich packte Jess sie von hinten und schob sie in eine sitzende Position.

Sie riss erschrocken die Augen auf. Dieses Mal erblickte sie ihr Spiegelbild in der Front des Schranks und musste über ihr dummes Gesicht lachen.

Jess lächelte ihr zu, und alles war gut. Er setzte sich mit gespreizten Beinen hinter sie, zog sie auf sich und ließ sich gleichzeitig nach hinten fallen. Sarah rutschte über seine Oberschenkel, und dann spürte sie, wie bereit er war. Seine Erektion glitt an ihrem Po vorbei. Im nächsten Augenblick saß sie auf seinem Bauch, genau wie er zuvor bei ihr.

»Jetzt bist du dran, Sarah. Mach es, wie es dir gefällt. Aber schau uns zu.« Sie blickte nach oben und sah ihn auf dem Bett liegen, die Arme weit von sich gestreckt, die Augen halb geschlossen. Seine Brust hob und senkte sich bei jedem Atemzug. Er nickte ihr zu.

Sarah zog die Beine an und hockte sich über seine Lenden. Sie biss sich nervös auf die Lippe, als sie sah, dass Jess ganz schön etwas zu bieten hatte. Aber sie war bereit, mehr als das. Allein der Anblick seines erigierten Glieds steigerte ihre Erregung.

Wie musste es erst sein, ihn in sich zu spüren?

Sie zögerte nicht länger, nahm seinen Schwanz und fuhr mit der Hand einmal über die gesamte Länge. Als Jess aufstöhnte, wiederholte sie das. Dann rieb sie die Eichel über ihre Klitoris und keuchte laut auf.

Nein, das ging zu schnell, es sollte nicht jetzt schon enden. Sie setzte sich zitternd auf und presste ihren feuchten Schoß gegen seinen Schaft, schob die Vorhaut zurück. Auf der Spitze war ein Lusttropfen zu sehen.

Sie schluckte nervös. Sie wollte es nicht beenden, doch sie hielt die Anspannung nicht mehr aus. Schließlich hob sie ihr Becken und ließ seinen steifen Schwanz in ihre heiße Mitte gleiten.

Mit kurzen harten Stößen war Jess tief in ihr.

Als Sarah der Spiegel einfiel, hob sie den Kopf.

Der Anblick war genau, wie sie erwartet hatte und doch ganz anders. Ihre Schamlippen glänzten rot, sein Schwanz in ihr. Sarah spannte die Muskeln, hob ihr Becken, und er glitt fast ganz wieder heraus. Jess stöhnte unzufrieden.

Dann schaute Sarah zu, wie sie sich auf die glänzende Eichel senkte und tief in sich aufnahm.

Sie grinste. Jess hatte recht. Es war aufregend, sich selbst dabei zuzusehen. Irgendwie pervers und deshalb geil. Sie knetete ihre Nippel, schaute zu, wie sie die kleinen Knospen zwischen ihren Fingern rieb, während Jess in sie stieß.

Das Herz schlug ihr bis zum Hals. Sie hob ein weiteres Mal ihr Becken, packte seinen Schwanz, als er herausglitt, und hielt ihn aufrecht. Wieder ließ sie sich darauf nieder, schaute zu, wie sie sich selbst pfählte. Doch dieses Mal spielte ihr Körper nicht mehr mit. Jess bewegte sich kaum, nur ein kleines bisschen, und sie schrie überrascht auf, bäumte sich unter der Wucht des Orgasmus. Sie bekam kaum mit, dass Jess noch ein paar Mal zustieß und sich dann in ihr ergoss. Ihr Körper zuckte hin und her, sie wollte sich diesem endgültigen Rausch immer noch nicht hingeben, obwohl es längst zu spät war. Zitternd atmete sie tief ein.

Dann rutschte sie ein wenig nach oben, und Jess glitt aus ihr heraus. Sein Schwanz pulsierte noch.

Sarah schaute im Spiegel zwischen ihre Beine. Sein Saft hatte ihre Schamlippen benetzt und hob sich hell davon ab.

Sie atmete einmal tief durch. Ihre Arme und Beine fühlten sich auf einmal bleischwer an, so erschöpft war sie. Das Blut pochte in ihren Ohren, und langsam kam sie wieder zu sich.

Jess stützte sich auf die Ellbogen, und sein Gesicht tauchte hinter ihr auf.

»Alles in Ordnung? Hat's dir gefallen?«

Sarah starrte in den Spiegel.

Das musste wirklich ein Traum sein. Ein wahnsinniger erotischer und anstrengender Traum. Hoffentlich wachte sie nicht zu schnell wieder auf.

4. Kapitel

Sarah stapfte den letzten Absatz zur Wohnung hinauf und kramte bereits nach dem Schlüssel in ihrer Umhängetasche. Seit fast einem Monat waren sie und Marie nun in Göteborg. Und nach den ersten aufregenden Tagen hatte sich ein gewisser Alltag eingestellt, und das war gar nicht mal so verkehrt.

Hoffentlich hatte Jess gekocht. Bei dem Gedanken an seine Gemüselasagne am Vorabend lief ihr das Wasser im Mund zusammen.

Sie betrat die Wohnung und brachte ihre Studienunterlagen ins Zimmer. Das Studium war interessant und machte Spaß, aber sie hatte sich das weniger anspruchsvoll vorgestellt. Vielleicht lag es an ihr, sie nahm die Möglichkeiten des Auslandssemesters ernst. Der Aufenthalt hier sollte nicht nur zum Vergnügen sein, sie hatte klare Vorstellungen von ihrem beruflichen Werdegang. Bachelor, Master und dann, wenn sie es sich leisten konnte, Promotion an einer Universität in Schweden.

Sarah verließ ihr Zimmer. Es war erstaunlich ruhig in der Wohnung. Wo waren Jess und Marie? Die Küche war jedenfalls verwaist, ein Glas Tomatensauce stand bereit, und ein gewaschener grüner Salat tropfte in einem Sieb in der Spüle vor sich hin, aber von ihren Mitbewohnern keine Spur. Auch das Wohnzimmer und das von Marie machten nicht den Eindruck, als wäre hier noch vor Kurzem jemand gewesen.

Sarah setzte sich an den Küchentresen, trank ein Glas Wasser und wartete, doch niemand tauchte auf. Sie versuchte, die Enttäuschung darüber zurückzuhalten. Sie hatte sich auf die beiden gefreut, wollte ihnen von der Segelregatta erzählen, die für die Gaststudenten geplant war. Vor allem aber hatte sie sich auf Jess gefreut.

Sie konnte sich nichts vormachen, es hatte sie mächtig erwischt. Und Jess schien sie ebenfalls zu mögen. Natürlich waren sie nicht zusammen, jedenfalls nicht so richtig. Wie auch, sie kannten sich doch gerade mal wenige Wochen. Aber so eine Vorstufe von Beziehung war das schon, und es könnte mehr werden. Jedenfalls wenn es nach Sarah ging. Sie dachte schon manchmal daran, wie es wäre, wenn sie wieder zurück in Köln wäre. Würde er sie besuchen? Oder könnte sie ihr Studium hier fortsetzen? Das hatte sie zwar nicht vorgehabt, doch Jess war ein Mann, der es wert wäre, Pläne über den Haufen zu werfen.

Aber ein Schritt nach dem anderen. Für morgen hatte er sie zu einem Ausflug in die Schären eingeladen. Und wer wusste schon, was er noch geplant hatte?

Allein bei dem Gedanken an ihn begann ihr ganzer Körper zu kribbeln.

Sie hatten seit ihrer Ankunft noch zweimal miteinander geschlafen. Es war überirdisch, dagegen verblassten ihre bisherigen Erfahrungen zu farblosem Herumgevögele. Wobei … na ja, so schlecht war es auch nicht gewesen. Zwei feste Freunde und ein One-Night-Stand, als sie mit zu vielen Leuten und zu wenigen getrennten Betten nach einem

Geburtstag in der Wohnung einer Freundin übernachtet hatten.

Sarah lächelte versonnen. Jochen hatte er geheißen und war ein echt netter Typ gewesen. Im Grunde war sie nicht für solche schnellen Nummern und Ähnliches zu haben. Und eigentlich war das ja alles ein Versehen. Sie war um vier Uhr morgens im Dunkeln in ein Zimmer getappt und hatte sich dort neben denjenigen gelegt, der dort schlief, in der festen Überzeugung, es wäre Marie.

Jochen war für einen Mann zierlich gebaut und hatte eine ähnliche Kurzhaarfrisur und Haarfarbe wie ihre Freundin. Und als sie den Irrtum bemerkte, war es irgendwie schon zu spät gewesen.

Sarah holte eine weitere Flasche Wasser aus dem Kühlschrank und starrte gedankenverloren vor sich hin. Sie trug Jess zuliebe einen hellen Rock mit einem verspielten Blumenmuster und ein lachsfarbenes T-Shirt. Er hatte ja nicht ganz unrecht gehabt, sie mochte solche Kleidung, nur nicht, wenn sie auf Reisen war.

Beiläufig streichelte sie sich über den Schoß.

Die Erinnerung an Jochen hatte ihre erotischen Phantasien geweckt. Wenn Jess jetzt hier wäre, dann würde sie dieses Mal den ersten Schritt wagen.

Ob er es mochte, einen geblasen zu bekommen?

Jochen war der Erste gewesen, der sie dazu gebracht hatte. Sarah erinnerte sich mit einem wohligen Schaudern daran. So zierlich sein Körper auch gewesen sein mochte, ihr war heiß und kalt zugleich geworden, als er sie dazu animiert hatte, seinen riesigen Schwanz in den Mund zu nehmen. Er war vorsichtig gewesen, hatte sich anfangs nicht bewegt, sie ganz und gar bestimmen lassen.

Es war aufregend gewesen, anders und irgendwie … animalischer. Sarah hatte es nach anfänglicher Scheu genossen. Nur Jochen in ihrem Mund kommen zu lassen, das hatte sie sich nicht getraut.

Mit Jess allerdings …

Sarah trank einen Schluck und lauschte dann verwirrt. Hatte sie da gerade ein Geräusch gehört?

»Jess? Marie?«

Keine Antwort. Ja, da war ganz sicher ein Laut gewesen, aber der konnte auch von draußen gekommen sein. Ein Kind, das im Garten geschrien hatte, ein vorbeifahrendes Auto, irgend so was.

Sie schüttelte sich, als könnte sie damit ihre Erinnerungen loswerden. Ihr Körper reagierte bereits, viel schneller als früher. Kein Wunder. Das letzte amouröse Abenteuer vor Jess lag eine Weile zurück. Erst der blonde Schwede hatte sie aus ihrer unfreiwilligen Enthaltsamkeit geholt, und ihr Körper schien Nachholbedarf zu haben.

Allein der Gedanke an das letzte Mal ließ sie feucht werden. Sarah zog die Schultern zusammen, ignorierte das beharrliche Prickeln in ihren Brüsten und zwischen den Schenkeln. Nicht jetzt, nicht hier. Bestimmt würde Jess gleich auftauchen. Dann konnte sie sehen, ob er sich ihr widmen würde. Sie blickte sich in der Küche um. Vielleicht sollte sie für ihn kochen? Aber sie war eher geübt darin, Fertiggerichte aus der Tiefkühltruhe zu holen, wenn die Mensa geschlossen hatte.

Und dann war da ja auch noch Marie. Was würde ihre Freundin davon denken, wenn sie sie einfach zum Fernsehen schickten, während sie sich auf Jess stürzte und sich mit ihm nebenan im Schlafzimmer vergnügte?

Sarah stellte das benutzte Glas in die Spüle und schlenderte zurück in Richtung ihres Zimmers.

Wobei Marie es sportlich nehmen würde! Sie grinste, als sie sich vorstellte, wie sie ihrer Freundin eröffnete, dass sie jetzt mit Jess ins Séparée verschwinden würde. *Kein Problem,* würde Marie sagen, *kommt einfach wieder, wenn ihr fertig seid.* Sie nahm die Dinge locker und entspannt, eine Eigenschaft, um die Sarah sie immer wieder beneidete.

Oder Marie wäre imstande vorzuschlagen, mitzukommen, spann sie den Gedanken weiter und lächelte versonnen. So war sie.

Ihr gefiel die Vorstellung weniger, wobei sie eher ein Problem damit hätte, Jess zu teilen, als sich einen Dreier vorzustellen.

Sie wollte gerade ihr Zimmer betreten, als sie wieder dieses Geräusch hörte. Sie hielt inne.

Es kam aus Jess' Schlafzimmer.

Ohne darüber nachzudenken, legte sie das Ohr an die Tür und lauschte. Da drin war jemand – nein, da waren ziemlich sicher zwei. Oder Jess schaute sich einen Film an. Allerdings konnte sie sich nicht erinnern, ob er überhaupt einen Fernseher im Zimmer hatte.

Ganz leise drückte sie die Klinke herunter und schob die Tür einen Spaltbreit auf.

Sarah konnte das Bett sehen. Lustvolles Stöhnen drang zu ihr.

Das konnte doch nicht wahr sein!

Ausgeschlossen, das war bestimmt nicht Jess. Aber wer sollte das sonst sein? In seinem Schlafzimmer, in seinem Bett?

Die Frau keuchte heiser auf.

Sarah wurden die Knie weich, wobei sie nicht leugnen konnte, dass die Geräuschkulisse sie anmachte, wie dieser wohlige Schauer bewies, der ihr über den Rücken lief.

Sie ging in die Hocke. Und wie erwartet, konnte sie damit in den Spiegel am Himmel des Bettes schauen.

Es war Jess …

… mit Marie.

Sarah blieb der Mund offen stehen. Es war eindeutig ihre Freundin, die sich dort in den Laken aufbäumte und Jess umschlungen hielt. Er lag auf ihr, hatte eines ihrer Beine angewinkelt und stieß hart zwischen ihre tiefroten Schamlippen.

Der Anblick war erregend. Sie fühlte sofort seinen inzwischen vertrauten Rhythmus, mit dem er seinen Schwanz in die heiße Mitte rammte. Nur dass er es bei Marie tat.

Ihre Scham begann zu pochen. Ihre Beine kribbelten, und das kam nicht davon, dass sie hier hockte.

Jess richtete sich auf, zog seinen nassen Schaft heraus und massierte ihn mit der Hand. Marie strich sich über den Kitzler, zog die einladenden Schamlippen auseinander und flüsterte etwas.

Jess lachte und drang wieder in sie.

Marie zuckte, wand sich unter seinem Körper, hielt seinen Nacken umklammert und schien ihn anzufeuern. Hektisch rieb sie sich mit dem Finger über ihre kleine Lustperle.

Sarah konnte sehen, dass Jess kam. Die Muskeln an seinem Hintern spannten sich, dann presste er die Backen zusammen. Er hielt einen winzigen Moment inne und warf den Kopf zurück, bevor er mehrmals hart und tief zustieß. Dabei stöhnte er befreit auf.

Danach ließ er Maries Bein los.

Sarah sollte verschwinden. Wenn sie noch länger hier hockte, würden die beiden sie entdecken. Darüber, dass Jess es gerade mit ihrer Freundin trieb, wollte sie später nachdenken.

Sarah spürte, dass ihr Slip ganz feucht geworden war und unangenehm zwischen ihren Beinen klebte. Gerade als sie sich aufrichten wollte, bekam sie einen Orgasmus. Völlig unerwartet überlief sie diese köstlich süße Welle der Lust, dass ihr die Luft wegblieb. Sie biss sich in die Hand, um ein Stöhnen zu unterdrücken, während sie sich mit der anderen am Türrahmen festhielt, unfähig, sich zu rühren. Erst zwei, drei schnelle Herzschläge später war sie zu einer Bewegung in der Lage. Als sie aufstand, war ihr Körper wie elektrisiert, und sie spürte ein unangenehmes Ziehen in ihren Brüsten. Sie presste den Unterarm dagegen und schaffte es endlich, ihre Beine zur Mitarbeit zu bewegen. Hektisch floh sie in ihr Zimmer und knallte die Tür hinter sich zu.

Sie lehnte sich schwer atmend von innen dagegen. In ihrem Schoß pulsierte es noch immer. Sie rieb mit der flachen Hand darüber, überlegte nicht länger und schob sie in ihren Slip. Sie war total feucht. Erst ihre erotischen Erinnerungen, dann der Anblick von Jess und Marie in Aktion. Es war ja nicht so, dass man da nicht zugucken konnte, im Gegenteil. Die hatten unfassbar gut miteinander harmoniert.

Zu gut.

Sarah spürte die Eifersucht in sich hochkochen. Ihr Körper war immer noch in Aufruhr, ihr Herzschlag hatte sich noch nicht beruhigt. Beinahe grob drang sie mit der Hand in ihre weiche Hitze, während sie mit dem Daumen ihren Kitzler rieb. Sie schloss die Augen, sah im Geiste sofort wieder Jess vor sich, wie er seinen steil aufgerichteten Schwanz massierte, mit der Hand seine Hoden knetete und sich dann in Marie versenkte. Sich anspannte und in ihr explodierte.

So wie bei ihr. Sie wusste ganz genau, wie sich das anfühlte, wenn er so hart war. In welchem Rhythmus er sich bewegte, wie sein Körper zuckte, wenn er kam.

Sarah begann heftiger zu reiben, während sie ein letztes Mal ihr Becken anspannte. Und dann kam sie wieder. Sie stöhnte leise, fühlte sich dieses Mal wohltuend erschöpft und befriedigt.

Das Verlangen war gestillt.

Nur die Wut auf Jess und Marie blieb.

Nach einer Weile beruhigte Sarah sich, sie wusste nur immer noch nicht, wie sie sich verhalten sollte. Sie ging erst zurück in die Küche, als sie ganz sicher war, dass die beiden bereits mit den Vorbereitungen für das Abendessen beschäftigt waren. Schweigend setzte sie sich an den Küchentresen und schaute den beiden zu, wie sie kochten. Sie waren nach nur wenigen Tagen ein eingespieltes Team – und jetzt wusste sie, dass sich das nicht nur auf die Küche beschränkte.

»Hey, da bist du ja«, rief Marie munter über die Schulter. »Dauert noch ungefähr zwanzig Minuten.«

Sarah gab lediglich ein Brummen von sich.

Jess zwinkerte und warf ihr einen Luftkuss zu.

Sarah ignorierte ihn. Was dachte dieses Arschloch sich eigentlich dabei? Wusste Marie davon, dass er auch mit ihr schlief? Das konnte sie sich kaum vorstellen.

Vielleicht war Angriff die beste Verteidigung. Sie sollte reinen Tisch machen, selbst auf die Gefahr hin, dass er sie rauswarf. Im Moment würde Sarah sogar das in Kauf nehmen, nur um dieses perfide Spiel nicht mitzumachen.

»Wein?«, fragte Jess in die Runde. Falls er von Sarahs düsterer Miene etwas mitbekam, ignorierte er es.

»Für mich gerne«, antwortete Marie.

»Wird serviert.« Jess öffnete mit Schwung den Kühlschrank und holte mit einer weit ausladenden Geste eine angebrochene Flasche Weißwein heraus. Mit einer lässigen Drehung nahm er zwei Gläser aus einem Regal und stellte sie auf den Tisch.

Sarah antwortete nicht. Die beiden gingen so vertraut miteinander um, als würden sie sich schon jahrelang kennen.

Und sie hatte gedacht, Jess wäre an ihr interessiert. Da hatte sie sich ja ganz schön was vorgemacht. Nur, wie sollte sie jetzt damit umgehen, dass er Marie betrog? War es Betrug? Wie war denn das Verhältnis zwischen den beiden überhaupt?

Sie amtete tief durch. Schluss jetzt mit den Grübeleien!

Sarah angelte nach einem Weinglas und goss es halbvoll. Nachdem sie einen Schluck getrunken hatte, stellte sie es vor sich ab und begann, mit dem Finger den Glasrand entlangzureiben. Ein helles Fiepen erklang in der Küche.

Marie verzog schmerzhaft das Gesicht. »Muss das sein? Hör auf!«

Ich bin gerade etwas zu dramatisch, dachte Sarah. Sie fasste den Stil des Weinglases mit zwei Fingern und machte eine Auf- und Abbewegung.

»Ist das bei dir eigentlich so üblich, Jess? Schläfst du mit all deinen Gaststudentinnen, an die du vermietest? Oder noch weiteren, die du kennenlernst? Oder mit halb Göteborg?« Sarah hasste sich in diesem Moment für diese Attacke, doch sie war gekränkt. Sie hatte gedacht, sie wäre etwas Besonderes für Jess, und die Wahrheit schmeckte bitter und ließ sie

Dinge sagen, die ihr sonst niemals über die Lippen gekommen wären.

Und als hätte er einen Teil ihres schlechten Gewissens bemerkt, war er auch nicht halb so schockiert, wie sie erwartet hatte. Nur Marie stand mit hängenden Armen da und starrte ihn überrascht an.

Nein, Jess war weder schockiert, noch wirkte er schuldbewusst. Er lehnte sich an die Anrichte und verschränkte die Arme, während er verwirrt den Blick von einer zur anderen wandern ließ. »Und was wird das jetzt?«

»Wie bitte?« Sarah glaubte, ihren Ohren nicht zu trauen. »Ist das alles, was du dazu zu sagen hast? Du schläfst mit mir *und* mit Marie!«

Jess zuckte mit den Schultern. »Ja, und?«

Marie lachte unsicher und schüttelte ungläubig den Kopf. Allerdings wirkte sie weniger entsetzt, als der Situation angemessen wäre.

Das machte Sarah vollends wütend. »Soll ich das in Ordnung finden?«, fauchte sie. »Nimmst du dir immer grade die vor, die verfügbar ist, ohne über Konsequenzen nachzudenken …?«

»Jetzt mal sachte.« Jess hob die Hand und brachte sie zum Schweigen. »Ich verstehe grade dein Problem nicht. Ich bin ein freier Mensch und kann ins Bett, mit wem ich will. Nur weil du hier wohnst, bin ich dir keine Rechenschaft darüber schuldig, was ich in meinem Schlafzimmer mache.« Er grinste unverschämt. »Oder mit wem. Und was für Konsequenzen, bitte schön?«

Sarah blieben die Worte im Hals stecken. Ihr Blick wanderte von einem zum anderen.

Marie betrachtete sie ein wenig mitleidig. Sie schien die ganze Angelegenheit nicht allzu sehr zu berühren.

In dem Moment kam Sarah ein fürchterlicher Verdacht. »Hast du etwa davon gewusst?«

»Ich? Nein. Aber ...«, Maries Worte verloren sich. *Ich finde es nicht so dramatisch*, schien ihre Miene auszudrücken, doch sie war klug genug, das nicht laut auszusprechen.

Sarah sprang vom Hocker, stieß dabei das Weinglas um, und rannte aus der Küche.

Nur weg von den beiden ratlos Glotzenden. Es war doch vollkommen egal, wie Marie zu der ganzen Sache stand, sie hätte sie unterstützen müssen. Und so was nannte sich beste Freundin!

Kaum war die Tür mit einem satten Knall hinter Sarah zugefallen, schaute Jess Marie ratlos an. »Kannst du mir das bitte mal erklären?«

»Na ja.« Marie nahm einen Lappen und wischte den Wein auf, den ihre Freundin bei ihrem Abgang verschüttet hatte. »Sie hat anscheinend vorhin etwas mitbekommen und nicht damit gerechnet.«

»Unfassbar!«, rief Jess aus. »Sprecht ihr denn nicht über so was? Ihr seid doch Freundinnen. Ich dachte, ihr wüsstet beide Bescheid!« Er schüttelte den Kopf und begann, den Tisch zu decken. »Wäre das meine Aufgabe gewesen? Was stellt ihr euch da vor? *Hallo, Sarah, hast du Lust auf einen Fick, aber mit deiner Freundin hab ich auch was laufen?*«

»Na ja«, brummte Marie ein weiteres Mal, während ihr Blick unwillkürlich zur Tür wanderte. Hätte sie Sarah hinterherlaufen sollen, damit sie darüber sprechen und die ... »Besitzverhältnisse« in Bezug auf Jess klären konnten? Aber ihre Freundin war so schnell verschwunden, dass sie erst jetzt auf den Gedanken kam.

»Ich fürchte, dass Sarah sich da mehr erhofft hat. Sie ist eher … ein bisschen romantisch, was Sex und Beziehungen anbelangt.«

»Moment mal!« Jetzt wurde Jess doch ungehalten. »Glaubt sie jetzt, ich will so ein Beziehungsding von ihr? Auf keinen Fall! Ich habe ihr keine Hoffnungen gemacht, dass da mehr drin wäre, oder so! Was kann ich denn dafür, wenn die sich da jetzt was einbildet? Mein Leben läuft prima ohne feste Freundin, und das soll auch so bleiben!«

»Ja, schon klar!« Marie seufzte. Sie kannte Sarah gut genug, um zu ahnen, was die sich schon alles ausgemalt hatte. Auch ihr theatralischer Abgang sprach Bände, normalerweise wäre Sarah zu Marie gekommen und hätte in einem ausgesprochen sachlichen Tonfall eine Stellungnahme verlangt. In solchen Momenten ging sie so übermäßig rational vor und wirkte kalt und unnahbar, dass Marie sich dann wie eine emotional übersteuerte Zicke vorkam. Sie konnte sich nicht vorstellen, dass ihre Freundin diese vertraute Taktik mit Absicht aufgegeben hatte. Daher war die einzige Erklärung, dass Sarah zutiefst gekränkt war und sich verraten fühlte. So ganz konnte man ihr das auch nicht verdenken.

Denn sogar Marie konnte nicht leugnen, dass Jess eine heftige Wirkung auf sie hatte. Er war fürsorglich, freundlich und aufmerksam und außerdem verdammt gut im Bett. Aber er war ebenso unverbindlich, daher war für sie die Sache schnell klar gewesen. Dieser Mann war zu gut, um wahr zu sein, und kam damit nicht ernsthaft für eine Beziehung infrage. Sie hatte zwar nicht erwartet, dass er ausgerechnet auch mit Sarah was laufen hatte, aber dass sie die Einzige war, hatte sie nicht angenommen.

Quod erat demonstrandum.

5. Kapitel

Sarah hetzte blindlings durch die Straßen, ohne darauf zu achten, wohin sie lief. Wie hatte sie nur so dumm sein können! Sie hätte sich niemals auf Jess einlassen sollen, selbst schuld! Nein, natürlich hatte er ihr nie Hoffnungen gemacht, da könnte mehr drin sein. Warum auch, er bekam ja alles, was er wollte!

Wie konnte er nur so rücksichtslos sein!

Sie lief immer weiter, bis sie sich verschwitzt und außer Atem auf eine Bank am Ufer des Göta älv fallen ließ. Erst jetzt fiel ihr auf, dass sie bei ihrer Flucht aus der Wohnung Schlüssel, Smartphone und Portemonnaie zurückgelassen hatte. Das war ja ungeheuer clever von ihr gewesen.

Sarah schaute sich um, verspürte brennenden Durst. Wo sollte sie jetzt etwas zu trinken herbekommen? In Jess' Wohnung zurückzukehren kam jedenfalls nicht infrage. Nicht bevor sie entschieden hatte, wie sie mit der Situation umgehen wollte.

Sie starrte auf den Fluss, die fröhlichen Menschen auf der Straße um sich herum, den Feierabendverkehr. Die Stadt kam langsam zur Ruhe, das Wochenende stand bevor, die Weißen Nächte waren angebrochen und als Krönung das Mittsommerfest am Samstag.

Am gestrigen Abend erst war Sarah mit einer Gruppe Gaststudenten auf einem Fest gewesen, sie hatten gemeinsam gesungen und anschließend ausgelassen getanzt und getrunken. Es kam ihr vor wie in einem anderen Leben.

Am liebsten würde sie abreisen, Schweden und damit alle Erinnerungen an diesen Traum von ihrem blonden Wikinger zurücklassen.

Jess.

Sarah starrte auf das graublaue Wasser. Der Durst wurde immer schlimmer. Sie stand auf, lief ziellos durch die Straßen, bis ihr bewusst wurde, dass sie die Richtung zum Universitätsgelände eingeschlagen hatte. Dort gab es vor dem Auditorium einen Trinkbrunnen, das wäre wenigstens eine Möglichkeit, dieses unmittelbare Problem zu lösen.

Sie eilte den inzwischen vertrauten Weg entlang, denn ohne das Semesterticket den Bus zu nehmen, das sich, wie alles, was wichtig war, in ihrer Handtasche befand, wagte sie nicht.

Endlich kam das Seminargebäude in Sicht. Kurz vor dem Eingang an einem der überdachten Fahrradständer entdeckte sie ein bekanntes Gesicht. Mika, der Typ mit den Dreadlocks vom Gaststudentenbüro, war dort gerade dabei, das Schloss seines Rads aufzuschließen. Rasch senkte sie den Kopf und lief schneller. Er war ihr nach ihrer ersten Begegnung und auch beim Kennenlerntreffen sehr sympathisch erschienen, und genau deshalb wollte sie ihm nicht begegnen. Sie konnte sich schlecht verstellen, und wie sollte sie einem Wildfremden erklären, was mit ihr los war?

»Sarah? Hey, Sarah.«

Sarah fluchte lautlos. Ihre Pechsträhne hielt offenbar an. Mika hatte sich genau für den »falschen« Weg um die anderen abgestellten Räder herum entschieden und lief ihr genau in die Arme.

Sie rang sich ein Lächeln ab. »Guten Abend, schön, dich zu sehen.« Sie verkniff sich ein *Wie geht's?* Dann würde er sie dasselbe fragen. Und ein *Ja, alles prima* würde er ihr kaum abnehmen. So würde er sie vielleicht für unhöflich halten, aber damit konnte sie leben.

»Schön, dich zu sehen.« Mika lächelte. »Wie geht's? Hast du für heute schon Feierabend gemacht?«

»Schon länger, das letzte Seminar war um vier zu Ende«, erklärte Sarah, froh, dass er diese Frage direkt hinterhergeschoben hatte. Sie zeigte in Richtung des Hörsaaltrakts. »Ich wollte eigentlich nur schnell was trinken. Das ist ja eine wahnsinnige Hitze heute. Ich hätte nicht gedacht, dass es im Juni hier schon so warm wird.« Sie hörte sich selbst plappern und verwünschte sich dafür. Das war alles Jess' Schuld, dass sie sich jetzt hier nicht einmal normal mit einem Kommilitonen unterhalten konnte!

»Das ist leider blöd«, sagte Mika gerade. »Die Hörsäle sind seit einer halben Stunde abgeschlossen. Aber hier die Straße runter gibt's ein nettes Café. Hast du Lust auf einen Kaffee mit mir?«

Sarah bekam allein von der Aussicht, ihren Durst nicht stillen zu können, einen ganz trockenen Mund. Und an jedem anderen Tag hätte sie Ja gesagt, warum auch nicht?

Sie schüttelte hilflos den Kopf. »Das geht nicht.«

Er musterte sie. »Kein Geld dabei? Ich lad dich ein.«

Natürlich, der Kerl war nicht blind. Ihr Rock hatte nicht einmal Taschen.

»Dann kann ich schlecht ablehnen.« Sie grinste unbeholfen. »Danke. Ich hab tatsächlich keine Öre bei mir. Hab mich ausgesperrt.« Das war nicht einmal so weit von der Wahrheit entfernt.

Mika winkte freundlich. »Dann komm, es ist nicht weit.« Er schob das Rad neben sich her, während sie die Straße hinunterschlenderten und dann mit etwas Glück einen winzigen Tisch in dem kleinen Eckcafé bekamen. Sie nahmen jeder einen Latte macchiato, und ohne zu fragen, bestellte Mika noch eine große Flasche Wasser und zwei Gläser.

Nach den ersten Schlucken seufzte Sarah erleichtert und lehnte sich zurück. Es gab noch Gentlemen. Offensichtlich hatte die Schicksalsgöttin sich endlich jemand anderen ausgesucht, den sie mit unglückseligen Zufällen drangsalieren konnte.

»Und?«, fragte Mika nach einer Weile. »Hast du dich gut eingelebt? Du wohnst mit deiner Freundin bei Jess Paulussen, richtig?«

Sarah stöhnte innerlich. Musste er gerade diesen Namen erwähnen?

»Stimmt genau«, hörte sie sich sagen. »Wir hätten es schlechter treffen können.«

Mika lachte. »Mit Sicherheit. Jess ist in Ordnung. Nur dass er sein Studium irgendwann mal zu Ende bringt, bezweifle ich. Aber vielleicht veröffentlicht er irgendwann seinen ersten Comic.« Er zog ein Haargummi aus der Hostentasche und band seine verdrehten Haarsträhnen zu einem dicken Zopf zusammen. Sarah beobachtete ihn verstohlen, fragte sich dabei, wie sich sein Haar eigentlich anfühlen mochte. Sie hatte solche verfilzten Strähnen immer für ungepflegt gehalten, aber bei Mika sah das sogar sehr ordentlich aus. Sein Haar hatte am Ansatz einen warmen Erdton und wurde dann immer heller, bis es an den Spitzen in ein Milchkaffeebraun endete.

Lächelnd rührte Sarah in dem Latte-macchiato-Glas. Genau die gleiche Farbe.

»Was studierst du denn?«, fragte sie dann, denn sie wollte weder über Jess noch über sich sprechen. »Oder arbeitest du Vollzeit im Gaststudentenbüro?«

»Gott bewahre, dann wäre ich vermutlich längst wahnsinnig.« Mika wedelte abwehrend mit der Hand. »Ich studiere Wirtschaftsinformatik auf Master. Das Büro ist nur ein Nebenjob, aber ganz gut bezahlt. Und nebenbei organisiere ich die Regatta Ende Juli. Machst du mit?«

»Das weiß ich noch nicht, aber bis zur Anmeldefrist hab ich ja noch Zeit. Ich kann nicht segeln.«

»Das macht nichts. Wir stellen Zweierteams zusammen, und mindestens einer muss den Segelschein haben. Das ist aber selten ein Problem. Du solltest dich anmelden, die letzten Plätze sind bald belegt. Und außerdem gibt's für den Sieger ein Wochenende in einem Fünf-Sterne-Hotel zu gewinnen, mit allem Drum und Dran. Die Leute, die für das Sponsoring zuständig sind, haben es dieses Jahr krachen lassen.«

»Na gut. Dann melde ich mich an.« Sarah nickte. Es war angenehm, sich einfach mit Mika zu unterhalten und auf andere Gedanken zu kommen.

»Und, gefällt dir Göteborg?«

»Ja, sehr sogar, wobei ich von der Stadt bisher wenig gesehen habe. Es ist einfach immer sehr viel los, und ein bisschen studieren wollte ich ja auch noch.«

Mika nickte beifällig. »Du nimmst das sehr ernst, das ist mir schon aufgefallen. Warum hast du denn eigentlich mitten im Semester angefangen?«

Sarah lächelte verlegen. Das hatte sie mit Marie unendlich

lange diskutiert. »Genau deswegen, ich wollte die Zeit nutzen, um in diese ganzen Routinen reinzukommen, vielleicht sogar schon den ein oder anderen Schein zu machen. Dann in den Ferien jobben, und wenn man sich an die ganzen Abläufe gewöhnt hat, ohne Reibungsverluste ins Wintersemester starten.« Und exzellente Noten abliefern, aber das sagte Sarah nicht laut. Sie klang in ihren eigenen Ohren gerade spießig genug. Marie hatte lange genug gegen diesen Plan protestiert, aber als sie beide ausreichend Geld zusammen und zudem ein Stipendium bewilligt bekommen hatten, fand sie den Gedanken, ein paar Monate länger in Göteborg zu leben, gar nicht so unattraktiv.

»Verstehe.« Mika nippte an seinem Latte macchiato und leckte sich dann den Milchschaum von der Oberlippe. »Gar nicht so dumm.« Plötzlich grinste er frech. »Und außerdem sucht ihr euch einen Millionär, bei dem ihr dann für immer bleiben könnt?«

»Nur wenn er jung und gutaussehend ist«, entfuhr es Sarah, im Geiste wieder Jess vor Augen. Sofort hätte sie sich am liebsten die Zunge abgebissen, aber Mika fasste es als flapsigen Konter auf und lachte gutmütig.

»Verstehe. Also einen blonden Wikinger.«

Sarah fiel keine passende Antwort ein, setzte hastig ihr Glas an und hätte sich beinahe verschluckt.

»Tja, schade, damit kann ich dann nicht dienen. Ich bin ja nicht einmal Schwede.«

»Nicht? Was dann?«, fragte Sarah verwirrt. Mika sprach akzentfrei – oder zumindest mit keinem Akzent, den sie hätte zuordnen können.

»Also gut, zu einem Viertel«, lenkte Mika ein. »Mein Großvater stammt von hier, daher habe ich hier in der Stadt auch noch Verwandte. Aber ich bin aus Finnland, aus Kotka, wenn dir das was sagt.«

»Nein, tut mir leid.«

»Siehst du? Da hast du auch nichts verpasst.« Mika zog einen Geldschein aus der Hosentasche und legte ihn unter sein leeres Glas. »Ich muss langsam nach Hause, ich bin heute Abend noch verabredet. Wie kommst du denn jetzt in deine Wohnung? Willst du jemandem anrufen?«

»Ich … nein, vielen Dank«, stammelte Sarah. »Marie müsste gleich zu Hause sein, die lässt mich sicher rein.«

Und dann musste sie sich ihr und Jess stellen. Im Nachhinein war ihr das alles unendlich peinlich. Sie hatte völlig überreagiert. Gut, Jess war ein Arschloch, aber sie konnte kaum behaupten, dass Marie sie hintergangen hatte. Und Jess war ihr Vermieter. Wenn er sie jetzt an die Luft setzte, weil er beleidigt war? Dann hatte sie ein Problem.

Sie schaute Mika flehend an, war nahe daran, ihn zu fragen, ob er eine Unterkunft für sie wüsste. Aber sie beherrschte sich. Es gab Jugendherbergen und Hotels, wenn es hart auf hart kam.

Mika neigte fragend den Kopf, doch als sie nichts sagte, verabschiedete er sich freundlich und fuhr dann mit seinem Rad davon.

Sarah schaute ihm hinterher, bis er außer Sicht war. Er konnte ihr nicht helfen, aber allein dieser nette Smalltalk hatte gutgetan. Und jetzt wurde es Zeit, den Rest in Ordnung zu bringen.

Sie hatte kaum an die Wohnungstür geklopft, weil die Klingel mal wieder nicht funktionierte, als die Tür auch schon aufgerissen wurde und Sarah sich Marie gegenüberfand.

»Endlich! Musste das sein? Hättest du nicht wenigstens dein Telefon mitnehmen können? Ich hab mir Sorgen gemacht.«

»Sorgen? Wieso? Ich bin alt genug, um auf mich selbst aufzupassen«, knurrte Sarah, um ihre Verlegenheit zu überspielen. In Wahrheit tat das gut, so etwas zu hören.

Marie ignorierte ihren Kommentar und umarmte sie herzlich. »Du bist doch ein Idiot! Man kann über alles reden. Komm rein. Jess wartet im Wohnzimmer.«

»Jess?« Sarah blieb stocksteif stehen und wurde rot. »Nein, mit dem will ich nicht reden. Nicht jetzt, nicht heute.«

»Nichts da, komm jetzt rein! Er will sich entschuldigen.«

Er wollte was? Einen Moment machte Sarah sich Hoffnungen, dass sie sich geirrt hatte. Dass er doch mehr wollte, zwar mit Marie schlief, sich aber in *sie* verliebt und für *sie* entschieden hatte. Sofort rief sie sich zur Ordnung. Sie war eben doch hoffnungslos romantisch …

»Hey, Sarah, gut, dass du wieder da bist.« Jess sprang von der Couch auf, drückte dabei die Fernbedienung und fror eine düstere Szene auf dem Fernseher ein.

Er und Marie hatten sich also einen Film angesehen, wie ein altes Ehepaar. Sarah überkam mit einem Mal große Sehnsucht, und sie wünschte sich nichts weiter, als zu einem ungezwungenen Umgang mit beiden zurückzukehren. Eines Tages würde sie schon den richtigen Mann finden.

Sie lächelte tapfer. Das klang doch sehr vernünftig. Mal sehen, ob sie sich auch so verhalten konnte.

»Setzen wir uns doch«, sagte Marie und stellte Sarah ohne zu fragen ein gefülltes Weinglas vor die Nase.

Sarah nahm auf dem Sessel Platz und blickte verlegen von einem zum anderen. Sie wusste nicht, was sie sagen sollte, sie hatte die ganze Szene zwar ins Rollen gebracht, was sie auch bereute, aber eine Entschuldigung hielt sie dennoch nicht für angebracht.

Jess nahm ihr die Entscheidung ab. »Sarah, es tut mir leid, wenn ich dir falsche Hoffnungen gemacht habe.« Er lächelte reumütig. »Du hast zwar maßlos übertrieben, wenn du glaubst, dass ich bereits halb Göteborg verführt habe, aber ich hatte schon was mit der ein oder anderen Gaststudentin. Wenn es auf beiden Seiten passt, prima, wenn nicht, auch gut. Leben und leben lassen, das ist meine Devise. Aber ich verstehe gar nicht, wieso du drauf kommst, dass da mehr drin sein könnte.«

Sarah zuckte mit den Schultern. »Natürlich, jetzt, wo du es so sagst, klingt es ganz plausibel. Ich dachte nur, weil du dich so rührend um mich kümmerst, die Idee mit dem Ausflug in die Schären, den du für morgen geplant hast, und all das.«

Jess verdrehte etwas genervt die Augen. »Das macht mir einfach Spaß. Ich betreue sogar die Kerle, die hier wohnen, es sind ja nicht grundsätzlich Frauen. Und von denen will ich ganz sicher nichts. Tut mir leid, wenn das hart klingt, Sarah, aber das ist nichts Persönliches. Und das hättest du erkennen können, denn um Marie kümmere ich mich ganz genauso.«

»Und mit der schläfst du auch.« Sarah hatte es nicht sagen wollen, aber sie konnte die Worte nicht zurückhalten. Sie war eben doch verletzter, als sie sich selbst eingestehen wollte.

Immerhin schaute Jess jetzt etwas verlegen zur Seite. »Marie ist eigentlich nicht mein Typ. Sie hat den ersten Schritt getan, hat mir ein Angebot gemacht, zu dem ich nicht Nein sagen konnte.«

Marie kicherte. »Das stimmt.«

Sarah warf ihr einen mörderischen Blick zu. Was war eigentlich mit der los? Wieder bekam sie von der Seite keine Unterstützung, im Gegenteil, ihre Freundin ließ sie dastehen wie ein verklemmtes Mauerblümchen.

Vielleicht konnte Marie ihre Gedanken nicht lesen, aber das böse Funkeln hatte sie nicht übersehen. Sie biss sich kleinlaut auf die Unterlippe, sprang auf, quetschte sich neben Sarah in den breiten Sessel und gab ihr einen Kuss auf die Wange.

»Schon gut, Süße. Wir hätten wirklich mal reden sollen, da wäre der ganze Schlamassel vermutlich rausgekommen. Und ich hätte dich davor bewahren können, dich in einen Idioten zu verlieben.« Sie wurde ernst und legte ihre Hand auf Sarahs. »Vergiss Jess! Du hast mich, wir haben uns. Der Kerl ist ein Idiot, er weiß gar nicht, was er bei dir verpasst. Der ist es nicht wert, dass du jetzt ins heulende Elend verfällst.«

Jess räusperte sich. »Bevor du mich jetzt noch weiter beleidigst, ich bin noch hier. Und denk lieber dran, dass ihr mir Miete zahlt.«

Sarah schaute bei seinem drohenden Tonfall erschrocken auf, doch seine Miene verriet, dass er es sportlich nahm.

Als auch Marie aufschaute, lächelte er beide über den Rand seines Weinglases hinweg an, prostete ihnen zu und trank.

Kopfschüttelnd lächelte Sarah, und der Knoten in ihrer Brust löste sich endlich. Die beiden hatten ja recht. Sie war einfach viel zu verkrampft.

»Was den Ausflug in die Schären betrifft, den vergesst ihr dann besser wieder«, murmelte Jess.

Marie runzelte die Stirn. »Wieso denn? Also«, sie wandte sich an Sarah, »darüber wollte ich tatsächlich mit dir sprechen, aber wann hatten wir in den letzten Tagen denn dazu Gelegenheit? Jess hat mich nämlich auch eingeladen.«

Jess lehnte sich zurück und begann mit dem Saum seines T-Shirts zu spielen. »Ja, aber vielleicht war das keine so gute Idee.«

»Wieso denn?«

Sarah richtete sich etwas auf. »Ja, wieso?« Sie wurde neugierig. Dass sie sich einen romantischen Ausflug zu zweit darunter vorgestellt hatte, war nicht sein Fehler, doch Jess schien ihr noch etwas verheimlicht zu haben.

»Also eigentlich war es eine Einladung zu einer Mittsommerparty in den Schären. Ein Kumpel von mir hat dort ein Haus, ganz allein auf einer Insel, weit und breit sonst nichts. Und wenn ich Party sage, dann meine ich ungefähr dreißig geladene Gäste.« Er verstummte.

»Ja, und?«, hakte Marie nach.

»Das wollte ich euch heute beim Abendessen alles sagen«, fügte er hinzu. »Da wusste ich ja noch nicht, dass ... Ach, Sarah, das wollte ich nicht.« Er sah so betroffen aus, dass Sarah sich ihm am liebsten an die Brust geworfen und ihn getröstet hätte.

Aber genau darum ging es ja: Er war ihr Vermieter, er vögelte gut, er mochte sie und hatte ein angemessen schlechtes Gewissen.

Aus, Ende der Durchsage. Trösten war in diesem Repertoire nicht vorgesehen.

»Also was denn nun?« Sie bemühte sich um eine ungnädige Miene.

Jess legte die Hand in den Nacken. »Also diese Party ist ziemlich besonders. Es hat vor ein paar Jahren ganz normal angefangen, aber inzwischen ist es eine wilde Mischung aus

Mittsommerfest, Beltane, Ritualen und ein bisschen folkloristischem Schnickschnack.«

»Beltane? Ist das nicht keltisch? Gehört das nicht nach Irland?«, fragte Marie verwirrt nach.

»Kann sein, weiß ich nicht.« Jess nahm sein Weinglas und trank einen Schluck. »Wie gesagt, es wird gemacht, was den Organisatoren grade einfällt. Letztes Jahr hatten wir einen sagenhaften Auftritt von einer finnischen Tänzerin, die dann ein Fruchtbarkeitsritual mit einem Steinphallus abgezogen hat. Die Frauen mussten das Ding streicheln und dann Aufgaben erfüllen. Keine Ahnung, ob es so eine Tradition wirklich gibt, aber es hat einen verdammt guten Eindruck gemacht.« Er grinste schon wieder. Mit Betroffenheit konnte er offenbar nicht lange dienen.

Sarah atmete leise durch. Das Kapitel war beendet. Wobei sie schon wieder ein wohliger Schauer überlief, wenn sie Jess nur beobachtete. Jetzt stellte er das Weinglas ab und schlug die Beine übereinander. Dabei rutschte das T-Shirt ein wenig höher, und man konnte seinen glatten Bauch sehen.

Sarah nippte an ihrem Weinglas und konzentrierte sich ganz auf das fruchtige Aroma des kühlen Weins. Wahrscheinlich musste sie das alles viel, viel lockerer sehen. So wie Marie. Jess war ja nicht unerreichbar. Sie konnte ihn haben, wenn sie wollte. Sie musste nur ihre Prinzipien über Bord werfen, nämlich die, dass Sex in eine Beziehung gehörte.

Allerdings musste sie ja gar keine selbstauferlegten Regeln brechen. Sie war ungebunden. Und die ein oder andere Nacht mit Jess wäre doch gar nicht so übel …

Marie erwiderte irgendetwas. Sarah konzentrierte sich wieder auf das Gespräch.

»… damit sagen, dass es nicht nur um essen, trinken und tanzen geht? Sondern?«

»Was denkst du? Um besonders engen Paartanz natürlich«, antwortete Jess. »Oder sogar nicht nur für Paare. Womit wir wieder beim Thema wären. Ich wollte euch da nicht blauäugig reinlaufen lassen. Ist ja auch nicht so, dass ihr mitmachen müsst. Ein paar begnügen sich mit Zuschauen. Aber irgendwas geht immer, zumindest bei den meisten.« Der Blick, den er Sarah zuwarf, lag irgendwo zwischen einer weiteren Entschuldigung, weil er sie anders eingeschätzt hatte, und Herausforderung.

Sarah neigte verwirrt den Kopf. »Willst du mir grade sagen, dass die Party eine große Nummer ist? Ein … wie heißt das, Gangbang?«

»Ach je, so schlimm ist es nun auch wieder nicht.« Jess lachte hölzern und machte mit den Armen eine weit ausladende Geste. »Es ist eine Schäreninsel, klein, aber immer noch groß genug, dass dreißig Leute sich bequem aus dem Weg gehen könnten, wenn sie es drauf anlegen. Das Haus hat insgesamt fast dreihundert Quadratmeter, einen Pool und einen großen Garten mit mehreren Terrassen zum Meer hin. Es hat acht Gästezimmer, dazu kommen ein paar Segelboote, auf denen manche übernachten. Aber es ist ungezwungen. Die meisten sind Singles, und die Paare, die dort anwesend sind, bewachen sich nicht gegenseitig. Es gibt immer ein bisschen organisiertes Programm, das meistens ziemlich frivol ist, aber auch ganz normales Trinken und Quatschen. Eine Party mit Add-on, für die, die Lust haben.« Er zwinkerte vielsagend. »Und für die anderen Schlüssel für die Gästezimmer. Das ist alles. Und ihr beiden könnt meine Begleitung sein.«

»Hm.« Marie rieb sich nachdenklich übers Kinn.

Sarah schwieg. Sie fand Jess' offenen Umgang mit dem ganzen Thema befremdlich, andererseits klang diese »besondere Party« gar nicht so uninteressant. Sie musste ja nicht mitmachen, das hatte er ausdrücklich gesagt. Aber es wäre eine gute Gelegenheit, diesen Vorsatz, das alles nicht so verkniffen zu sehen, in die Tat umzusetzen.

»Was denkst du?«, fragte Marie und schaute sie an. Ihre Miene verriet deutlich, dass sie sich bereits dafür entschieden hatte. Sie war ohnehin ein neugieriger Mensch, und Jess' lebhafte Beschreibung hatte bei ihr garantiert den richtigen Nerv getroffen.

Sarah zog die Schultern hoch, hoffte, dass es so lässig wirkte, als würde sie tagtäglich zu einer Sex-Party in die Schären eingeladen und damit für sie die normalste Sache der Welt. »Klar, warum nicht?«

»Find ich gut. Alleine hätte ich nämlich keine Lust gehabt.« Marie grinste und streckte ihr die Handfläche entgegen. Sarah schlug ein, wobei sie eine kleine Stimme in ihrem Kopf fragen hörte, worauf sie sich da bitte gerade eingelassen hatte …

6. Kapitel

Marie nahm die Sonnenbrille ab, da die Gläser von der Gischt ganz beschlagen waren, und reckte das Gesicht seitlich hinaus in den Fahrtwind. Sie stand ganz vorn bei Jess, der das Motorboot rasch zwischen den Schären hindurchmanövrierte, als hätte er sein Leben lang nichts anderes gemacht.

Die Schären waren in Wirklichkeit noch viel schöner, als sie sich vorgestellt hatte. Die Inseln, manche mit Bäumen bewachsen, andere nicht mehr als ein paar karge graue Steinhügel, lagen in der blauen See, als hätte ein übermütiger Gott sie einfach wie einen Beutel Spielzeug ausgeschüttet. Das Meer selbst war heute ruhig unter dem tiefblauen Himmel, und nur vereinzelt brandeten ein paar helle Schaumkronen gegen die zerklüfteten Küsten. Auf den größeren Inseln standen ein oder mehrere Häuser, und den Booten nach zu urteilen, die bereits an den Anlegern ankerten oder wie sie unterwegs waren, wurde auf mehr als einer Insel gefeiert.

Marie wandte sich von der atemberaubenden Landschaft ab und betrachtete verstohlen Jess, der breitbeinig dastand und in die sanften Wellen blinzelte. Er trug ein weißes weites Hemd, enge Jeans sowie Chucks und hatte seine Haare zu einem Knoten aufgesteckt, weil ihm die Strähnen ansonsten ständig in die Augen fielen.

Er sah wirklich großartig aus, das musste man ihm lassen, doch seit ihrer Aussprache gestern Abend hatte er auch in Maries Augen ein wenig von seinem Zauber verloren. Er war sich der Wirkung auf Frauen zu sehr bewusst und nutzte seine Ausstrahlung gezielt aus, so dass er bei ihr Sympathie eingebüßt hatte. Wobei sie andererseits nicht hätte sagen können, warum. Er tat freimütig das, wozu er Bock hatte, daran war nichts Verwerfliches. Andererseits fragte Marie sich, ob er wirklich so locker und offen war, wie er von sich behauptete, oder er doch viel bewusster manipulativ vorging. Im Grunde war es egal, zumindest was ihre eigene Person anbelangte. Viel wichtiger war, dass Sarah sich solche Fragen ebenfalls stellte und zur richtigen Antwort kam, nämlich der, sich, von oberflächlichem Kontakt abgesehen, fernzuhalten.

Maries Blick wanderte zu ihrer Freundin. Sie sah umwerfend aus. Ihr volles weiches Haar leuchtete in einem satten Rotbraun und harmonierte perfekt mit dem beigefarbenen knielangen Kleid mit den verspielten Rüschen. Die dunkelbraune Strickjacke, die Sarah sich für die Fahrt über das Wasser übergezogen hatte, würde an jedem anderen aussehen, wie von Oma gestrickt, doch bei ihr wurde das Teil zu einem perfekten Vintage-Accessoire. Auch die dicke Perlenkette und die dazu passenden Ohrringe würden bei jeder anderen bieder wirken. Sarah dagegen sah damit aus, wie aus einem stylischen Fünfziger-Jahre-Film entsprungen, mit dem lässigen Understatement der Upper Class. Eine Frau, die es nicht nötig hatte, ihre Klasse zu zeigen und sie damit nur umso deutlicher zur Schau stellte.

Dazu hatte Sarah Marie erlaubt, ihr die Haare zu einem Katniss-Zopf zu flechten, benannt nach der Figur aus den

Tributen von Panem. Kaum eine Frisur betonte ihr rundes Gesicht mit den leicht mandelförmigen Augen besser, gab ihr eine Aura von kämpferischer Weiblichkeit.

Das Kämpferische war ein wenig gelogen. Sarah war kein Typ, der kämpfte, Wettkämpfe nicht mochte und Auseinandersetzungen eher aus dem Weg ging, was sie mit ihrem Abgang am Vortag eindrucksvoll bewiesen hatte. Aber die Frisur stand ihr nicht nur ausgezeichnet, es konnte, hatte Marie insgeheim bei sich gedacht, auch nicht schaden, sich auf dieser angeblich so zügellosen Party ein bisschen unnahbar zu geben. So konnte Sarah vielleicht besser entscheiden, ob sie sich auf jemanden einlassen beziehungsweise wie weit sie gehen wollte.

Dagegen hatte Marie sich für den sportlichen Look entschieden, enges T-Shirt, Bermuda-Jeans, die ihren schlanken Beinen schmeichelten, und um die Hüften ein Sweatshirt gebunden, das das Logo der University of Edinburgh zierte, wo sie ihr erstes Auslandssemester verbracht hatte. So fühlte sie sich am wohlsten, und sie sah in dem heutigen Fest keinen Anlass, daran groß etwas zu ändern.

Außer ihnen waren noch drei weitere Personen an Bord: Da war Carl, ein guter Freund von Jess, der ihm mit seinem lockeren Gehabe und Dauergrinsen ziemlich ähnlich zu sein schien. Er war kleiner und kompakter gebaut als ihr Vermieter, mit dunklerem Haar und einem gepflegten Vollbart. Nicht Maries Typ, aber durchaus nicht unansehnlich.

Die anderen beiden Passagiere waren Grit und Piet, ein Paar, das angeblich schon so lange zusammen war, dass sie bald Silberhochzeit feiern könnten. Marie und Sarah waren sich einig, dass die beiden maßlos übertrieben, denn dann müssten sie minderjährig geheiratet haben. Die beiden waren zwar etwas älter als alle anderen und hatten diesen typischen vertrauten Umgang von Menschen, die einander seit Ewigkeiten kannten, doch sie konnten allerhöchstens Mitte dreißig sein. Vor allem wirkten sie beide viel jünger, und erst als Grit ihre Sonnenbrille abgenommen hatte, konnte Marie die kleinen Falten um ihre Augen erkennen, die ihrem Gesicht den freundlichen und gutmütigen Charakter einer Bäuerin verliehen. Dabei hatte sie einen wachen, klaren Blick, und ihre Augen funkelten häufig übermütig. Marie mochte sie auf Anhieb. Genau wie ihren Mann Piet. Er wirkte bodenständig, mit kräftigem Oberkörper und stämmigen Beinen. Mit einer Strickmütze, Pfeife und Gummistiefeln könnte er Modell als Fischer für eine Broschüre des schwedischen Tourismusverbandes stehen. Aber dazu wäre er vermutlich dann doch wieder viel zu jung.

Marie schaute wieder nach vorn auf das ruhige Wasser zwischen diesem unendlichen Labyrinth aus grau-grünen Inseln. Jess fuhr jetzt langsamer, doch ein Anleger war weit und breit nicht in Sicht.

Marie setzte sich auf die breite Reling. »Ist es noch weit?«

Er zuckte mit den Schultern, ohne sie anzusehen. »Ein paar Minuten. Es gibt einen schnelleren Weg, aber der ist nicht so spektakulär. Den nehme ich morgen, da ich keine Lust habe, hier mit Restalkohol durchzumanövrieren.« Erst als er das sagte, fielen Marie die Felsen auf, die trügerisch unter der Wasseroberfläche schimmerten. Jess mochte ein Windhund sein, doch seine Gastgeberrolle nahm er in jeglicher Hinsicht ernst.

Marie wollte ihn nicht ablenken und wartete, bis sie wieder auf ungefährlicherem Gewässer waren und Fahrt aufnahmen.

Jess schaute sie an und lächelte. »Wie gefällt dir dieses Stück Schweden?«

»Ganz okay.«

»Ganz okay? Spinnst du? Das ist einer der schönsten Flecken, die wir in Skandinavien zu bieten haben.« Jess verzog empört den Mund.

»Marie gibt ungern zu, wenn sie beeindruckt ist«, schaltete Sarah sich hinter ihnen ein. »Wenn sie *ganz okay* sagt, meint sie, dass es großartig ist. Sonst würde sie *nett* sagen. Falls es ihr nicht gefällt, kommentiert sie das mit *Ja, geht.*«

Jess zog die Augenbrauen zusammen, dass sich eine steile Falte über der Nase bildete, schwieg jedoch. Marie wandte sich ab, um ihr Grinsen zu verbergen. Sie hatte seine Performance zwischen den Laken mit *ganz okay* beurteilt, und er hatte schulterzuckend so getan, als wäre ihm das gleichgültig. Aber egal, konnte er eben jetzt stolz auf sich sein.

Das Motorboot fuhr mit einem weichen Schwung um den bewaldeten Ausläufer einer Insel und verlangsamte seine Fahrt erneut. Vor ihnen erhob sich ein großzügiges Haus oberhalb des sanft abfallenden Ufers, zwar unverkennbar mit schwedischen Stilelementen und hellblau gestrichener Fassade, jedoch an eine klassizistische Epoche angelehnt. Hohe schmale Fenster blickten auf die See und den Horizont, und vor der breiten Terrasse mit der Flügeltür gab es drei weitere Ebenen, auf denen mit viel Aufwand blühende Rosensträucher, Buchsbäume und Rhododendron angepflanzt waren.

Seitlich des Hauses erhob sich ein Kiefernwald, der auf der linken Seite bis fast an das Gebäude heranreichte. Auf der rechten Seite gab es einen mehrere Meter breiten Abhang, der entfernt an eine Skipiste erinnerte und auf dem sich vier lebensgroße Elche aus geflochtenen Ästen über einer bunt blühenden Sommerwiese erhoben. Überall, auf den Terrassen vor dem Haus und unterhalb der Elchherde, waren Stehtische mit weißen Hussen, bunten Blumen und großen Windlichtern verteilt. Das Ufer lief in einem flachen Sandstrand hin aus, von dem ein breiter hölzerner Anleger ins Wasser führte. Drei Segel- und fünf Motorboote lagen dort bereits vor Anker.

»Wow!«, entfuhr es Marie unwillkürlich.

Jess wandte sich an Sarah. »Und was heißt das?«

»Sie ist so beeindruckt, dass ihr die Worte fehlen.«

»Ach, seid still. Nettes Haus hat dein Freund da.« Marie lachte und streckte ihnen beiden die Zunge heraus. Sie wusste jetzt schon, dass sie sich heute von Jess und ihrer Freundin fernhalten würde. Sie hatte kein Bedürfnis, alles, was sie sagte, von den beiden seziert zu bekommen, weil sie etwas *nett* oder doch *ganz okay* fand.

Sie sprangen auf den Anleger, noch bevor Jess und Carl das dicke Tau des Motorbootes befestigt hatten, und sahen sich einem groß gewachsenen Mann gegenüber, der mit einem altertümlichen Gehrock, einem Stock mit Silberknauf und einem Zylinder auf den kurzen blonden Locken aus einer anderen Zeit entsprungen schien.

Er breitete die Arme aus und verbeugte sich vor ihnen. »Herzlich willkommen in meinem bescheidenen Reich. Mögen mein Amüsement und die geladene Gastschar euer Gefallen finden.«

Lachend fiel Grit ihm um den Hals und küsste ihn überschwänglich auf beide Wangen. »Sören, warum hast du nichts gesagt? Dann hätten wir uns der Epoche entsprechend anziehen können. Was stellt das dar? Zwanziger?«

»Exakt. Die Goldenen Zwanziger mit all ihrer Dekadenz und ihren Ausschweifungen.« Ihr Gastgeber küsste Grit ebenfalls auf die Wange und ließ dann sofort seine Zungenspitze neckisch über ihren Hals bis zum Ausschnitt ihres T-Shirts wandern, was ihr ein Kichern entlockte. Dabei schlang er besitzergreifend den Arm um sie und zog sie eng an sich.

Piet legte ihm eine Hand auf die Schulter und drohte spielerisch mit dem Finger. »Vorsicht! Halt dich wenigstens fünf Minuten zurück. Was sollen denn unsere neuen Gäste von dir denken?«

Marie zollte ihm stumm Anerkennung. Sie hatte bereits häufiger erlebt, dass Paare ihre Beziehung als offen bezeichneten, sich jedoch genau so eifersüchtig anstellten, sobald einer von beiden Ernst machte. Zumindest Piet schien nicht zu dieser Sorte zu gehören.

»Oh, ja, selbstverständlich.« Sören ließ von Grit ab und begrüßte Sarah mit einem theatralischen, aber dennoch zurückhaltenden Handkuss.

»Und du musst Marie sein, die zweite Dame aus Deutschland«, wandte er sich an sie und winkte dann hastig. »So kommt, beeilt euch, ihr seid die Letzten. Falls euch aufgefallen ist, dass hier keine Menschenseele mehr rumläuft, das heißt, alle Zuschauer warten schon ungeduldig.«

Er hielt sich nicht weiter auf, sondern führte sie hinauf zum Haus und öffnete die Flügeltür. »Wir haben Glück mit dem Wetter. Ist das nicht großartig? Das Catering ist dieses Mal auf der Wiese hinter dem Haus. Wir haben mehrere Spanferkel bestellt, die schon seit Stunden in den Rauchöfen sind.«

Marie achtete nicht auf seine weiteren Worte, da ihr der Anblick des Saales, den sie nun betraten, den Atem raubte.

»Das ist mal eine Kulisse!«, entfuhr es Jess. Die anderen murmelten zustimmend. Die Gruppe blieb am Eingang stehen und schaute sich staunend um.

Der Raum erstreckte sich über die gesamte Breite des Hauses mit bodentiefen Fenstern zu zwei Seiten, die mit schweren Samtvorhängen verdunkelt waren. Warmes Licht kam von einigen Stehlampen, die so geschickt verteilt waren, dass man sich orientieren konnte, der Raum insgesamt jedoch in Zwielicht gehüllt blieb. Eher undeutlich konnte man kleine Sitzgruppen mit hochlehnigen plüschigen Sofas ausmachen.

An der dritten kurzen Seite befand sich eine Bühne, vor der ebenfalls ein noch geschlossener Vorhang hing, ein gerüschtes rotes Ungetüm, ganz so, wie man es aus Filmen über die Varietés der Zwanziger kannte.

Piet pfiff anerkennend durch die Zähne. »Mensch, du hast ja mal wieder was aufgefahren, das wird ja jedes Jahr opulenter. Welcher arme Idiot hat dir denn die ganzen Sofas auf die Insel geschafft?«

Sören nahm den Zylinder ab und schwenkte ihn wie ein Zirkusdirektor. »Ich habe Ansprüche, und ich habe das Geld. Sucht euch ein paar gemütliche Plätze, es müssten noch drei Nischen frei sein, wenn ich das eben richtig im Blick gehabt habe.«

Erst jetzt wurde Marie bewusst, dass sie gar keine Zuschauer sah. Die Sitznischen waren so arrangiert, dass sie auf den ersten Blick nicht einsehbar waren. Trotzdem war sie automatisch davon ausgegangen, dass die Zuschauerreihen gefüllt waren, denn man hörte gedämpfte Stimmen, Knistern oder Klirren von Gläsern und Fußscharren.

»Kommst du mit uns?«, fragte Grit leise neben ihr.

Marie zuckte erschrocken zusammen.

Die Schwedin lachte auf. »Ich wusste gar nicht, dass ich so beeindruckend bin.«

»Bist du aber«, rutschte es Marie heraus. Natürlich war sie nur zusammengezuckt, weil Grit sie überrascht hatte, aber dass die Schwedin darüber hinaus eine tolle Ausstrahlung besaß, konnte sie kaum leugnen.

»Oh, na dann. Mal schauen, ob ich deinen Ansprüchen gerecht werde.« Grit zwinkerte ihr verschwörerisch zu und zog Piet an der Hand hinter sich her zu einer Nische im hinteren Bereich des großen Saales.

Marie schaute sich suchend nach Sarah um, die ein wenig verloren zwischen Jess und Carl stand, während Sören schon wieder gestenreich irgendetwas erklärte. Irgendwo begann jemand, eine flotte Melodie zu klimpern.

Marie zog Sarah ein Stückchen zur Seite. »Grit hat mich gefragt, ob ich mit ihr und Piet kommen möchte«, raunte sie der Freundin ins Ohr.

»Dann mach das. Ich komme klar«, flüsterte Sarah zurück.

Marie versuchte in dem Halbdunkel, ihr Gesicht zu erkennen, doch ihre Miene verriet nicht, ob sie das ernst oder sarkastisch meinte.

»Ich wollte dich eigentlich fragen, ob du mitkommst«, murmelte Marie verdutzt.

Sarah lachte. »Auf keinen Fall. Die beiden wollen mir dir eine Nummer schieben. Also zumindest Grit möchte das.«

»Wie bitte?«

»Ich hab auf der Hinfahrt gehört, dass die beiden sich darüber unterhalten haben. Was guckst du denn so? Jess hat uns doch gesagt, dass es hier letzten Endes nur um das Eine geht. Mit Blumenkränzen im Haar um einen Mittsommerbaum zu tanzen reicht denen hier jedenfalls nicht, soweit ich mich erinnere.«

»Ja schon, aber ich dachte …« Marie verstummte. Ja, was hatte sie gedacht? Jedenfalls nicht, dass Sarah sich so ohne Weiteres auf die Spielregeln dieser Party einlassen würde. Das war nicht nur verwirrend, das passte nicht zu ihr. Sollte sie sich Sorgen machen? Bevor Marie noch etwas sagen konnte, machte Sören eine ungeduldige Geste, und Sarah gab ihr einen sanften Stoß in die Seite. »Na los doch, du musst dich nicht um mich sorgen. Verschwinde!«

»Also gut.« Marie winkte und folgte Grit und Piet, die sie eng aneinandergekuschelt in einer Sitznische vorfand.

»Da bist du ja. Wein?« Grit hielt eine Rotweinflasche hoch, die sie unter einem kleinen runden Tisch aus einem Korb hervorzauberte, in dem außerdem Wasser und Weißwein in einem Kühler lagerten.

»Dieser Sören hat aber auch an alles gedacht.« Marie nickte anerkennend und ließ sich neben Grit auf das Sofa fallen. Samtig weicher Plüsch umfing sie.

Grit schenkte ihr ein Glas Wein ein. »Sören ist verrückt, und er hat zu viel Geld, als für einen einzelnen Menschen gut ist. Immerhin gibt er zu, dass er einfach nur Glück hatte. Er hat Ende der Neunziger mit Aktien von Internetfirmen gezockt und rechtzeitig aufgehört, bevor die ganze Blase platzte. Seitdem arbeitet er nur noch, wenn er Lust dazu hat.« Grit seufzte laut.

Piet knurrte empört. »Jetzt erzähl Marie auch, dass ich damals zu feige für solche Aktiengeschäfte war und du den falschen Kerl geheiratet hast.«

»Ach, du Spinner!« Grit lachte. »Du hast andere Qualitäten.« Sie klopfte ihm gönnerhaft auf den Oberschenkel und streifte dabei wie zufällig seinen Schritt. Piet zog eine Grimasse und schlug die Beine übereinander.

Marie schüttelte lächelnd den Kopf. Beiden war anzumerken, dass sie es nicht ernst meinten und solche Scheingefechte schon häufiger ausgetragen hatten.

Ein mächtiger Paukenschlag, der sogar die Fensterscheiben in ihren Rahmen erzittern ließ, ließ sie alle drei zusammenfahren. Mit einem Ruck wurde der Vorhang auf der Bühne aufgerissen, und ein paar Scheinwerfer tauchten die Bühne in ein grelles Licht. Rechts und links sprühte Trockeneis über den Boden. Die Kulisse war mit witzig gemalten Reklameschildern, Tierkäfigen und einzelnen Figuren wie einem schnurbärtigen Gewichtheber in einem schwarzweiß geringelten Shirt oder einer dicken bärtigen Dame im Stil eines altertümlichen Jahrmarkts gehalten. Marie glaubte Jess' Stil in den Darstellungen wiederzuerkennen, doch ganz sicher war sie sich nicht.

Grits Weinglas tauchte in ihrem Sichtfeld auf. »Auf eine gute Show.«

Marie hob ihr Glas und stieß an. »Prost!«

Die Schwedin trank und beugte sich dann wie eine besorgte Mutter zu ihr. »Jess hat euch doch vorgewarnt, oder? Das tut er eigentlich immer.«

»Keine Sorge, was den expliziten Charakter dieser Party angeht, wissen wir Bescheid.«

»Dann ist es gut.« Grit ließ ihre Fingerspitzen über Maries Oberschenkel gleiten, was ihr einen wohligen Schauer verursachte. »Du gefällst mir nämlich. Und wenn Piet Glück hat, teil ich dich mit ihm.«

»Nun lass die Gäste doch erst mal ankommen. Und jetzt Ruhe, ihr beiden«, brummte Piet, rutschte tiefer in die bequemen Polster und verschränkte die Hände über dem Bauch.

»Meine Damen und Herren, herzlich willkommen zu unserem alljährlichen kleinen Fest.« Sören sprang auf die Bühne, jetzt ganz und gar ein Zirkusdirektor der alten Schule. »Lassen Sie sich von unserem bunten Programm verzaubern …« Ein Feuerwerkskörper explodierte mit einem knisternden bunten Sprühregen. »… entführen und verführen. Meine Damen und Herren, für Sie von den Bühnen der Welt angereist: die unvergleichlichen Damen *Coffee, Milk & Honey*. Applaus!«

Die Menge applaudierte laut, und Sören verschwand mit einer Verbeugung zur rechten Seite der Bühne, während auf der linken drei Tänzerinnen erschienen.

»Oh, wie hübsch! Eine Burlesk-Show.« Grit klatschte in die Hände, und dem Raunen sowie vereinzelten Pfiffen im Publikum nach zu urteilen, war sie nicht die Einzige, die begeistert war.

Marie konnte sich ein fassungsloses Lachen nicht verkneifen. Sollte sie noch Zweifel daran gehabt haben, was hier abgehen würde, wäre sie spätestens jetzt eines Besseren belehrt worden.

Die drei Damen, eine Nordeuropäerin, eine Inderin und eine Afrikanerin – womit es keinen Zweifel daran gab, wer Milk, wer Honey und wer Coffee war –, trugen kurze Röcke, Netzstrümpfe und Strapse sowie enge schwarz-rosafarbene gestreifte Mieder, deren Korsagen die Brüste der Damen eng nach oben schnürte, die Brustwarzen jedoch bedeckten. Milk und Coffee hatten einen Federbusch auf den hochfrisierten Haaren, Honey einen Zylinder, unter dem ein dicker Zopf hervorlugte.

Die drei begannen sofort mit einem stürmischen Cancan zu der Musik, die irgendwo im Hintergrund einsetzte.

»Nein«, entfuhr es Grit, als die Tänzerinnen zum ersten Mal synchron die Beine hoch in die Luft warfen.

Marie war sich nicht sicher, ob sie richtig gesehen hatte. Andererseits wäre das doch zu erwarten gewesen, oder?

Die drei trugen unter den Röcken nichts. Und natürlich blieb es nicht bei den sekundenlangen Aussichten. Je länger der Tanz andauerte, desto wilder wurden die Figuren. Die drei fielen in einen Spagat und drehten sich dann nacheinander so zur Seite weg, dass das Publikum die Scham jeder Einzelnen kurz bewundern konnte.

Marie stellte ihr Weinglas ab und schluckte unruhig. Der Anblick zeigte Wirkung. Die drei waren unverkennbar Profis, setzten den Dreiklang ihrer verschiedenen Hautfarben wunderhübsch in Szene, wenn sie ihre Arme nebeneinander in die Höhe reckten oder sich hintereinander aufstellten und lasziv vorbeugten. Honey mit ihrem Zylinder bildete immer wieder die Mitte und stach zusätzlich durch ihre Beweglichkeit hervor. Marie war hingerissen.

Und nicht nur sie.

Piet stöhnte und rieb sich über den Schritt. Unter den Stoff seiner Hose zeichnete sich bereits eine deutliche Wölbung ab.

Und dabei hatten die drei Frauen auf der Bühne gerade erst angefangen. Spielerisch stellten sie sich im Takt der Musik immer wieder hintereinander und schnürten sich die Mieder auf. Nach kurzer Zeit standen sie oben ohne vor dem Publikum, die Brustwarzen allerdings von kleinen Hütchen verdeckt, an denen Troddeln baumelten.

»Verdammt scharfer Anblick die drei«, stöhnte Piet leise.

Grit kicherte. »Mach dich locker. Solange du nachher noch

einsatzfähig bist, kein Problem.« Sie schaute Marie vielsagend an.

Piet grinste anzüglich und öffnete Gürtel und Reißverschluss seiner Hose. »Hast du jemals Grund zur Beschwerde gehabt?«

»Aber nein.« Grit lehnte sich an Marie und begann, sanft über ihre Oberschenkel zu streichen.

Marie wusste gar nicht, wo sie sich hinwenden sollte. Obwohl sie sich wirklich für aufgeschlossen hielt, ging ihr das alles doch etwas zu schnell. Andererseits konnte sie kaum leugnen, dass die Performance auf der Bühne äußerst erregend war. Alle drei Frauen bewegten sich nun so im Takt der Musik, dass ihre Brüste schaukelten und die Troddeln wild herumwirbelten.

Dann geschah etwas, womit Marie gar nicht gerechnet hätte. Milk und Coffee zauberten ein dunkles Tuch vom Boden der Bühne hervor und breiteten es vor Honey aus. Das Tuch über Kopfhöhe haltend, gingen sie auseinander, bis sie die halbe Bühne damit bedeckten.

Dann wurde es dunkel, sogar die Stehlampen im Zuschauerraum wurden gedimmt, nur hinter dem Tuch schien es auf einmal heller zu sein. Der Schattenriss von Honey mit ihrem weiten Rock und dem Zylinder war zu erkennen.

Die Musik wurde leiser, zugleich jedoch änderte sich die Tonfolge und erzeugte Spannung, dass Marie ganz kribbelig wurde.

Dann trat plötzlich Sören vor den improvisierten Vorhang, ein weißes Kaninchen im Arm, das er behutsam streichelte. Er hob das flauschige Tierchen hoch, damit alle es sehen konnten, verbeugte sich und trat hinter den Vorhang, so dass ebenfalls nur noch sein Schattenriss zu sehen war.

»Ich bin gespannt, was jetzt kommt«, sagte Grit.

Piet brummte zustimmend. »Typisch Sören. Ein weißes flauschiges Kaninchen, Symbol der Reinheit und Unschuld.«

»Sicher«, erwiderte Grit trocken. »Und der Fruchtbarkeit und Vermehrung.«

»Das hast *du* gesagt.« Die ganze Zeit hatte Piet die Hand in seiner Hose und spielte an sich herum. Marie konnte es aufgrund der Dunkelheit zwar mehr ahnen, doch die vage erkennbaren Bewegungen unter dem Stoff setzten Bilder in ihrem Geist in Gang. Dass Grits streichelnde Finger immer höher zwischen ihre Oberschenkel gerieten, machte es nicht besser.

Mit einiger Anstrengung riss Marie sich von der Vorstellung los, wie Piet mit seiner kräftigen Hand seine Hoden massierte, und wandte sich der Bühne zu.

Sören, nur noch als Silhouette zu erkennen, trat zu Honey, das Kaninchen von sich gestreckt. Honey deutete einen Knicks an, als zierte sie sich, doch dann nahm sie den Zylinder vom Kopf und hielt ihn ausgestreckt vor sich. Sören setzte das Tier hinein. Honey drehte sich einmal schnell um die eigene Achse, und der Zylinder samt Inhalt war verschwunden.

Die beiden Schatten begannen ein kokettes Spiel miteinander. Der Mann streckte die Hände aus, berührte mit den Fingerspitzen vorsichtig den Körper der Frau, die sich immer wieder wegdrehte und ihm auffordernd den Hintern entgegenreckte. Nach einer Weile hob der Mann den Finger hoch, als käme ihm eine Idee, und langte unter den Rock. Die Frau nickte heftig und reckte den Po noch einmal deutlich nach hinten. Der Rock flog nach oben über ihren Rücken.

Marie beobachtete fasziniert das Schattenspiel. Man konnte nicht genau sehen, was vor sich ging, und doch war völlig klar, dass Sören Honey befummelte – oder zumindest so tat. Er würde doch nicht wirklich auf einer Bühne und vor aller Augen so weit gehen? Wie auch immer, das Schattenspiel wirkte grausam betörend. Gerade weil die Zuschauer mit ihren Phantasien alleingelassen wurden, man nichts sah und doch eine genaue Vorstellung davon hatte, wie Sörens Finger gerade immer wieder durch Honeys feuchte Schamlippen glitten. Es war faszinierend.

Aus den Augenwinkeln bekam Marie mit, dass Piet noch ein wenig tiefer sank und den Hosenbund nach unten schob. Ohne Scheu fuhr er mit der Hand unter den Stoff. Nur zu deutlich zeichnete sich helle Haut ab, als er seinen steifen Schwanz hervorholte und sich langsam streichelte.

Grit beugte sich zu Marie. »Schau nicht hin, das will er nur. Das törnt ihn an.« Dann ließ sie ihre Zungenspitze neckisch über Maries Ohr flattern.

Marie atmete einmal tief durch. Das ging hier wirklich schnell. Sie sollte sich auf das Schattenspiel konzentrieren. Grits Fingerspitzen tanzten inzwischen über die Knöpfe ihrer Jeans, drangen immer wieder in die Zwischenräume und zogen sich dann hastig zurück. Marie überlief eine Gänsehaut, und das kam gewiss nicht davon, dass es hier im Saal kalt war, ganz im Gegenteil.

Das Schattenspiel änderte seine Choreographie, und Marie zweifelte plötzlich daran, dass Sören nur so tat, als hätte er seine Hand in Honeys Schoß. Gerade richtete er sich auf, und Honey drehte sich kurz um, zog ihm den Gehrock von den Schultern, und dann sah es so aus, als würde sie seine Hose öffnen.

Nein, das sah ganz sicher nicht nur so aus. Sie tat es, kniete sich vor ihn und reckte den Kopf. Der Mann stellte sich seitlich ins Profil. Ein waagerechter Schatten wuchs aus seiner Hose und verschwand wieder, als Honey den Kopf hob. Dann bewegte sie sich vor und zurück.

»Die bläst ihm einen. Sagenhaft.« Piets Hand war plötzlich an Grits Nacken und versuchte, sie in seinen Schoß zu drücken.

Sie wehrte ihn ab. »Später. Du solltest nicht dein ganzes Pulver verschießen.«

»Schlampe.«

»Wichs dich.«

»Und ob.« Er rieb provokant über seine Erektion und stöhnte dabei lauter als nötig.

Grits Hand war plötzlich an Maries Brust. »Ich möchte lieber mit dir schmusen. Hast du was dagegen?«

»Nein«, seufzte Marie heiser, während die Finger der Schwedin den BH hochschoben und eine Brustwarze umkreisten. Sie wusste überhaupt nicht, wohin mit ihrer Aufmerksamkeit. Piet, der sich ungeniert selbst befriedigte, Grits Finger, die über ihre Haut glitten, und dann das Paar auf der Bühne, das zwar verhüllt war, aber doch alles zeigte. Marie zweifelte nicht länger daran, dass Honey Sörens prallen Schwanz lutschte. Nach einer Weile erhob sie sich. Die Schatten verschmolzen miteinander und trennten sich. Wieder reckte Honey dem Mann ihren Po entgegen. Er trat zu ihr und hob ihr Bein in einem unmöglichen Winkel an.

Piet stöhnte und massierte sich schneller. »Der nimmt sie auf der Bühne. Ich fass es nicht.«

Grits Finger schlüpften unter Maries Hosenbund und tauchten in die warme Feuchtigkeit zwischen ihren Beinen.

Die Schwedin kicherte. »Wenn du jetzt behauptest, dass dich das alles nicht anmacht, glaub ich dir kein Wort.«

»Ich sage gar nichts mehr«, erwiderte Marie und stöhnte. Die zarte Berührung an ihrem Kitzler war beinahe schon genug, um einen Orgasmus auszulösen. Eine Welle der Lust brandete durch ihren Körper. Marie jedoch spannte sich an, wollte sich diesem Gefühl noch lange nicht ergeben, war sich dennoch sicher, es nicht mehr lange aushalten zu können.

Irgendwo schrie ein Mann in einer anderen Sitzecke auf, zweifelsfrei befriedigt.

Marie kniff die Augen zusammen, und ihr war der Schweiß ausgebrochen. Grit öffnete ihre Hose, glitt mit ihrer schmalen Hand zwischen die pochenden Schamlippen und drang immer tiefer. Dabei schien ihre Zunge plötzlich überall zu sein, knabberte verlangend an Maries Ohrläppchen, streifte ihre Wange und schlug im Takt der Finger gegen ihre zitternden Lippen. Marie wollte sie öffnen, die Schwedin empfangen, doch die war bereits weitergewandert. Sie schob Maries T-Shirt hoch und leckte über ihre Brustwarzen. Die kleinen harten Nippel hoben sich dunkel gegen ihre helle Haut ab. Marie ließ sich wie Piet tiefer in die Polster gleiten. Es war so anders als bei einem Mann, intensiver. Grit schien genau zu wissen, was sie tun musste, um Marie all ihre Sinne zu rauben. Sie kniff in die weichen Hügel, nicht schmerzhaft, aber auch nicht gerade sanft, leckte über die warme Haut und hinterließ kühlende Feuchtigkeit. Maries Puls beschleunigte sich, verursachte ein dumpfes Klopfen in ihren Ohren.

Marie wollte schon die Augen schließen, sich ganz dieser erotischen Massage hingeben, als eine Veränderung der Musik ihre Aufmerksamkeit wieder zur Bühne lenkte. Der Mann und die Frau waren hinter dem Tuch zu einem Schatten verschmolzen, als Milk und Coffee das Tuch zum Flattern brachten und es dann zu Boden sinken ließen.

Ein Raunen ging durch die Zuschauer und so manches Stöhnen. Pfiffe und Anfeuerungsrufe wurden laut. Weder Sören noch Honey beachteten das Publikum. Die Inderin hing geschmeidig in den Armen des Mannes, ein Bein in einer unglaublichen Drehung um seine Schultern gelegt, so dass ihre Scham vollständig entblößt war. Ihr Gesicht war zu einer entrückten Grimasse verzogen, sie sah sogar aus, als würde sie bereits kommen. Der Mann nahm sie mit langen harten Stößen, glitt immer wieder vollständig aus ihr heraus, so dass seine tiefrote Eichel zu sehen war, und drang dann wieder mühelos in seine Gespielin ein. Er bewegte sich im Takt der Musik, die nun ihr Tempo langsam steigerte.

Marie blieb der Mund offen stehen. Ihre Schamlippen zogen sich schmerzhaft zusammen. In dem Moment rieb Grit in kleinen Kreisen über ihre Lustperle, und Marie spürte, wie sie sich dem Höhepunkt näherte, zu früh, doch dieses Mal konnte sie nichts mehr dagegen tun. Marie schnappte nach Luft und spannte ihre Beine an, drängte sich der Hand entgegen. Gritt schien verstanden zu haben, schob ihre Finger in die heiße Mitte und stieß mehrmals tief hinein, während sie zugleich mit dem Daumen auf den Kitzler drückte und ihn hart rieb. Marie warf sich nach vorn, der Berührung entgegen, versuchte zugleich, ihr zu entkommen, damit diese Welle anhielt, sie sich ihr nicht ergeben musste. Unmöglich …

Sie presste ihr Becken gegen das Polster, wäre beinahe heruntergerutscht. Mehrere kleinere Wellen fluteten durch ihren Körper, bevor der Rausch nachließ.

Kleine Lichtpunkte tanzten vor ihren Augen. Trotzdem sah sie, dass Sören auf der Bühne sich immer schneller bewegte, erbarmungslos in Honey stieß, diese davon hin und her geschüttelt wurde. Ihre Brüste schaukelten im Takt.

Er kam mit einem animalischen Keuchen, zog seinen noch zuckenden Schwanz aus der feuchten Spalte, die von seinem Saft weiß glänzte. Seine Schultern hoben und senkten sich bei jedem seiner schweren Atemzüge.

Honey dagegen schien sich bereits wieder erholt zu haben. Leichtfüßig machte sie einen Schritt zurück, hob gleichzeitig das Bein von seinen Schultern und verbeugte sich. Ihr Rock rutschte herunter, verhüllte ihre Schenkel, als wäre nie etwas gewesen.

Marie hielt sich an Grits Arm fest und versuchte sich aufzurichten. Die Hand der Schwedin bewegte sich nicht mehr, ruhte jedoch immer noch in ihrem feuchten Schoß.

Aus den Augenwinkeln nahm sie hastige Bewegungen wahr, dann erst hörte sie dieses feine Geräusch, wie wenn Haut übereinanderrieb. Sie wollte nicht hinschauen, da ihr Grit doch gesagt hatte, dass Piet es genau darauf anlegte, doch ihre Neugier, diese ganze aufgeladene Atmosphäre waren stärker.

Marie wandte den Kopf.

Piet fixierte sie, hatte den Mund halb geöffnet und schlug mit der Zunge im Takt seiner Bewegungen gegen die Unterlippe. Marie starrte auf seine Erektion, die Hand, die hart auf- und abfuhr, die Vorhaut heftig nach unten schob und die rosige Eichel bloßlegte.

»Langsam bekomme ich Mitleid«, knurrte Grit belustigt. Sie zog endlich ihre feuchte Hand aus Maries Hose, beugte sie zu ihrem Mann und benetzte seinen Schaft.

Er hielt kurz inne, schloss die Augen und grinste breit. Nur noch einmal bewegte er seine Hand nach unten. Als er die

Vorhaut zurückschob, ergoss er sich bereits. Sein Schwanz zuckte in seiner Hand, und der weiße Saft ergoss sich über seine Finger.

Grit beobachtete ihn und schnurrte wie eine zufriedene Katze.

Marie wollte sich abwenden, als Grit ihre Hand noch einmal ausstreckte, gegen ihren Schritt drückte und hart darüberrieb. Überrascht keuchte Marie auf, und was sie niemals für möglich gehalten hatte, passierte: Ein zweiter Orgasmus brandete über sie hinweg, kürzer, fast schmerzhaft, aber dafür umso intensiver. Ihre Oberschenkel verkrampften sich. Sie warf sich nach vorn, drängte sich der Hand mit dem Becken entgegen und blieb dann völlig erschöpft liegen. Sie hörte das Blut in ihren Ohren rauschen. Und nur langsam beruhigte sich ihr rasender Herzschlag.

Der Bühnenvorhang hatte sich inzwischen herabgesenkt. Marie hätte nicht sagen können, ob sich auf der Bühne noch etwas abgespielt hatte. Vereinzelt wurde applaudiert, ein paar Männer riefen nach einer Zugabe. Die Stehlampen wurden nun etwas heller, tauchten den Saal allerdings in ein dezentes Zwielicht.

Marie setzte sich auf und streifte das T-Shirt herunter. Sie fragte sich, ob sie nicht wenigstens ein wenig beschämt sein sollte. Natürlich hatte sie gewusst, dass Schweden in manchen Dingen unverkrampfter waren. Aber das Ganze hier ging trotz Jess' vollmundiger Ankündigung viel weiter, als sie erwartet hatte. Und dann war da noch die Tatsache, dass Grit eine Frau war.

Marie hatte sich nie Gedanken darüber gemacht, ob ihr Liebesspiele mit einer Frau gefallen könnten. Sicher, sie hatte sich schon das ein oder andere Video angesehen, in dem sich nur Frauen miteinander vergnügten, und fand den Anblick einer nackten Frau sogar ästhetischer als den eines Mannes. Aber war das etwas Ungewöhnliches? Von dem, was sie von Freundinnen wusste, war das eher die Regel als die Ausnahme.

Und bis zur tatsächlichen Umsetzung einer solchen Phantasie wäre es ja auch noch ein Schritt. Richtiger Sex hatte in ihrer Realität immer mit einem Mann stattgefunden. Jetzt war sie sich nicht mehr so sicher. Das mit Grit hatte sich anders angefühlt, etwas in ihr ausgelöst.

Marie holte die Wasserflasche aus dem Korb unter dem Tisch und trank rasch zwei Gläser Wasser hintereinander weg.

Sie war aufgewühlt. Das lag aber nicht daran, dass Grit und Piet neben ihr wild miteinander herumknutschten. Es lag auch nicht daran, dass gerade jemand auf der Bühne mit zotigen Sprüchen über einen Zauberer mit seinem Zauberstab die nächste Nummer ankündigte.

Marie fragte sich, was mit ihr selbst los war, warum sie ausgerechnet jetzt, wo sie Spaß haben wollte, begann, ihr Leben infrage zu stellen. Und sie machte sich Gedanken darum, wie Sarah Sörens und Honeys Nummer verkraftet hatte.

Nein, Marie war nicht beschämt, im Gegenteil, sie genoss die offene Atmosphäre. Sarah war ja nun auch kein Kind von Traurigkeit und nicht übermäßig prüde. Allerdings war die ganze Sache hier doch ziemlich heftig.

Wie es ihr wohl ging?

Sarah …

Marie sehnte sich auf einmal danach, in ihren Armen zu liegen.

7. Kapitel

Sarah schwankte zwischen Empörung und Faszination, als sie diese Bühnenshow und den Akt zwischen Sören und Honey mit ansehen musste. Wenigstens war Jess in der Zwischenzeit verschwunden, so dass sie mit Carl allein in einer Nische saß. Ihr Sitznachbar blieb höflich auf Abstand und versuchte, eine möglichst unbeteiligte Miene aufzusetzen, was ihm allerdings mehr schlecht als recht gelang. Die Schwellung in seiner modisch zerfetzten Jeans und sein ruheloses Hin- und Hergezappele während der Darbietung sprachen Bände.

Außerdem war die Show zwar derb, aber trotzdem ansprechend gemacht. Sogar Sarah konnte nicht leugnen, dass es zwischen ihren Schenkeln erwartungsvoll prickelte.

Fast tat Carl ihr leid.

Sie nippte an ihrem Wasserglas und fasste einen Entschluss.

»Carl, ich gehe mal raus. Wie sehen uns sicher später noch, okay?«

»Hast du was dagegen, wenn ich mitkomme?«

»Also …« Sarah hatte durchaus etwas dagegen, aber das einfach frei heraus zu sagen wäre verdammt unhöflich. Außerdem kamen ihr die Worte von Jess wieder in den Sinn, dass hier trotz aller Freizügigkeit niemand ungefragt über jemand anderen herfallen würde. Selbst wenn Carl irgendwelche Absichten hegte, sollte es genügen, deutlich *Nein* zu sagen. Sie kannte ihn zwar nicht, aber so viel Vertrauen hatte er verdient.

Sie rang sich ein Lächeln ab, wobei sie nicht einmal sicher war, ob er das bei dem schummrigen Licht überhaupt sehen konnte. »Nein, kein Problem, komm ruhig mit.«

Rasch standen sie auf und verließen den Saal. Carl schien sich in dem Haus auszukennen, denn er öffnete wortlos eine der Türen, die vom Flur abgingen, und führte Sarah durch eine Küche hinter das Haus hinaus. Dort gab es eine weitere Terrasse mit einer sich anschließenden Wiese, auf der wiederum blumengeschmückte Stehtische und kleine Sitzgruppen mit Holzstühlen und runden Bistrotischen auf die Gäste warteten. Im Hintergrund qualmten, wie von Sören angekündigt, mehrere Smoker-Öfen, daneben war unter einem offenen Pavillon ein Tisch eingedeckt. Darüber hingen bunte Girlanden. Die Rasenfläche wurde von einer Gruppe Birken gesäumt, durch deren lichtes Blattwerk die Sonne ihre abendlichen Strahlen sandte und deutlich machte, dass es noch viele Stunden dauern würde, bis sie unterzugehen gedachte.

Auf der Terrasse angekommen, atmeten Sarah und Carl wie auf Kommando erst einmal tief durch. Dann sahen sie sich nach dem Halbdunkel des Saales im schonungslos grellen Licht des ausklingenden Tages erst einmal verlegen an.

Sie schwiegen, da offenbar keiner wusste, was er sagen sollte, dann lachten sie.

»Moment.« Carl war mit wenigen Schritten an einem Kühlschrank neben einem langen Tisch, der Sarah bisher gar nicht aufgefallen war. Er holte zwei Bierflaschen heraus und hielt sie in die Höhe. »Möchtest du?«

»Sehr gerne!« Sarah hatte schon immer lieber Bier gemocht, aber zum Ambiente da drinnen passte Wein natürlich besser. Carl öffnete die Flaschen, reichte ihr eine davon, und sie stießen an.

»Schon besser«, seufzte Sarah, nachdem sie einige tiefe Schlucke genommen hatte. Verstohlen schaute sie zu Carl, dessen Erektion inzwischen nicht mehr zu erkennen war. Vielmehr schien er ebenfalls froh zu sein, der schwülstigen Atmosphäre im Saal entkommen zu sein. Es war ja wirklich interessant gewesen, so etwas einmal zu erleben, aber für sie war es doch eine Nummer zu heiß. Sie hatte sogar geglaubt, den Sex riechen zu können. Der Gedanke jagte ihr einen Schauer über den Rücken.

Carl wollte gerade ansetzen, etwas zu sagen, als sie ein lautes Rufen hörten. Neugierig sahen sie sich an und liefen dann bis zum Ende der Terrasse und lugten um die Ecke. Eine Tür, die ins Haus führte, stand offen, im Rahmen eine fluchende, mit dem Mittelfinger drohende Coffee in einer Trainingshose und einem T-Shirt.

»Was ist passiert?«, rief Carl ihr zu.

»Das Scheiß-Karnickel ist los. Hat mich getreten, als ich es in den Käfig setzen wollte, und hoppelt jetzt irgendwo da draußen rum. Mistvieh!«

»Sollen wir mal suchen gehen?«, fragte Sarah. Es verwirrte sie, dass die dunkelhäutige Frau akzentfrei schwedisch sprach, aber dann fiel ihr ein, dass Schweden schon von jeher ein Einwanderungsland war. Vermutlich war Coffee sogar hier geboren.

»Würdet ihr? Das wäre großartig, ich habe nämlich gleich meinen Auftritt, und die anderen beiden sind noch auf der Bühne.« Sie drehte sich um und war bereits halb in der Tür verschwunden. »Falls ihr es findet, einfach packen und auf die Hinterläufe achten. Es beißt nicht, aber es tritt manchmal um sich, und dann ist es schwer zu halten. Ich stelle euch den Käfig raus, okay?« Und ohne eine Antwort abzuwarten, verschwand sie.

»Hasenjagd am Mittsommer«, stieß Carl ungnädig hervor. »Wenn ich das Vieh erwische, packe ich es zu den Ferkeln in den Smoker.« Er schaute zu Sarah und lachte auf. »Nein, keine Sorge, sieh mich nicht so entsetzt an. Komm, wir sollten uns beeilen. Wenn der Hoppel einmal Richtung Strand ist, haben wir kaum noch eine Chance, ihn zu finden.«

Sarah nickte. »Und was machen wir mit dem Bier?«

»Nehmen wir mit, können es auch am Strand trinken.«

»Okay.« Sie folgte ihm einen fast unsichtbaren Trampelpfad entlang in Richtung der Dünen auf der Rückseite der Schäreninsel. Ihr war gar nicht bewusst gewesen, dass sie so eine schockierte Grimasse gezogen hatte, denn natürlich hatte sie nicht ernsthaft erwartet, dass Carl so etwas tun würde.

»Bist du nicht Jess' bester Freund?«

»Könnte man sagen. Wir kennen uns seit der Grundschule. Eine Freundschaft fürs Leben, wenn du so willst.« Carl lächelte.

Sarah nickte zustimmend, während sie das knöchelhohe Gras und die niedrigen Büsche mit Blicken nach dem weißen Kaninchen absuchte. Irgendwie versöhnte sie das mit Jess wieder ein wenig. Er hatte so oberflächlich und gleichgültig gewirkt, als er von seinem Desinteresse an einer Beziehung mit einer Frau gesprochen hatte. Jetzt fand sie es beruhigend, zu wissen, dass er offenbar doch zu engeren Bindungen fähig war. Alles andere hätte Sarah als ziemlich einsam empfunden – selbst wenn sie das streng genommen gar nichts anging.

In gemächlichem Tempo wanderten sie eine flache grasbewachsene Düne hinunter und standen schließlich am Strand auf der Rückseite der Insel.

»Da sind wir«, sagte Carl und beschattete die Stirn mit der Hand, um sich noch einmal gründlich umzuschauen. Von dem Kaninchen war keine Spur zu sehen.

Sarah blickte hinaus aufs Meer. Die Sonne warf gleißende Strahlen auf die glitzernde Wasseroberfläche. Ein paar Möwen glitten in einiger Entfernung über die seichten Wellen.

Der Strand selbst war nur ein schmaler Streifen Sand, auf dem ein paar Felsbrocken lagen. Die Düne schützte vor dem Wind, aber es war ohnehin warm und trocken, so dass sich die Wärme zwischen den Steinen fing. Sarah trat ans Wasser und atmete die frische Seeluft ein. Was für ein paradiesischer Flecken!

Carl trat neben sie und folgte ihrem Blick über das ruhige Meer. »Schön hier, oder? Es ist so perfekt, wie ein Winkel in den Schären nur sein kann.«

»Ja, das stimmt. Sören hat mit dieser Insel wirklich einen Glücksgriff getan.«

Carl wies auf die Felsbrocken. »Wobei ich ihm unterstelle, dass er die Steine dekorativ hätte arrangieren lassen, hätten sie nicht so gelegen. Oder vielleicht hat er das sogar getan. Er ist ein Perfektionist.«

»Wirklich ein interessanter Typ.« Sarah blickte wieder den Möwen hinterher, die sich in die Luft erhoben und dann wieder, leicht wie hellgraue Federn, Richtung Wasseroberfläche fallen ließen, um im letzten Moment abzubremsen und über das glitzernde Meer dahinzugleiten.

»Halt dich von ihm fern, wenn ich dir einen Rat geben darf«, meinte Carl gerade.

»Wieso?«, fragte Sarah verwirrt nach. Ihre Gedanken waren noch beim Meer und den Möwen.

»Von Sören. Ich hab schon erlebt, dass die ein oder andere versucht hat, sich an ihn ranzumachen, aber ich würde die Finger von ihm lassen.«

»Na ja.« Sarah lachte. »Er hat Geld und sieht nicht schlecht aus. Was spricht gegen ihn?«

»Er ist ein ziemlich mieser Macho und nutzt Frauen aus. Am liebsten sind sie ihm, wenn sie blond und dumm an seinem Arm hängen, ihn bewundern, sich bei Bedarf von ihm durchvögeln lassen und ansonsten die Klappe halten.«

Sarah hob amüsiert eine Augenbraue. »Harte Worte.«

Carl tat, als würde er ausspucken. »Die meisten wissen das. Aber er findet trotzdem immer wieder eine. Mich stößt das ab, ich wollte dieses Jahr gar nicht mehr herkommen, aber Jess hat mich überredet.«

»Vielleicht bist du nur eifersüchtig?«

Carl schaute sich um und deutete dann auf einen größeren, knapp hüfthohen Felsen. »Wollen wir uns setzen?«

»Klar.« Sarah ging voraus und hockte sich auf den warmen Stein. Carl gefiel ihr, allerdings machte sie sich nach der Erfahrung mit Jess keine Illusionen. Sie würde erst einmal gründlich abchecken, was er für ein Typ war. Sören interessierte sie nicht im Geringsten, und sie hatte auch gar kein Interesse, mehr über ihn zu erfahren. Ein Traumprinz mit Geld wäre natürlich nicht zu verachten, aber wenn ein Kerl außer einem dicken Konto nichts zu bieten hatte, war das nichts für sie. Und schon gar nicht ein Mann mit einem solchen übersteigerten Hang zur Selbstdarstellung.

Carl wirkte mit seinem dichten Vollbart wie ein freundlicher Bär, entspannt und gutmütig. Er setzte sich in genau dem richtigen Abstand neben sie, nicht zu weit weg, nicht zu dicht.

»Prost!« Er hob seine Flasche, und sie stießen noch einmal an.

»Deine Frisur sieht übrigens großartig aus«, sagte er, nachdem er einen Schluck getrunken hatte. »Das habe ich bisher selten so gesehen.«

Sarah strich sich über den eng anliegenden Zopf. »Die Idee ist aus dem Film *Die Tribute von Panem*, dort trägt die Hauptfigur die Haare manchmal so. Ich bekomme das leider nicht alleine hin, die Frisur muss meine Freundin machen.«

»Du meinst Marie, oder?«

»Genau.«

Sie schwiegen, was Sarah nicht als unangenehm empfand. Carl schien kein Mensch zu sein, der ständig reden musste.

»Ich bin übrigens weder neidisch noch eifersüchtig auf Sören«, meinte er dann doch irgendwann.

»Wieso solltest du?«, fragte Sarah ehrlich verwundert. Sie war mit ihren Gedanken bei der Regatta gewesen, von der Mika ihr erzählt hatte. Sie hatte sich im allerletzten Moment angemeldet.

»Weil du das eben gesagt hast, als ich erwähnte, dass ich gar nicht herkommen wollte.« Carl trank sein Bier aus und stellte die Flasche neben dem Felsen ab.

»Ach so. Na ja, das hab ich auch gar nicht so ernst gemeint. Sören interessiert mich nicht.«

»Das beruhigt mich, wirklich.«

Sie lächelten sich an. Sarah lehnte sich gegen den Felsen und schloss die Augen. Sie hatte wieder Probleme mit dem

Zeitgefühl, es musste mindestens auf sechs zugehen, doch es fühlte sich an wie später Nachmittag. Und es war immer noch unheimlich warm. Sie zog die Strickjacke aus und genoss die Sonnenstrahlen auf ihrer nackten Haut. Wie gut, dass sie sich für das ärmellose Kleid entschieden hatte, sie hatte erst Bedenken gehabt, ob es nicht zu kühl werden würde.

»Also …« Carl räusperte sich verlegen. »Ich geh dann noch mal nach dem Kaninchen schauen.«

Sarah schlug die Augen auf. Was war denn jetzt los? Carl stand seitlich abgewandt und hatte die Hand in den Nacken gelegt, den Blick stur an ihr vorbei aufs Meer gerichtet.

»Wieso? Ist doch grade so entspannend.«

»Mag ja für dich zutreffen.« Er machte einen Schritt in Richtung Pfad. Sarah beugte sich nach vorn, und dann sah sie die Bescherung. Ihr Kleid war an den Ärmeln relativ weit ausgeschnitten. Da sie das wusste, zog sie in der Regel blickdichte BHs darunter. Das nützte nur nichts, wenn man sich beim Ausziehen einer Strickjacke die Unterwäsche mit abstreifte. Der Himmel wusste, wie sie das angestellt hatte. Sie hatte Carl freie Aussicht auf ihre Brust gewährt.

»Hey, warte doch mal«, rief sie ihm nach, während sie den BH wieder in die richtige Position rückte.

Carl wandte sich kurz zu ihr um und hob abwehrend die Hände. »Mir ist schon klar, dass das nur ein Versehen war, Sarah. Aber ich bin auch nur ein Mann. Sörens Bühnenshow liegt noch nicht lange genug zurück, dass ich jetzt ganz lässig neben dir sitzen bleiben könnte.« Er machte zwei Schritte zurück, stolperte über einen Grasbüschel und blieb stehen.

Sarah sprang auf. Eine merkwürdige Unruhe erfasste sie. Sie wurde sich auf einmal ihres Körpers bewusst, des luftigen Kleids auf der sonnenwarmen glatten Haut. Ihre Brustwarzen zogen sich schmerzhaft zusammen, sicher weil der BH darüberrieb.

Sie neigte den Kopf und lächelte. »Vielleicht finde ich das aber gar nicht so schlimm, wenn du nicht einfach nur lässig neben mir sitzen bleibst.«

Carl ging einen Schritt auf sie zu. Sarah bemerkte die Unsicherheit in seinen Bewegungen und wurde sich zugleich ihrer eigenen Verlegenheit bewusst.

Was tat sie da? Hatte diese ganze Atmosphäre sie so aufgeputscht, dass sie jetzt den erstbesten Mann anbaggerte?

Sie machte zwei Schritte, wurde sich bewusst, dass ihr Stringtanga zwischen ihren Beinen klebte. Ihr wurde noch heißer. Eine Haarsträhne löste sich und streifte ihre nackte Schulter. Sie bekam eine Gänsehaut und unterdrückte ein Schaudern.

Sie standen sich im Abstand von knapp einem Meter gegenüber, und plötzlich musste Sarah kichern. Sie benahmen sich ja wie zwei verstörte Teenager! Was war denn schon dabei? Sie hatte sich doch vorgenommen, den nächsten Kerl, die Männerwelt an sich und überhaupt alles lockerer zu sehen. Deshalb war sie überhaupt mitgekommen. Und Carl war ein Typ, mit dem sie sich gut vorstellen konnte, das in die Tat umzusetzen.

»Wirklich?« Carl trat zu ihr und legte einen Finger unter ihr Kinn.

Sarahs Herz begann schneller zu schlagen.

Einfach nicht mehr nachdenken, lass alles auf dich zukommen …

Sie öffnete zaghaft ihre Lippen. Carl beugte sich über sie und ließ seine Zunge sanft darübergleiten. Sein Bart kratzte, aber es war gar nicht so unangenehm. Sarah reckte sich und schloss die Augen.

Seine Lippen waren weich und samtig, bildeten einen schönen Kontrast zu den kratzigen Bartstoppeln. Er schmeckte herb und würzig, wie das Bier, das sie gemeinsam getrunken hatten.

Carls Atem ging schneller. Er legte ihr die Arme um die Hüften und zog sie enger an sich. Sarah spürte seine Erektion. Ein nervöses Flattern lief durch ihren Körper, doch dann war da sein sanfter Zungenschlag, und ihre Bedenken lösten sich in nichts auf. Das Meer rauschte im Hintergrund, und die Luft roch nach Gras, Salz und Sommer.

Sarah eroberte seinen Mund und umspielte seine Zunge. Als Carl unwillkürlich aufkeuchte, stellte sie erstaunt fest, wie fordernd sie wurde. Sie drückte sich gegen ihn, rieb ihre Hüfte an seinen Lenden und genoss es, dass er ganz unruhig wurde. Wie von selbst öffnete ihre Hand seinen Gürtel und die Hose.

»Nicht so hastig, schönes Fräulein«, sagte Carl überwältigt und griff ihr im gleichen Moment unters Kleid. Er schob es ganz nach oben, samt BH, bis über ihre Brüste. Warmer Wind strich über Sarahs Haut, ließ sie freudig erzittern. Carl leckte über ihre Hügel, streichelte entzückt ihre Brustwarzen, die sich sofort aufrichteten. Er nahm sie zwischen die Zähne, zupfte daran und rieb sie zugleich zwischen Daumen und Zeigefinger. Kurze Impulse wanderten durch Sarahs Körper bis zu ihrem Schoß und verhallten dort. Es waren kleine Wellen, wie Nadelstiche, doch zu kurz und oberflächlich, um schmerzhaft zu sein. Sarah schwankte und spreizte die Beine, um besseren Stand zu haben, während Carl ihre Brüste liebkoste, bis ihre Nippel ganz rot und gereizt waren.

Als sie ein zweites Mal mit der Hand in seine Hose vordrang, protestierte er nicht mehr. Sie berührte heiße straffe Haut. Es reichte schon, dass sie mit ihren Fingerspitzen darüberfuhr. Die Hose war viel zu eng. Carl keuchte gequält auf.

Sarah zog ihm die Hose mit einem Ruck herunter, und sein steifer Schwanz richtete sich auf, reckte sich ihr hart und fordernd entgegen. Sarah legte die Hand um die Spitze und schob die Vorhaut nach vorn.

Carl unterbrach sein Streicheln und warf den Kopf in den Nacken. Sarah lächelte und kniete sich rasch hin. Bevor sie es sich anders überlegte, nahm sie seinen prallen Schwanz behutsam zwischen die Zähne, benetzte seine Haut und kostete das herbe Aroma. Zugleich spürte sie, wie ihr Tanga in ihre feuchte Mitte rutschte. Ihre Schamlippen begannen, im Takt ihres Herzschlages zu pulsieren.

Es war unglaublich, doch sie stand schon kurz vor einem Orgasmus, obwohl doch kaum etwas passiert war. Vielleicht hatte ihr Verstand sich gegen jene Bühnenshow gewehrt, doch ihr Körper hatte ganz offensichtlich bereits viel früher auf die erotischen Signale reagiert.

Carl legte ihr eine Hand auf den Hinterkopf und begann, in ihren Mund zu stoßen. Nicht tief, Sarah merkte verstört, dass dieser gleichmäßige Rhythmus sie völlig scharf machte. Sie verstärkte die Bewegung, presste ihre Lippen auf seinen harten Schaft und schlug mit der Zunge gegen seine Eichel.

Schließlich riss Carl beinahe unsanft an ihren Haaren. Sarah hielt inne. Sein Schwanz pulsierte gegen ihre Lippen. Carl zog ihn heraus.

Sarah blickte ihn von unten an. Seine Augen waren geweitet, und sein Brustkorb hob und senkte sich. Sie legte die Hand um seinen Schaft, streichelte seine straffen Hoden.

Carl packte sie am Handgelenk. »Nicht«, stieß er heiser hervor.

Sarah grinste verschlagen und leckte neckisch über seine knallrote Eichel. Ein winziger heller Tropfen bildete sich an der Spitze. Sie fing ihn mit der Zunge auf und kostete das Aroma seiner Männlichkeit. Der Vorbote, das Zeichen dafür, dass er schon kurz davor war, zu kommen.

Sarah stand auf. Sie hatte sich so darauf konzentriert, den Mann mit Zunge und Lippen zu verwöhnen, dass sie selbst ein wenig abgekühlt war.

Carl betrachtete sie, schien sich zu fragen, was sie von ihm erwartete.

Sarah wandte sich ab, reckte sich der kühlenden Seeluft entgegen. Hier waren sie, inmitten dieser überwältigenden Natur, nur von Sand und Luft und Wasser und Möwen umgeben. Sie wurde ein Teil davon, fühlte sich befreit. Mit einem Ruck zog sie das Kleid über den Kopf, ging auf den Felsen zu, beugte sich darüber und spreizte die Beine.

Wenn sie sich als einen Teil der Natur begriff, dann sollten sie es treiben wie zwei Tiere.

Plötzlich war Carl hinter ihr. Er stieß einen Laut aus, der irgendwo zwischen einem glücklichen Aufschrei und einem erstickten Brunftlaut lag. Seine Finger tauchten in ihre feuchte Spalte, zogen den Stringtanga hart über den Kitzler, dass ein kurzer Schmerz Sarah Tränen in die Augen trieb und ihr zugleich einen ersten lustvollen Kick verpasste. Sie legte sich nun mit dem Oberkörper auf den warmen Stein.

Carl steigerte sich, wurde gröber, fuhr mit den Fingern über ihre Schamlippen und tauchte immer wieder in ihre heiße Mitte. Sarah spürte Druck, der ihr eine köstliche, nie dagewesene Lust bereitete. Sie zuckte, und Carl hielt inne.

Als sie nicht protestierte, spürte sie, wie er weitere Finger in sie versenkte.

Sarah versuchte verwirrt zu verstehen, was vor sich ging. Seine Hand dehnte sie, drückte sich hinein. Sein Daumen lag auf ihrer Klitoris, presste hart dagegen. Im nächsten Augenblick war er verschwunden, und die Dehnung wurde stärker, bis es spannte. Sie versuchte, dem Druck zu entkommen, wollte andererseits nicht, dass er nachließ. Sarah krümmte den Rücken, stieß einen leisen Schrei aus.

Carl beugte sich über sie, war mit seinem gesamten Gewicht über ihr, klemmte sie zwischen seinem Körper und dem Stein ein. Die freie Hand legte er ihr um den Hals und zog sie ein Stück hoch.

»Gefällt dir das?«, raunte er ihr ins Ohr.

Er fuhr mit der Hand in ihren Schritt, keuchte auf, als könnte er sich nur noch schwer beherrschen.

»Ja«, flüsterte Sarah. Mehr brachte sie nicht hervor. Sie konnte sich kaum noch bewegen, dem Druck nicht mehr ausweichen, bekam einen Moment lang Panik, ob Carl ablassen würde, falls sie das nicht mehr wollte.

Aber sie wollte. Es war so pervers animalisch.

Er bewegte die Finger in ihr, verstärkte mit seinem Arm den Druck um ihren Hals.

Irgendwo ganz tief in ihrem Inneren verspürte sie einen kurzen Schauder. Sarah spannte die Muskeln in ihrem Becken an, merkte, wie ihre Schamlippen gegen seine Finger pulsierten.

Und dann begann Carl, rhythmisch gegen ihren Po zu stoßen. Sie spürte, wie sein harter Schwanz gegen ihre Pobacken prallte, sich dazwischendrückte und wieder weg war. Immer und immer wieder.

»Ich habe meine Hand in deiner wunderschönen kleinen Ritze«, flüsterte er und blies ihr dabei seinen Atem über den Nacken.

Sarah wimmerte. Sie bekam nur wenig Luft, kleine schwarze Punkte tanzten vor ihren Augen.

»Willst du meinen Schwanz dazu? Was denkst du?«

Sarah spürte, dass ihr Körper auf diese ganzen unerwarteten Reize reagierte, wie sich ein ausgehungerter Wolf auf die nächste Mahlzeit stürzte. Immer wieder jagten ihr kurze Lustwellen über den Körper, hinterließen ein Prickeln in ihrem Inneren. Ihre Scham klopfte voller Erwartung auf einen harten Schwanz, der sie ficken würde.

»Ja«, murmelte sie. Sie versuchte sich zu strecken, doch der schwere Männerkörper raubte ihr jegliche Bewegungsfreiheit.

Carl ging kurz in die Hocke. Er zog den Daumen aus ihr heraus, stieß seinen harten Schwanz in sie.

Sarah wimmerte auf, teils aus Schmerz, weil die Dehnung unerträglich wurde. Doch als sie begriff, was Carl da tat, brachen alle Dämme.

Er drang nicht nur einfach in sie ein. Er legte die Finger um seinen Schaft, wichste sich. Und während er in ihr war, rammte er immer wieder mit dem Daumen gegen ihre Schamlippen. Sarah wand sich, wollte seinen Stößen entkommen, fragte sich panisch, ob er versuchen würde, seinen Daumen hineinzustecken und merkte entsetzt, dass er ihr weiter die Luft abdrückte. Sie röchelte, versuchte sich aufzurichten und ihn von sich zu drücken.

In dem Moment kam sie. Zitternd atmete sie ein, als der Höhepunkt sie überrollte. Die Wellen der Lust brandeten in konzentrischen Kreisen von ihrem Schoß aus durch ihren

Körper, ihre Brüste rieben mit schmerzenden Nippeln über den Fels. Sie zuckte ekstatisch, wollte sich bewegen und konnte sich kaum rühren. Mit jedem Mal, mit dem Carl in sie hineinrammte, sich dabei wichste, verstärkte sich der Orgasmus. Nur am Rande bekam sie mit, dass er kam, seine Finger ihren unmöglichen Tanz beendeten. Erst verschwand sein Schwanz, der Druck ließ nach, sein Körper löste sich von ihrem. Dann zog er die Hand aus ihrem Schoß.

Eine letzte Welle rauschte durch Sarah hindurch, ließ sie nackt und erschöpft auf dem Felsen zurück. Kühler Wind strich über ihre erhitzte Haut. Zitternd holte sie Luft. Wann Carl seinen Arm um ihren Hals weggenommen und ihr das Atmen wieder erlaubt hatte, konnte sie nicht sagen.

Sie lächelte verstohlen.

Er hatte sie benutzt. Sie hatte es ihm erlaubt. Und sie hatte es genossen.

So also schmeckte diese Art von Freiheit. Gar nicht so schlecht eigentlich.

8. Kapitel

Nach der Vorstellung folgte Marie den anderen hinters Haus hinaus auf die Terrasse. Die Zuschauer hatten sich über die Wiese an die Stehtische verteilt, tranken Bier oder Sekt und unterhielten sich. Mehrere junge Männer waren dabei, das fertige Fleisch aus den Smokern auf Holzplatten zu legen.

Marie ließ wie viele andere ihre Schuhe auf der Terrasse zurück, holte sich einen Sekt mit Orangensaft und spazierte über die Wiese. Sie genoss das weiche Gras unter ihren Fußsohlen und die sanften Windböen, die gelegentlich durch die Birken am Rand der Partyfläche fuhren und die silbrig weißen Blätter tanzen ließen.

Die Stimmung war entspannt und heiter, allerdings irgendwie viel … normaler, als Marie es erwartet hätte. Wenn man die Leute betrachtete, war ihnen nicht anzusehen, was für einer Show sie eben noch beigewohnt hatten beziehungsweise welche Wirkung sie auf so manchen Zuschauer gehabt hatte.

Sie beschloss, sich für eine Weile von den anderen Gästen zurückzuziehen, setzte sich auf einen Felsen am Rand der Wiese und zog die Beine an. Sie war ein wenig enttäuscht. Natürlich sah man niemanden an, ob er oder sie während der Show aktiv gewesen waren, das wäre Blödsinn. Aber irgendwie hatte sie doch erwartet, dass der Paartanz sich über die gesamte Party mehr oder weniger offen fortsetzen würde, nachdem die Eröffnung vorüber war. Aber hier standen die Partygäste zu zweit oder in kleinen Gruppen, lachten und redeten miteinander, wie auf jedem anderen Gartenfest. Sie sah nicht einmal einen nackten Busen oder einen exzessiven Kuss.

Maries trank ihren Sekt aus, stellte das Glas zwischen ihren Füßen ab und suchte mit den Blicken die Menge nach Sarah ab. Sie wollte wissen, was ihre Freundin von der ganzen Sache hielt. Wenn sie schon nichts geboten bekam, wollte sie wenigstens mir ihr lästern. Sie entdeckte Jess, der sich angeregt mit einer vollbusigen Brünetten unterhielt, aber sonst niemanden, den sie kannte. Von Sarah weit und breit keine Spur. Vielleicht war ihr das alles zu viel geworden und sie hatte sich zurückgezogen, das sähe ihr ähnlich.

»So allein?«

Marie schrak zusammen, sprang auf und fuhr herum. Piet stand breitbeinig hinter ihr, die Hände wie ein Cowboy in den Hosentaschen vergraben, und grinste breit von einem Ohr zum anderen.

»Du bist es!«

»Wen hast du denn erwartet? Soll ich wieder gehen? Störe ich bei … schmutzigen Gedanken?« Spöttisch hob er die Augenbrauen.

Marie lachte und winkte verlegen ab. »Ach was, nein. Im Gegenteil.« Sie drehte sich um und ließ erneut den Blick über die Partygäste schweifen. »Ich habe mich grade viel mehr darüber gewundert, wie normal hier alles zu sein scheint.«

Piet lachte und zwickte ihr spielerisch in den Po. »Das können wir sofort ändern.« Ohne zu fragen, zog er sie an sich und ließ die Zunge über ihren Hals gleiten. Marie spürte eine feuchte Spur, die sich bis an ihr Ohr zog, und erschauderte, als ein Windhauch darüberstrich.

»Die Sache ist die, Mädchen«, sagte Piet halblaut. »Wenn ich dich hier und jetzt flachlege, haben wir im Handumdrehen eine johlende Menge um uns herum. Möchtest du das?«

»Ernsthaft?« Marie wandte sich wieder der Wiese zu und tatsächlich: Ein paar Leute hatten ihre Unterhaltungen unterbrochen und schauten erwartungsvoll zu ihnen herüber.

»So läuft das. Kann ziemlich anstrengend werden, das verspreche ich dir.« Piets Hand schlüpfte in ihren Hosenbund und zwickte sie ein zweites Mal in den Po. Seine Hüfte drückte sich gegen ihren Bauch und rieb auffordernd dagegen. Maries Atem stockte kurz, als sie seine Erektion spürte.

Marie zögerte, war auf einmal völlig verunsichert. Sie nahm dieses sanfte erwartungsvolle Ziehen im Schoß wahr, das durch die neugierigen Zuschauer und Piets Nähe verstärkt wurde. Aber wollte sie wirklich, dass eine komplette Party ihr beim Sex zuschaute? Auf einmal kam es ihr überhaupt nicht mehr seltsam vor, dass niemand explizite Annäherungsversuche machte. Wobei das allerdings nicht stimmte: In der Nähe der Birken entdeckte sie doch ein Paar, das völlig in einen intensiven Kuss versunken war, und auf der anderen Seite der Wiese waren die Hände eines Mannes unter den kurzen Rock der Frau neben ihm abgetaucht. Hatte sich in den letzten Minuten ein unsichtbarer Bann gelöst, oder hatte sie das vorhin übersehen?

Piet ließ ihr keine Gelegenheit mehr, das herauszufinden. Er presste seinen steifen Schwanz leise stöhnend gegen ihren Rücken und küsste sie auf den Hals. »Wenn es das ist, was du willst, werde ich diese Anstrengungen auf mich nehmen«, raunte er zwischen mehreren Küssen. »Aber eigentlich hat Grit mich geschickt, damit ich dich mit aufs Zimmer bringe und wir dich uns gemeinsam vornehmen können.« Er biss ihr sanft ins Ohrläppchen. »Wir teilen gerne alles, musst du wissen.«

Drei Männer waren näher gekommen, und einer pfiff leise durch die Zähne, als Piet seine Hände auf Maries Hüften legte und so tat, als würde er sie von hinten nehmen wollen.

Sie bekam eine wohlige Gänsehaut, doch die Entscheidung war leicht. »Dann lass uns gehen, ehe du mir hier vor aller Augen die Kleider vom Leibe reißt.«

»Braves Mädchen.« Piet schlug ihr fest auf den Hintern, dass sie überrascht aufschrie. »Grit würde mir das nämlich nicht verzeihen, vor allem nicht, wenn wir uns ohne sie amüsieren.«

Marie folgte ihm kichernd. Sie hatte zwar keine Ahnung, wie es den anderen Gästen erging, doch sie war hungrig, und das nicht auf das Büfett. Sie war hier, um neue Erfahrungen zu sammeln.

Piet führte sie durch einen unauffälligen Seiteneingang zurück ins Haus und in die erste Etage. Dort betraten sie ein großzügiges Zimmer, vor dessen Fenster die Gardinen vorgezogen waren. Es war zwar nicht dunkel, doch nach der Helligkeit auf der Terrasse draußen konnte Marie im ersten Moment nichts erkennen.

Und so erschrak sie, als plötzlich neben ihr eine Gestalt auftauchte. »Da seid ihr ja. Marie, Lust auf den Hauptgang?«

»Grit!«

Marie zuckte zum zweiten Mal erschrocken zusammen, als Piet ihr einen sanften Schubs in den Raum hinein gab und die Tür hinter ihr zufallen ließ. Einen Moment lang wurde sie unsicher. Waren hier noch mehr Leute? Was erwartete sie?

Grit schnalzte ungehalten mit der Zunge. »Mensch, jetzt lass sie doch erst mal ankommen«, fuhr sie Piet an.

Der brummte ungeduldig. »Ich will dich endlich rannehmen, Weib! Ist das zu viel verlangt?« Schemenhaft beobachtete Marie, wie er die Hand ausstreckte, um nach seiner Frau zu greifen, die ihm jedoch geschickt auswich.

»Mach dir keine Sorgen, der tut nur so«, sagte die Schwedin leise. »Und ganz im Ernst, wenn wir irgendwas machen, was dir nicht gefällt, sag's einfach, okay?«

»Was habt ihr vor?« Marie war froh, dass man ihr die Unsicherheit nicht anhörte.

»Ganz harmlos, nur ein flotter Dreier … wenn du magst.«

»Wäre ich sonst hier?«

»Sag ich doch«, meinte Piet triumphierend.

Maries Augen gewöhnten sich langsam an das dämmrige Licht. Es war gar nicht so dunkel, wie sie gedacht hatte, sie konnte sogar Farben erkennen. Die Vorhänge waren aus einem dicken roten Stoff, durch die das Sonnenlicht sich in einem satt orangefarbenen Ton brach. Eine flache Anrichte mit einer altertümlichen Waschschüssel und einer Porzellankanne darauf sowie ein riesiges flaches Futon mit einem Haufen Kissen waren die einzigen Einrichtungsgegenstände.

Piet trat von hinten an sie heran und schmiegte sich an sie. Marie schloss die Augen und genoss seine tastenden Hände, mit denen er zielsicher ihre Hose öffnete. Wieder spürte sie seine Erektion, die sich hart gegen ihren Po drückte. Seine Selbstbefriedigung vorhin im Theater schien ihn nicht im Geringsten befriedigt zu haben, eher im Gegenteil. Sie hörte seinen Atem, regelmäßig, aber flach und schnell.

Grit kam ganz nah heran, und als Marie sich ihr entgegendrängte, spürte sie feuchte Lippen, die ihre Wange streiften.

Sie streckte sich ihnen entgegen und öffnete einladend den Mund. Stürmisch erwiderte die Schwedin den Kuss, und auf einmal glaubte Marie, überall am gesamten Körper Hände zu spüren. Sie blinzelte, doch es war nur Grit mit ihren schlanken Fingern und hungrigen Lippen, die ihr nun Shirt und BH über den Kopf zogen. Die Schwedin trug eine weiße Bluse, die sie lässig über den Bauch geknotet hatte. Als sie sich vorbeugte, konnte Marie die Knospen ihrer Brüste sehen. Der Anblick jagte ihr einen nervösen Schauer über die Haut.

Hinter ihr stand immer noch Piet, der mit seinen kräftigen Händen zupackte und sie in die weiche Haut an Bauch und Taille kniff, derb, aber nicht brutal. Maries Atem beschleunigte sich mit jedem Zwicken, das ihr wie ein schwacher Stromstoß durch den Körper jagte.

Piet schob ihr die Hose herunter, umschlang ihren Oberkörper mit einem Arm und schob ihr von hinten ein Knie zwischen die Beine. Marie verlor den Boden unter den Füßen, saß im Reitersitz auf seinem Oberschenkel, und Grit streifte ihr die Hose weiter herunter.

Mühelos zog Piet sie ein Stückchen höher in seine Arme und trug sie zum Bett, wo er sie in die Kissen fallen ließ. Marie versuchte, sich auf die Ellbogen zu stützen, doch da war Grit schon über ihr. Sie trug nur noch die Bluse, sonst nichts, kniete sich breitbeinig über sie und küsste sie innig. Marie stockte der Atem, weil die Schwedin zugleich begann, ihre Brüste zu massieren. Sie nahm die Nippel zwischen Daumen und Zeigefinger und zwirbelte sie. Kurze schmerzhafte Wellen durchströmten Maries Brust, und sie stöhnte unwillkürlich laut auf.

»Ja, das will ich hören«, raunte Piet heiser hinter Grit. Und schon waren auch seine Hände wieder da, öffneten ihre

Schenkel weit. Marie zuckte zusammen, als seine Hand sich auf ihren Venushügel legte. Mit dem Daumen rieb er über ihren Kitzler, während er einen Finger zwischen ihre Schamlippen gleiten ließ und sanft hin- und herbewegte. Maries Herz raste. Grit schien es zu bemerken und lächelte. Ganz langsam bewegte sie sich immer höher, bis sie über Maries Brust kniete. Dann hob sie ihr Becken, legte die Hände an ihre Schamlippen und zog sie weit auseinander.

Noch nie hatte Marie eine andere Frau so intim und nah gesehen. Nervös fuhr sie sich mit der Zunge über die Lippen. Grit verstand das als Aufforderung. Ganz langsam ließ sie sich tiefer sinken. Das betörende Aroma ihrer Weiblichkeit stieg Marie in die Nase. Zögerlich reckte sie die Zunge.

Grit kam noch näher. Marie hob ihr den Kopf entgegen und berührte mit der Zungenspitze ihre Klitoris. Sie konnte kaum atmen, so nervös wurde sie. Kleine Lustwellen brandeten durch ihren Körper, sagten ihr, dass sie das Richtige tat.

Und dann war da immer noch Piets Hand zwischen ihren Schenkeln, massierte beständig ihre Lustperle und drang mit seinen Fingern in ihre feuchte Mitte.

Grit warf den Kopf in den Nacken, zog die Bluse aus und massierte mit beiden Händen ihre Brüste. Sie bewegte ihre Hüften in kleinen rhythmischen Stößen auf und ab, immer knapp über Maries Mund. Die wurde mutiger, zupfte mit den Zähnen an den Schamlippen und wurde mit kurzem Stöhnen belohnt. Tief versenkte sie die Zunge in Grits heißer Feuchte, leckte und sog mit den Lippen an ihrem Kitzler. Sie spürte ein sanftes Pochen, als Grit sich fast komplett niederließ, damit Marie noch tiefer eindringen konnte.

»Ihr seid zu gut zu mir«, sagte Piet und noch mehr, doch Marie hörte es kaum noch. Sie spürte, wie er ihre Beine weiter spreizte und seinen harten Schwanz zwischen ihre Schamlippen stieß. Er nahm sie mit langen bedächtigen Stößen.

Marie wollte sich aufbäumen, sich nicht schon dem Höhepunkt ergeben müssen, doch da war Grit über ihr, ihr herber Duft, der Geschmack ihrer Weiblichkeit. Marie keuchte auf, begriff, dass sie den beiden ausgeliefert war.

Doch gerade als sie glaubte, dass sich dieses übermächtige Gefühl in ihr sammelte, zog Piet sich zurück. Grit dagegen bog den Rücken durch, schrie auf und zuckte. Marie spürte das gleichmäßige Pulsieren ihrer Schamlippen im Mund, als die Schwedin kam und ihren Schoß senkte. Für einen Sekundenbruchteil blieb Marie die Luft weg, und mit einem kurzen Anflug von Panik kam auch sie. Sie stöhnte, bäumte sich auf und gab sich der Lust hin, die sich in ekstatischen Wellen von der Mitte ihres Körpers ausbreitete. Vor ihren Augen flimmerten Lichtpunkte. Vage bekam sie mit, wie Grit sich seitlich von ihr wegrollte und nun keuchend neben ihr lag.

»Moment mal, so nicht.« Piet packte seine Frau am Arm und riss sie herum, so dass sie überrascht aufschrie. Sie schaute ihn verwirrt an, ein Schleier über ihren Augen, als käme sie gerade erst wieder zu sich. Er wies sie an, sich auf allen vieren über Marie zu stellen, den Kopf in Richtung Schoß der Liegenden. Bevor die wusste, wie ihr geschah, waren die nassen Schamlippen ihrer Gefährtin wieder über ihr, dieses Mal allerdings in größerer Höhe.

Und dann musste sie mitansehen, wie Piet von hinten seinen steifen Schwanz in ihre feuchte Spalte drückte, sie an den Hüften packte und in sie rammte. Grit stöhnte und reckte ihm den Po entgegen. Marie starrte fasziniert auf das Schauspiel über ihr. In ihren Brüsten zog es schmerzhaft. Unwillkürlich rieb sie sich mit den Fingerspitzen darüber.

»Los, Grit, zeig's ihr. Die hat noch nicht genug«, befahl Piet heiser. Seine Hand glitt nach unten und rieb über ihre Klitoris. Marie konnte sehen, wie ihre Gefährtin zuckte und versuchte, sich dem Griff zu entwinden, doch ihr Mann vögelte sie unbarmherzig durch. Bei jedem Stoß klatschte die Haut aufeinander. Wenn er sich weit zurückzog, blitzte seine rote Eichel zwischen den nassen Schamlippen auf und versenkte sich sofort wieder tief hinein.

Grits Brüste schaukelten im Takt, die Nippel klein und hart. Marie wollte nach ihnen greifen, die rosigen Knospen reiben, doch da beugte Grit sich herunter und verbarg ihr Gesicht zwischen Maries gespreizten Schenkeln. Marie spürte ein beinahe schmerzhaftes Saugen und eine flatternde Zunge, die gierig durch ihre Scham strich. Hilflos hob sie die Hände und ließ sie wieder sinken. Sie konnte nichts tun.

Nicht dass sie gewollt hätte.

Piet steigerte seinen Rhythmus, stieß immer schneller hinein und drückte zugleich seinen Daumen auf Grits Lustpunkt. Die Schwedin bäumte sich auf und gab ein lang gezogenes Stöhnen von sich. Im gleichen Moment legte sie die flache Hand auf Maries Venushügel und rieb ihn. Marie kam, völlig unerwartet schüttelte sie ein kurzer, aber heftiger Orgasmus. Beinahe war ihr, als würde sie abheben. Sie krallte die Finger instinktiv in die Bettdecke. Bevor sie die Augen schloss, sah sie, dass Piet ebenfalls seinen Höhepunkt erreichte. Sein Schwanz pulsierte in der nassen Spalte, bis sein Samen hervorquoll und sich hell vor tiefroten Schamlippen abhob. Als er sich zurückzog, fiel ein Tropfen auf Maries Lippen. Gierig leckte sie ihn auf, genoss das salzige Aroma seiner Männlichkeit.

Langsam kam sie wieder zu sich, das Dröhnen in ihren

Ohren ließ nach, und ihr Blick klärte sich. Grit lag schwer atmend und breit grinsend neben ihr und schaute sie zärtlich an.

Piet saß vornübergebeugt auf der Bettkante, und seine Schultern hoben und senkten sich mit jedem Atemzug. Lächelnd schüttelte er den Kopf. »Ich könnte euch die ganze Nacht zusehen. Ihr macht mich so scharf.«

Grit lachte spöttisch, reckte sich und tätschelte ihm den Arm. »Das kann ich nicht verantworten. Du würdest dich völlig verausgaben.« Sie zwinkerte Marie zu, die immer noch Mühe hatte, oben und unten zu unterscheiden. Ihr war schwindelig, und vermutlich sollte sie zusehen, dass sie etwas zu trinken bekam, vielleicht sogar etwas zu essen.

»Ich bitte um eine Pause«, sagte sie mit erschöpfter Stimme.

»Keine Sorge«, erwiderte Grit grinsend. »Die brauchen wir alle. Piet, neben der Anrichte stehen ein paar Flaschen Bier. Die genehmigen wir uns, und dann gehen wir runter und sehen, ob die uns was zu essen übrig gelassen haben.«

»Yes, Mistress!«

Grit verdrehte die Augen. »Da steh ich nicht drauf, und das weiß er genau«, flüsterte sie. Und wie um ihre Aussage zu untermauern, küsste sie Marie zärtlich auf die Nase.

Marie lächelte und schloss die Augen. Die beiden waren wirklich ein unglaubliches Paar.

9. Kapitel

Wehmütig schaute Sarah zum Anleger der Schäreninsel, der in der Nachmittagssonne immer kleiner wurde und schließlich von den Ausläufern der Schäre ganz verdeckt wurde. Dann verschwand auch das Dach des Hauses als Letztes aus dem Blickfeld.

Sarah setzte sich auf die hintere Bank des Motorbootes neben Marie, die sofort den Kopf an ihre Schulter lehnte und träge wie eine zufriedene Katze schnurrte. Sarah machte es sich auf der Bank bequem und betrachtete die anderen Passagiere durch ihre dunkle Sonnenbrille. Grit lag zusammengerollt auf dem Boden, den Kopf auf Piets Unterschenkel ruhend, der mit ausgestreckten Armen und geschlossenen Augen gegen die Reling gelehnt saß. Sie sahen alle aus, als hätten sie eine Nacht durchgemacht.

Was den Nagel so ziemlich auf den Kopf traf. Und es war eine verdammt geile Nacht gewesen, in jeglicher Hinsicht. Einzig Jess wirkte einigermaßen aufmerksam, während er das Motorboot durch die Schären auf die offene See lenkte. Neben ihm auf dem Beifahrersitz schlief Carl.

»Warum fährst du hier lang?«, fragte Sarah. »Müssen wir nicht genau in die andere Richtung?«

»Schon. Aber hier ist eine größere Wasserstraße, auf der

wir schneller vorankommen. Und ich muss mich nicht so konzentrieren«, gab er zurück.

»Verstehe.« Sarah räkelte sich, was Marie zu einem gemurmelten Protest bewegte. Beschwichtigend tätschelte sie der Freundin den Arm und hielt still.

Sarah betrachtete ihr Profil. Irgendetwas war vorgefallen, doch sie hatte nicht den leisesten Schimmer, was das sein könnte. Nachdem sie mit Carl vom Strand zurückgekommen war – ohne das dämliche Kaninchen zu finden –, war Marie ganz besorgt gewesen, hatte mehrmals gefragt, ob es ihr gut ginge, und nachdem sie dann erfahren hatte, dass Sarah es mit Carl getrieben hatte, mahnte sie ständig, dass sie nicht mehr erwarten sollte.

Sie hatte sie regelrecht bemuttert! Als ob Sarah so blöd wäre, zweimal den gleichen Fehler zu begehen. Außerdem war Carl lieb und nett, aber kein Mann, von dem sie mehr erwarten würde. Später hatten sie gehört, dass er sogar eine Freundin hatte, eine, die er vor zwei Jahren auf der gleichen Party kennengelernt hatte, als sie gerade von Sören abserviert worden war. Letzterer war angeblich auch der Grund, warum sie nicht dabei war und Carl erst ebenfalls nicht hatte teilnehmen wollen. Wie auch immer, für Sarah war das alles in Ordnung so. Sie hatte nicht erwartet, dass er ihr nach dem Sex am Strand einen Verlobungsantrag machen würde. Sie hatte das alles locker sehen wollen, und das war ihr gelungen, ob Marie ihr das nun glaubte oder nicht.

Jetzt allerdings, einen Tag danach, sah das alles ein wenig anders aus. Sarah lächelte wehmütig. Nein, die Angelegenheit mit Carl war so weit in Ordnung. Aber das hieß nicht, dass sie sich nicht immer noch nach einer Beziehung sehnte. Die Bettgeschichten waren doch nur eine Facette von vielen.

Was war mit gegenseitigem Vertrauen, Verbundenheit und der Bereitschaft, auch den Alltag gemeinsam anzugehen? Was war mit … Liebe?

Von all diesen Dingen, so Sarahs Eindruck, hatte sie sich weiter entfernt denn je.

Gut eine Woche später hatte der Alltag Sarah wieder eingeholt, und sie stürzte sich in ihr Studium. Sie hatte einen der begehrten Plätze für eine Sommerakademie ergattert. Und am Wochenende sollte die Regatta stattfinden. Gerade als sie sich fragte, wie sie sich darauf eigentlich vorbereiten sollte, wäre sie vor den Seminarräumen fast in eine Gruppe Leute gerannt.

»Hey, hoppla, bekommt man dich auch mal wieder zu Gesicht!«

Sarah stöhnte und murmelte eine Entschuldigung. Ausgerechnet Clive, dieser aufdringliche Schotte.

»Tag allerseits«, schob sie rasch nach. Sie entdeckte Mika und dachte, dass es eigentlich ein guter Zeitpunkt wäre, ihn nach der Regatta zu fragen. Er war jedoch mit zwei anderen Studentinnen im Gespräch, die aufmerksam an seinen Lippen hingen, während er gestenreich etwas erklärte. Wieder fiel Sarah auf, wie viel Mühe er sich gab, mit welcher unendlichen Geduld er täglich und immer wieder dieselben Fragen beantwortete.

Clive ließ ihr allerdings keine Gelegenheit, darüber länger nachzudenken, sondern begrüßte sie sofort wie eine alte Bekannte, dabei hatten sie sich seit ihrer Anmeldung nicht mehr gesehen. »Und wie läuft's so?«, wollte er wissen.

»Danke, bestens, und selbst?« Als sie sah, wie seine Augen aufleuchteten, verfluchte sie sich für ihre Höflichkeit. Natürlich war sie nicht an einer ehrlichen Antwort interessiert.

Aber Clive schien diese Gebote der Konversation geradezu großzügig übersehen zu wollen. »Ich habe *die* Mittsommerparty meines Lebens erlebt, das kann ich dir sagen.« Er unterstrich seine Aussage mit einer weiten Handbewegung. »Da war einfach alles perfekt! Nur geladene Gäste, ein Wahnsinnsessen und dann noch dieses Hammerwetter.« Er grinste. »Okay, das hatten alle, aber unser Gastgeber hatte ein bombastisches Programm aufgefahren. Es ging gleich nachmittags los …«

Das konnte doch nicht wahr sein, fing dieser Hornochse jetzt an, im Stile eines Zweitklässlers von seinem schönsten Ferienerlebnis zu erzählen?

Hilfesuchend sah Sarah sich um und fing zufällig Mikas Blick auf. Der hielt inne, nickte kaum merklich – wobei nicht zu erkennen war, warum er das tat – und winkte dann den beiden Studentinnen zu. Die schauten zu Sarah und ihrem labernden Gesprächspartner. Mit zwei Schritten waren alle drei bei ihr, und Mika packte Clive am Arm. »Sag mal, Sportsfreund, du bist doch letzte Woche mit dem Volleyballteam in Mölnlycke zum Trainieren gewesen, oder?«

»Äh, ja?«, unterbrach sich Clive verwirrt. »Also Moment, wir haben nicht selbst gespielt, es ging darum, einen Plan für ein Stufentraining zu erstellen …«

»Völlig egal. Kannst du den beiden erklären, wie man mit Bus oder Bahn hinkommt?«, schnitt Mika ihm das Wort ab, bevor Clive zu einer ausführlichen Erklärung ansetzen konnte.

Die kleinere der beiden Studentinnen, eine zierliche Dunkelhaarige, hob ihren Notizblock und strahlte Clive an. »Du studierst auch Sport? Wie cool, das sieht man aber auch! Wir müssen morgen dort zu diesem Sportzentrum, und …«

»Kein Problem«, unterbrach Clive sie. Bei dem Kompliment der Studentin war er direkt ein paar Zentimeter größer geworden. »Ich erkläre euch das, wir könnten aber auch zusammen hinfahren. Ich habe morgen mit meinem Seminar den nächsten Termin. Was macht ihr denn da genau?«

»Das wäre toll«, sagte die Größere, und die Kleine nickte strahlend. »Wir sind erst im ersten Semester. Hier«, sie öffnete ihre Mappe und zog ein Blatt heraus, »wir sollen diese Daten berücksichtigen.« Clive runzelte die Stirn und beugte sich mit den beiden über das Blatt, während sie ihm alles erklärten.

Mika zog Sarah ein Stück zur Seite. »Und vergessen sind die Fahrpläne des öffentlichen Nahverkehrs«, sagte er lächelnd.

»Danke, dass du mich vor ihm gerettet hast«, erwiderte Sarah. »Er wollte grade anfangen, mir von Dingen zu erzählen, die ich noch nie wissen wollte.«

Mika lachte und wischte sich eine Dreadlockssträhne aus dem Gesicht. Er trug die Haare heute offen. Die langen dicken Strähnen umrahmten sein Gesicht wie ein zotteliger Heiligenschein und ließen ihn noch freundlicher wirken, als er ohnehin schon war. Wieder musste Sarah den Impuls unterdrücken, einfach eine Strähne zu nehmen, sie zu betasten und durch die Finger gleiten zu lassen.

»Clive redet wirklich viel, wenn der Tag lang ist, aber ich finde, er ist in Ordnung. Er ist hilfsbereit, und man kann sich auf ihn verlassen. Ich brauche solche Leute, wenn ich die Gaststudenten ordentlich betreuen will. Allein würde ich das niemals schaffen.«

»Und lass mich raten, am liebsten hilft er jungen Studentinnen.« Sarah grinste spöttisch.

»Na und?« Mika verschränkte die Arme und sah sie herausfordernd an. »Die brauchen häufig auch die meiste Zuwendung.«

Sarah fühlte sich zurechtgewiesen, wobei sie nicht hätte sagen können, warum genau. Mikas Antwort mochte zweideutig sein, aber im Grunde stimmte das vermutlich sogar.

»Die jungen Studenten nicht?«, hakte sie trotzdem nach.

»Na klar, die auch. Aber denen hilft Clive genauso. Vielleicht mit weniger Enthusiasmus, aber wie gesagt, er ist zuverlässig.«

»Mich nervt er eher. Aber du scheinst bei jedem etwas Nettes zu finden.«

»Das ist mein Job«, erklärte Mika nachsichtig. »Das Beste aus den Leuten herauskitzeln und sie zur Zusammenarbeit überzeugen.« Er hob die Augenbrauen und lächelte versöhnlich.

Sarah winkte lachend ab und gab sich geschlagen. Sie fand Clive immer noch nervtötend, aber deswegen konnte sie Mika kaum böse sein. Und hier offenbarte sich das zweite Geheimnis des Finnen: Ein sanfter Blick seiner tiefgründigen dunklen Augen, und er erreichte sein Ziel, egal, was er wollte. Ganz sicher.

Mika ging zu einer Tasche, die an einer Wand lehnte, und warf sie sich über die Schulter. »Hast du noch mal Lust auf einen Kaffee?«

»Oh, nein, tut mir leid, aber ich bin eigentlich schon viel zu spät dran. Ein andermal gerne«, antwortete Sarah zerknirscht. Dabei hätte sie zu gern noch eine Weile mit Mika zusammengesessen und seine unerschütterliche Ruhe auf sich wirken lassen. Sobald er in der Nähe war, vermittelte er ihr das Gefühl, dass es für jedes Problem eine Lösung gab und er sich notfalls auch darum kümmern würde, diese zu finden.

»Klar, dann später mal«, sagte Mika, hob grüßend die Hand und war sogleich verschwunden.

Sarah blickte ihm bedauernd nach. Warum fühlte sie sich, als habe sie viel mehr abgelehnt, als nur einen gemeinsamen Kaffee? Es war doch nicht so, dass sie nicht gewollt hätte, aber sie war wirklich spät dran. Marie hatte auf ein gemeinsames Abendessen bestanden, da sie sich kaum noch sahen, und ihr zugleich eine lange Liste in die Hand gedrückt. Einkäufe, die jedes Mal bis in den dritten Stock getragen werden mussten, sollten mit Voraussicht organisiert werden, hatte sie dazu erklärt. Der Aufenthalt in Schweden tat der Freundin ganz gut, fand Sarah. Sie begann zu planen und Dinge vorwegzunehmen, anstatt einfach alles auf sich zukommen zu lassen, wie das bisher ihre Art gewesen war und womit sie Sarah in der gemeinsamen WG regelmäßig um den Verstand gebracht hatte.

Marie …

Sarah seufzte innerlich und sah zu, dass sie verschwand, bevor Clive seine weitschweifigen Erklärungen beendete. Mit Marie war es wirklich schwierig im Moment. Obwohl sie Tür an Tür wohnten, hatten sie kaum noch etwas voneinander. Marie schlief gern länger, verließ das Haus meistens erst in der letzten Minute nach einer hastigen Tasse Kaffee. Dann besuchte sie verschiedene Kurse, aus denen sich unterschiedliche Bekanntschaften ergaben und nicht zuletzt Maries Lustlosigkeit, wenn es um die Aktivitäten für die Gaststudenten ging, die Mika und seine Mitstreiter veranstalteten. Sie hatte erklärt, dass sie zwar nichts gegen die Leute einzuwenden hätte, die Unternehmungen ihr aber zu langweilig und bieder wären. Nur mit Mühe hatte Sarah sie zu der Regatta überreden können, da sie aber beide keine Ahnung vom Segeln hatten, würden sie sich wiederum nur beim Start und nach dem Zieleinlauf beim anschließenden Barbecue sehen.

Sarah hatte allerdings den Eindruck, dass noch etwas anderes dahintersteckte, warum Marie nicht mitmachte. Ihr kam es eher vor, als ging die Freundin *ihr* aus dem Weg und nicht irgendwelchen Mitstudenten. Nur in der Wohnung, vor allem wenn Jess in der Nähe war, sahen sie sich häufiger, doch im Beisein ihres Vermieters hatte Sarah natürlich auch kein Bedürfnis, nachzufragen, was eigentlich los war.

Als sie eine knappe Stunde später mit dem Rucksack voller Lebensmittel nach Hause kam, bot sich ihr das gewohnte Bild von Jess und Marie in der Küche, das sie regelmäßig an ein eingespieltes Ehepaar denken ließ. Doch inzwischen berührte sie das nicht mehr. Die Sache mit Jess war ausgestanden, hatte keine Spuren hinterlassen, außer einem vagen Bedauern, dass es eben nicht hatte sein sollen.

»Hey, Sarah, endlich!« Marie warf ihr nur einen kurzen Blick über die Schulter zu, ohne dabei ihre Arbeit zu unterbrechen, irgendwelches Gemüse zu schnippeln. Jess wusch am Spülbecken Salat. Von irgendwoher wehte Popmusik durch den Raum.

Sarah wuchtete den Rucksack auf einen Stuhl und streckte erleichtert den Rücken durch. »Ihr habt gesagt, dass der Einkauf aufgeteilt wird, aber die Konserven habt ihr mir überlassen, oder?«, beschwerte sie sich. »Was habt ihr geholt, Toilettenpapier und Küchenkräuter?«

»Chips und Salat«, erwiderte Jess und hielt mit einem unverschämten Grinsen einen halb zerrupften Salatkopf in die Höhe.

»Er hat aber auch Wasser, Bier und Wein mitgebracht«, fügte Marie hinzu.

Sarah kicherte. »Schon gut, ihr braucht euch nicht zu verteidigen. Wenigstens bin ich sicher, dass ich während meines Aufenthalts hier kein Gramm zunehmen werde. Im Gegenteil, ich habe das Gefühl, dass meine Kondition sogar besser geworden ist.«

»Na ja, wenn diese Wohnung noch einen Aufzug hätte, wäre sie unbezahlbar«, mutmaßte Marie.

Jess drohte ihr mit dem Finger. »Soll das eine Beschwerde werden? Am Ende heißt es noch, ich wäre ein mittelloser Comiczeichner.«

»Ich dachte, du wärst Dauerstudent?«, fragte Sarah verwundert.

»Wer hat dir denn das erzählt?«

»Hab ich vergessen.« Sie wusste noch ganz genau, dass es Mika gewesen war, aber sie wollte Jess nicht den Eindruck vermitteln, sie interessierte sich für etwas, was ihn betraf.

»Okay, es stimmt«, gab Jess zu. »Ich nehme mir auch jedes Semester vor, das Ganze zu Ende zu bringen, aber es kommt immer was dazwischen. Hier ein Auftrag für ein Plakat, dort eine Inspiration für einen Strip … oder einfach neue Mitbewohnerinnen.« Er zwinkerte vielsagend.

Marie hielt inne und legte grübelnd den Finger an die Lippen. »Ein Strip. Ja, alles klar.«

Jess blickte sie verdutzt an, dann verstand er. »Frechheit! Eine Reihe von Bildern, kein Striptease.«

»Ach, wie schade.« Marie ließ den Blick ungeniert über seinen Körper wandern.

Sarah wurde der Gesprächsverlauf unangenehm. Seit der Mittsommernacht hatte sie ein wenig Abstand gewonnen, sich entschieden, sich erst einmal auf keine weiteren erotischen Abenteuer mehr einzulassen. Aber Jess' ständige Verfügbarkeit – und zweifellos auch Bereitschaft – machten das nicht einfach. Er sah auch jetzt wieder hinreißend aus – ein lässiges T-Shirt mit dem Superman-Schriftzeichen, eine knielange Cargohose, die Haare locker zusammengebunden und ein goldblonder Bartschatten. Sich von dem Gedanken an eine Beziehung zu verabschieden war eine Sache, seinen gnadenlos gut gebauten Körper anzusehen und sich nicht auf ihn einzulassen eine ganz andere, zumal die Spielregeln geklärt waren.

Und seit Sarah ihm versichert hatte, dass sie begriffen hatte, dass außer Sex nichts lief, setzte er seine Reize ein, schien es sich sogar zum Ziel gesetzt zu haben, sie noch einmal herumzukriegen.

Eigentlich wollte Sarah das nicht, doch sie ahnte, dass sie irgendwann schwach werden würde, wenn Zeitpunkt und Atmosphäre stimmten.

Jess ließ den Salatkopf ins Spülbecken fallen, drehte sich mit aufreizender Langsamkeit herum, stemmte die Hände in die Hüften und stellte mit einem koketten Augenaufschlag ein Bein nach vorn. »Seid vorsichtig mit dem, was ihr euch wünscht, Mädels.«

Marie legte das Messer zur Seite und lehnte sich ebenfalls mit verschränkten Armen gegen die Anrichte. »Wieso?«, fragte sie betont unschuldig.

Sarah ließ sich auf einen Stuhl am Küchentresen sinken und stützte das Kinn auf die Hand. Sie ahnte, dass Marie ihn herausfordern wollte, und war gespannt, wie weit Jess tatsächlich gehen würde. So wie sie ihn einschätzte, ganz schön weit, aber warum auch nicht, das würde nicht ihr Schaden sein.

Jess hob langsam die Arme, schob die Ärmel des T-Shirts bis zu den Schultern und legte die Hände an den Hinterkopf. Mit gespreizten Fingern fuhr er sich durch seine blonden Strähnen, bis er das Haarband abgestreift hatte und seine Mähne ihm wild ins Gesicht fiel. Er kreuzte die Arme, ließ sie über seine Brust nach unten wandern, packte den Saum des T-Shirts und zupfte es ein wenig nach oben, so dass ein Streifen Haut aufblitzte. Die ganze Zeit fixierte er dabei Sarah, bannte sie mit dem Blick aus seinen stahlblauen Augen an ihren Stuhl.

Ihr wurde ganz schummerig, und sie spürte ein nervöses Kribbeln im Magen. So viel zu ihrer Standhaftigkeit. Sie räusperte sich.

»Warte.« Marie griff irgendwo auf der Anrichte nach ihrem Smartphone und tippte rasch darauf herum. Der Musiksender verstummte, und Sekunden darauf ertönte ein anderes Lied.

Jess grinste diabolisch und ließ die Muskeln an seinen Oberarmen spielen. »Okay. Ich werde auch mit euch beiden gleichzeitig fertig.«

Marie schnaubte belustigt. »Ein Superman-T-Shirt verleiht dir nicht automatisch Superkräfte.«

Jetzt erkannte Sarah den Song, den Marie ausgewählt hatte. Sie lächelte unwillkürlich. Da war ein Brocken, den man Jess vermutlich besser nicht hingeworfen hätte.

Joe Cocker begann zu singen und der unbekannten Adressatin seines Songs zu erklären, was sie alles ausziehen könnte, bis er zum Refrain kam: *You can leave your hat on.*

Dann wurde ihr bewusst, was Jess gesagt hatte: Er würde mit ihnen beiden gleichzeitig fertig? Was lief hier? Hatten die beiden sich etwa abgesprochen?

Sie kam nicht dazu, diese Frage zu stellen, denn jetzt legte Jess wirklich los, dass Sarah sich fragte, ob er so etwas schon professionell gemacht hatte oder einfach ein Naturtalent war. Ohne den Blick von ihr abzuwenden oder Marie großartig zu beachten, machte er einen wiegenden Schritt nach vorn, bewegte die Arme in kontrollierten Bewegungen über seinen Oberkörper und streifte das Shirt jedes Mal ein klein wenig höher. Jess besaß keinen ausgeprägten Bizeps, doch es reichte auf jeden Fall, um eine aufreizende Wirkung zu erzielen. Er streichelte sich über die gewölbten Muskeln und seine glatte Haut, dass Sarah am liebsten spontan die Finger ausgestreckt und ihn berührt hätte.

Eine warnende Stimme in ihrem Hinterkopf warnte sie vor dem Spiel mit dem Feuer. *Jess will einfach nur, dass du die Beine breitmachst, damit er dich rannehmen kann. Er denkt nur an sich, will mit dir vögeln und sonst nichts. Bist du dir dafür nicht viel zu schade?*

Sarah biss sich trotzig auf die Unterlippe. *Und wenn ich nur dasselbe will?*, widersprach sie sich selbst. Nein, der Kerl war vielleicht nicht gut genug für eine Beziehung und nicht zu tiefgründigen Erkenntnissen fähig, aber er fickte gut. Was sprach dagegen, sich auch einfach zu nehmen, was sie kriegen konnte und seinen harten Schwanz zu reiten?

Jess tänzelte näher heran, rieb sich mit den Händen über die Innenschenkel, spreizte die Beine und berührte Sarahs Arm.

Ihr Herz setzte einen Schlag aus, nur um dann umso schneller wieder weiterzuschlagen.

Sie schaute flehend zu ihm auf. Sie sollte ihm jetzt sagen, dass sie das nicht wollte, ihm immer noch übel nahm, dass sie sich Hoffnungen gemacht hatte, obwohl er sie natürlich nicht bewusst geweckt hatte. Er würde das respektieren und aufhören. Er mochte ein Schuft sein, nur auf seinen eigenen Vorteil bedacht, aber er war aufrichtig und fair.

Jess zog das T-Shirt über den Kopf und stand mit nacktem Oberkörper vor ihr. Seine Haut war samtig glatt und sein Bauch straff. Seine Muskeln waren nur leicht definiert, und Sarah wusste ganz genau, wie es sich anfühlte, darüberzustreichen.

Sie sollte ihm genau jetzt sagen, dass er damit aufhören sollte …

Jess starrte sie an, das Gesicht halb von seinen wilden Haarsträhnen verdeckt. Seine Hüfte näherte sich.

Sarah unterdrückte den Impuls, die Hand auszustrecken und ihm die Haare zur Seite zu schieben. Im Hintergrund wiederholten Joe Cockers Backgroundsängerinnen die gnädige Erlaubnis, den Hut aufzulassen. Sarah war nie aufgefallen, wie erotisch aufgeladen die Klänge des Saxophons waren, sie hatte den Song nicht einmal besonders gemocht.

Jess stupste auffordernd mit der Hüfte gegen ihren Oberarm. Er war hart, natürlich. Seine Erektion wölbte sich deutlich unter dem lockeren Stoff.

Sarahs Verstand setzte aus, ihr Empfinden reduzierte sich auf das Ziehen in ihren Brustwarzen, das leichte Prickeln zwischen ihren Schenkeln.

Als ob es nichts anderes gäbe …

Jess war hinter ihr, beugte sich zu ihr herunter. Sie atmete das nussig herbe Aroma seiner nackten Haut ein. Seine Finger glitten in ihre Haare, lösten den geflochtenen Zopf und entwirrten die einzelnen Strähnen, bis die rotbraune Pracht ihr über die Schultern fiel. Es kitzelte und verstärkte die Unruhe, die nach und nach ihren gesamten Körper in Besitz nahm.

Dann war Jess unvermittelt wieder vor ihr, sein Schritt ungefähr auf Augenhöhe. Seine Hose war offen, doch er zog sie nicht einfach herunter, sondern fuhr mit den Daumen am Bund entlang, strich über seine Hüften und ließ sein Becken kreisen.

Sarah sah zu ihm auf. Seine Blicke ruhten auf ihr, beobachteten jede einzelne ihrer Regungen. Um seine Mundwinkel lag ein angedeutetes Lächeln. Spöttisch? Siegessicher? Weil sie bei diesem Ansturm seiner männlichen Reize schwach wurde?

Er trug nicht einmal einen Hut, den er auflassen könnte …

Sarah senkte den Kopf, wollte sich nicht seinem Blick aussetzen, das Begehren darin lesen, das sie selbst erfasst hatte. Doch damit starrte sie genau auf seinen Schritt, auf diese pralle Wölbung.

Vergeblich versuchte sie, ihren schneller werdenden Atem unter Kontrolle zu bringen.

Jess zog sie vom Stuhl, legte ihr die Hände auf die Hüften und rieb sich aufreizend an ihr. Sarah schloss die Augen und spürte seine Nähe, seine Bereitschaft, sog seinen männlichen Duft ein. Sie war wie elektrisiert. Und irgendwo in einem anderen Universum war um sie herum noch die Küche, in der sich die letzten Töne des Songs erhoben.

Sarah stand bebend da, ihre gesamte Wahrnehmung auf Jess ausgerichtet.

Er küsste sie, presste seinen warmen Mund ungehemmt auf ihre Lippen, zwang sie auseinander und schnalzte mit der Zunge gegen ihre Zähne. Es war wie ein elektrischer Schlag. Sarahs Knie drohten nachzugeben, doch Jess' Hände hielten sie und schienen plötzlich überall zugleich zu sein. Er strich über ihren Rücken, schob seine Finger in ihren

Hosenbund und liebkoste ihren Hintern. Immer noch bewegte er sich im Takt des Liedes, das längst verklungen war. Ein Rausch erfasste Sarah, und sie ließ sich endgültig fallen. Sie erwiderte den Kuss, knabberte an seiner Zunge und saugte an seinen Lippen. Ihre Hände fanden ganz von selbst den Weg in seine Hose, fuhren über seinen steifen Schwanz.

Heißer Atem streifte ihre Wangen, als Jess sich keuchend löste.

»Komm«, flüsterte er ihr zu.

Sarah folgte ihm, ihr wäre niemals in den Sinn gekommen, es nicht zu tun. Ihr Körper hatte entschieden, verlangte nach ihm.

Sie ließen kaum voneinander ab, bis sie in seinem Schlafzimmer aufs Bett fielen. Die Jalousien waren noch geschlossen, und der Raum lag in einem dämmrigen Halbdunkel. Sarah bemerkte am Rande, dass das Bett nicht gemacht war.

Und in dem Moment fiel ihr Marie ein. Wo war die eigentlich abgeblieben?

Schon bedeckte Jess ihre Wangen wieder mit Küssen, leckte über ihren Hals und ließ seine Hände gierig über ihren Rücken kreisen. Zugleich wurde Sarahs Hose geöffnet.

Verwirrt schaute sie in den Spiegel über dem Bett.

Jess lag mit geschlossenen Augen neben ihr, völlig in seinem Kuss versunken.

Marie hockte an Sarahs Knien und versuchte, ihr die Hose auszuziehen.

Sarah erstarrte, eher verwundert als wirklich entsetzt.

Ihre Freundin bemerkte es, ihre Blicke trafen sich. Marie lächelte und nickte auffordernd.

Sarah war sich nicht sicher, ob das wirklich eine gute Idee war, aber jetzt war es zu spät. Ihr Körper verlangte danach, befriedigt zu werden, ihre Scham pochte erwartungsvoll. Keine Bedenken mehr, nun nicht mehr.

Sie ließ sich fallen.

Jess riss ihr das T-Shirt über den Kopf, widmete sich ihren Brüsten, knetete ihre Nippel, knabberte fast brutal an den kleinen roten Knospen.

Sarah stöhnte, versuchte dem Schmerz zu entkommen, wagte jedoch nicht, sich zu rühren, da jede Bewegung ihre Lust nur noch mehr steigerte. Marie kniete zwischen ihren Schenkeln und liebkoste ihren Kitzler mit der Zunge. Wie ein frecher Schmetterling schlug die nasse Spitze gegen ihre Perle und entlockte ihr sinnliche Reize, die mit jedem Mal stärker wurden.

Sarah stöhnte laut. Sie verkrampfte am ganzen Körper, wusste kaum noch, wie ihr geschah. Überall waren gleichzeitig Finger, Zungen, überwältigten sie mit erregenden Berührungen.

Jess war plötzlich nackt, schwang sich über sie und hockte sich auf ihren Bauch. Sein Schwanz rutschte zwischen ihre Brüste. Er legte die Finger um seinen Schaft und streichelte sich ganz langsam, achtete darauf, dass Sarah ihn beobachtete und lächelte zufrieden, als sie es tat. Wo hätte sie auch sonst hinsehen sollen? Jess befriedigte sich zwischen ihren Brüsten, rieb zugleich mit der freien Hand über ihre aufrecht stehenden Nippel, stieß mit seiner Erektion dagegen.

Irgendwo hinter Jess war Marie, streichelte immer wieder ihren Kitzler und glitt mit den Fingern in ihre heiße Mitte.

Sarahs Mund wurde ganz trocken. Sie ruckte mit dem Becken, versuchte diesen aufreizenden Berührungen zu entkommen, doch sie war den beiden hilflos ausgeliefert. Ihr Herz raste.

Keuchend bog sie den Rücken und schloss die Augen. Gleich würde es so weit sein, und sie würde explodieren. Immer stärker pulsierte die Lust zwischen ihren Beinen.

Jess kniff ihr ein letztes Mal in beide Brustwarzen, so heftig, dass der Schmerz ein paar Momente nachhallte. Dann rutschte er nach unten, bis er über ihrem Venushügel hockte.

Sarah spürte, wie er in sie eindrang, langsam, vorsichtig, als wüsste er, wie kurz sie vor dem Orgasmus stand.

Und dann, als er sich zum ersten Mal tief in sie versenkte, biss ihr jemand in eine Brustwarze und kniff in die andere.

Sarah riss die Augen auf, sah, wie Marie ihre Nippel bearbeitete, die Zähne beinahe brutal einsetzte, während Jess in sie stieß. Sarah wurde von seinen Stößen regelrecht geschüttelt. Sie krallte sich in die Laken und wölbte ihm das Becken entgegen, versuchte gleichzeitig, dem Schmerz, den Marie durch ihren Körper sandte, zu entkommen.

Was natürlich völlig unmöglich war …

Sarah schrie auf und kam. Jess nahm sie hart ran, steigerte seinen Rhythmus und stöhnte ebenfalls. Marie kniff wieder zu und gab ihr den Rest.

Intensiv rauschten diese köstlichen Wellen über sie hinweg und raubten ihr alle Sinne. Nur am Rande bekam sie mit, dass Marie sich löste. Jess war immer noch über ihr, sein Schwanz zuckte in ihr, als er sich ergoss.

Erst nach einer gefühlten Ewigkeit wälzte Jess sich befriedigt von ihr weg. Sarah blieb danach noch liegen, lauschte darauf, dass sich ihr Atem langsam wieder beruhigte. Ihr war heiß, und ihr Körper klebte an den Laken unter ihr.

Marie war verschwunden.

Und als Sarah begann, darüber nachzudenken, wo ihre Freundin hin war und warum sie sich so rasch davongemacht hatte, wurde ihr bewusst, dass sie gerade Sex miteinander gehabt hatten. Sie war nicht nur von zwei Leuten zugleich befriedigt worden, sondern ausgerechnet auch von ihrer besten Freundin.

Was hatten sie getan? Was hatten sie sich dabei gedacht?

Auf einmal schämte Sarah sich. Sie rollte sich zur Seite und zog die Knie bis ans Kinn. Freizügigkeit, Sex mit wem und wann man wollte, das war eine Sache.

Sich von einer Frau befriedigen zu lassen, die einer der wichtigsten Menschen auf der Welt war, eine ganz andere.

Vielleicht war das der Grund, warum Marie so schnell aus dem Zimmer geflohen war. Ihr mochte ebenfalls bewusst geworden sein, dass sie damit eine Grenze überschritten hatten, zu weit gegangen waren. Man schlief nicht mit den besten Freunden – natürlich konnte das jeder halten, wie er oder sie wollte, aber das war zumindest Sarahs Standpunkt.

Und auch wenn Maries … Technik durchaus anregend gewesen war, hinterließ die Tatsache, dass sie eine Frau war, einen merkwürdigen Beigeschmack. Sarah hatte sich bisher nie Gedanken darüber gemacht. Ihr war völlig egal, ob jemand gleichgeschlechtliche Partner bevorzugte, aber für sie persönlich war Sex eine Sache zwischen ihr und einem Mann.

Sie seufzte leise, dachte, dass sie dringend aufstehen und nach Marie schauen, danach ausgiebig duschen und etwas essen sollte. Außerdem konnte sie nicht in Jess' Bett liegen bleiben. Aber sie konnte sich nicht aufraffen. Für sie hatte sich soeben etwas verändert. Nach dem wortwörtlichen Höhenflug stürzte sie gerade emotional ab. Wie sollte sie jetzt damit umgehen?

Beziehungsweise wie sollten sie und Marie nun miteinander umgehen?

Aus dem Flur hörte sie plötzlich Stimmen. Jess klang verwundert, fragte etwas. Marie erwiderte kurz und abgehackt. Jess setzte mit drängender Stimme nach. Eine Antwort blieb aus.

Stattdessen schlug die Tür zu, und es wurde still.

10. Kapitel

Marie schlenderte durch die Straßen und blieb an beinahe jedem Schaufenster stehen, um es lange zu betrachten, ohne wirklich etwas wahrzunehmen. In ihrem Kopf wiederholte sich das Geschehen der letzten paar Stunden in einer Endlosschleife, doch sie weigerte sich, irgendwie weiterzudenken.

Was hatte sie da nur geritten?

Am Anfang war es ein Spaß gewesen, sie und Jess hatten miteinander geflirtet und wären vielleicht im Laufe des Abends im Bett gelandet. Ohne Verpflichtungen, ohne Reue. Einfach nur so, weil sie beide es wollten.

Auch nachdem Sarah aufgetaucht war, war zunächst alles harmlos geblieben. Marie hatte ohnehin nicht erwartet, dass Jess ihre Freundin noch einmal herumkriegen würde, von wegen verletzter Stolz, gekränkte Eitelkeit und so. Aber irgendwie war alles anders gekommen.

Die Idee, *You can leave your hat on* laufen zu lassen, war ihr ganz spontan gekommen, und Jess war voll darauf eingestiegen – was sie ja auch beabsichtigt hatte.

Aber dann hätte sie erwartet, dass Sarah ihn freundlich, aber bestimmt abwimmeln würde. Falls nicht, hätte sie sich irgendwann zurückziehen und den beiden ihren Spaß lassen sollen.

Hätte, hätte, wenn und wäre …

Marie ließ sich in einem Straßencafé an einem freien Tisch auf einen Stuhl plumpsen. Das war so sinnlos, darüber nachzudenken, wie es hätte laufen sollen.

Es war anders gelaufen. Sie hatte sich eingemischt, weil sie ihre Freundin nicht Jess überlassen wollte. Noch während sie in der Küche stand und ihn beobachtete, wie er diesen gekonnten Strip hinlegte und Sarah antanzte, war Eifersucht in ihr hochgekocht. Er hatte kein Recht auf Sarah. Sie war viel zu schade für einen unzuverlässigen Typen wie ihn. Sie hatte nicht zusehen können. Am liebsten hätte sie seine Performance abgebrochen und ihn hinausgeworfen.

Was schlecht möglich war, denn es war ja seine Wohnung.

Außerdem hatte sie wiederum genauso wenig ein Recht auf Sarah. Sie waren Freundinnen.

Natürlich konnte man mit Freunden Sex haben. Aber hätte sie nicht erst einmal abchecken sollen, wie Sarah zu so einer Nummer stand? Was, wenn sie, nachdem der Rausch einmal verklungen war, wütend auf Marie wurde, weil die sich einfach an den Akt von ihr und Jess drangehängt hatte?

So furchtbar viel war natürlich gar nicht passiert. Aber genug, um Konflikte heraufzubeschwören. Wie gut, dass sie nicht auch noch dem Drang nachgegeben hatte, Sarah zu küssen. Sie war ganz kurz davor gewesen, doch dann hatte sie Sarahs Blick aufgefangen. Es wäre zu … intim gewesen, hätte zu viel von den Gefühlen verraten, die sie ihrer Freundin gegenüber empfand. Soviel zum Thema, was für Konsequenzen sich aus diesen zwischenmenschlichen Hin und Her ergeben konnten …

Marie bestellte einen Kaffee und ein Wasser. Erst jetzt wurde ihr bewusst, dass es längst Abend war, auch wenn die

Sonne noch hoch am Himmel stand. So spät am Tag vertrug sie gar kein Koffein. Aber heute war sowieso alles egal.

Sie blieb über eine Stunde sitzen und blickte stumm ins Leere, bis sie freundlich aufgefordert wurde, zu zahlen, da das Café schließen wollte. Danach lief sie genauso ziellos weiter wie zuvor, vielleicht ging sie sogar im Kreis, ihr war es nicht bewusst.

Wie sollte sie Sarah nun gegenübertreten? Vor allem, wie sollte sie Sarah erklären, dass ihre Gefühle weit über den Begriff Freundschaft hinausgingen? Dass sie sich verliebt hatte?

Denn das war es doch?

Der Gedanke verursachte ihr ein aufgeregtes Flattern im Magen. Ja, verliebt, das fühlte sich so an, eindeutig. Wenn jemand sie hier und jetzt fragen würde, ob sie auf Frauen oder Männer stand, hätte sie keine Antwort parat. Irgendwie war das gar nicht so wichtig.

Aber die Sache mit Sarah war etwas anderes. Sie wollte ihr nahe sein, das Leben mit ihr teilen, mehr als bisher in den vergangenen Jahren.

Und falls es auch nur die allerkleinste Aussicht darauf gegeben hätte, dass Sarah das ebenfalls wollte, hatte sie diese vermutlich mit ihrem erotischen Frontalangriff gründlich vermasselt.

Marie blickte auf und sah sich einer Cocktailbar gegenüber. Von je einer Palme flankiert, prangte der Name in geschmackloser rosafarbener Leuchtreklame über dem Eingang: *Sex on the beach*, darunter blinkte in blau-roter Schrift *Open*. Im Inneren dominierte eine lange Theke mit lederbezogenen Barhockern den Raum, dazu ein paar einzelne Tische. Die Bar hatte bereits geöffnet, doch neben dem Barkeeper waren nur wenige Gäste anwesend.

Die Lauferei war ermüdend gewesen, und so beschloss Marie, sich an den Tresen zu setzen, und bestellte nach einem Blick auf die Karte einen Longdrink. Sie war sonst kein Typ, der seine Sorgen in Alkohol ertränkte, wobei die Preise hier das auch eher unmöglich machten, da sie vermutlich eher pleite als besoffen wäre.

Auch so fand Marie die gesamte Situation reichlich absurd. Da saß sie mit Liebeskummer am Abend in einer Cocktailbar – wie in einem schlechten Film. Leise kichernd nuckelte sie am Strohhalm und begann die Obstgarnitur aus dem Glas zu essen. Teuer, aber immerhin gesund.

Das Smartphone vibrierte in ihrer Handtasche. Sie zog es heraus und stellte fest, dass sie bereits zwei entgangene Anrufe und eine Textnachricht von Sarah hatte. *Wo bist du?*, lautete die knappe Anfrage.

Marie überlegte gründlich, doch dann fiel ihr ein, welche Sorgen sie sich gemacht hatte, als Sarah Hals über Kopf aus der Wohnung geflohen war, nachdem sie herausgefunden hatte, dass Jess mit ihnen beiden schlief. Maries Verschwinden war zwar eher ein geordneter Rückzug, aber das wusste Sarah natürlich nicht.

Bin unterwegs, gib mir ein bisschen Zeit zum Nachdenken, tippte sie nach kurzer Überlegung zurück. Sie wusste, dass Sarah sich damit nicht zufriedengeben würde, aber das half nichts.

Und richtig, kaum hatte sie die Nachricht abgeschickt, rief Sarah an. Marie drückte das Gespräch zweimal weg, beim dritten Mal schaltete sie das Smartphone einfach auf stumm. Sarah schickte noch eine Textnachricht, die einzig aus einem traurigen Smiley bestand, dann gab sie zum Glück auf.

»Ärger?«, fragte eine Stimme neben ihr.

Marie zuckte zusammen und sah erschrocken auf. Eine ungefähr dreißig Jahre alte Schwedin mit kurzen blonden Haaren stand vor ihr und beobachtete sie neugierig.

Marie lächelte freundlich und zuckte mit den Schultern.

Die Schwedin deutete auf den leeren Barhocker. »Darf ich?«

»Sicher, warum nicht?« Marie versuchte, sich nicht allzu abweisend zu geben, aber sie wollte die Fremde auch nicht zum Smalltalk animieren.

Offenbar war es dazu jedoch schon zu spät. Die Frau setzte sich, hob ihr Cocktailglas und schaute sie auffordernd an.

Marie rang sich ein weiteres, wesentlich gequälteres Lächeln ab. »Tut mir leid, ich möchte eigentlich allein sein.«

Die Schwedin hob die Augenbrauen und nahm einen tiefen Schluck, bevor sie sich ein wenig mehr vorbeugte, immerhin nur so weit, dass Marie es nicht unangenehm wurde.

»Willst du das wirklich?«, fragte sie verschwörerisch.

Marie runzelte verwirrt die Stirn, schwieg jedoch.

Die Schwedin legte ihr eine Hand auf den Unterarm. Marie musste den Impuls unterdrücken, nicht zurückzuweichen. Die Frau war ihr zwar ganz und gar nicht unsympathisch, aber so eine plumpe Vertraulichkeit von einer völlig Fremden war ihr nicht geheuer.

Und dann hatte Marie ein Gefühl, als hätte die Berührung ein Brandzeichen auf ihrer Haut hinterlassen und sie gerade in Besitz genommen.

Sie rührte sich nicht, war dennoch neugierig, was passieren würde. Wenn sie es nicht besser wüsste, würde sie glauben, dass die Schwedin mit ihr flirtete. Aber vermutlich war hier mehr der Wunsch der Vater des Gedankens.

Sie trank einen Schluck und richtete den Blick auf die mit Spirituosen gefüllten Regale hinter der Bar.

Die Finger strichen über die nackte Haut. Maries Härchen stellten sich auf. Das erinnerte sie an Spiele aus ihrer Kindheit, als sie und ihre Freudinnen sich gegenseitig Buchstaben auf den Rücken gemalt hatten, die es zu erraten galt. Sie hatte manchmal mit Absicht falsch geraten, weil das Gefühl so angenehm war.

Marie entspannte sich etwas. Zwar wollte sie immer noch allein sein, aber solange ihre Nachbarin schwieg, konnte sie ihretwegen sitzen bleiben, das würde sie nicht weiter stören.

Dann spürte sie eine Berührung an der Hüfte. Überrascht blickte sie nach unten und sah dort die Hand der Fremden ruhen, die Finger aufreizend gespreizt.

»Ich weiß nicht, ob das so angemessen ist«, entfuhr es Marie, bevor sie weiter darüber nachdenken konnte. Diese Annäherungsversuche gingen ihr langsam zu weit.

»Wie bitte?« Die Fremde zog die Hand verwirrt zurück.

Marie atmete einmal hörbar durch. »Ich bin weiß Gott für vieles offen. Aber ich muss mich doch nicht mitten am Tag anbaggern lassen.«

Die Schwedin zuckte zurück, als hätte man sie geschlagen. Alle Freundlichkeit war aus ihrem Gesicht gewichen, und um ihre Mundwinkel zuckte es wütend.

»Das ist doch wohl dreist, typisch Touristin! Dir ist schon bewusst, wo du dich gerade befindest, oder?«

Marie verstand die Frage nicht. Also klar, sie war in einer Bar in Göteborg, aber das konnte unmöglich die erwartete Antwort sein, also schwieg sie.

Die Fremde griff nach ihrem Glas und sprang vom Hocker. Mit einem deftigen Fluch zog sie sich zurück in eine der Sitzecken im hinteren Bereich der Bar, holte ihr Smartphone aus der Tasche und begann darauf herumzutippen.

Marie beobachtete sie und wurde das Gefühl nicht los, dass das Problem bei ihr selbst lag. Nach ein paar Minuten fasste sie sich ein Herz und setzte sich der Schwedin gegenüber.

»Tut mir leid, wenn ich so garstig war. So was hab ich einfach überhaupt nicht erwartet.«

Ihr Gegenüber blickte kaum auf. »Dann musst du dich nicht in so eine Bar setzen. Was glaubst du eigentlich? Dass man sich hier verstohlen Zettelchen mit *Willst du mit mir gehen?* zusteckt oder was?«

Statt einer Erwiderung schaute Marie sich um, während sie beinahe glaubte, den Groschen in ihrem Kopf fallen zu hören. Und richtig, dort in der Ecke turtelten zwei Männer miteinander, am anderen Ende der Theke unterhielt sich ein weiteres männliches Pärchen. Die restlichen Gäste, ein paar Männer und zwei Frauen, saßen allein, aber alle hatten diesen hungrigen Blick von Menschen, die auf der Suche waren.

Und Marie hatte bei *Sex on the Beach* nur an den gleichnamigen Cocktail gedacht. War das zu fassen?

Sie lachte laut auf und ließ sich neben die Schwedin auf den Stuhl fallen, deren Blick noch finsterer wurde, sofern das überhaupt möglich war. »Lachst du mich jetzt auch noch aus?«

»Überhaupt nicht, ich lache über meine eigene Blödheit.« Marie streckte ihr freundlich die Hand entgegen. »Tut mir leid. Ich bin Marie. Ich bin etwas durcheinander und einfach hier reingestolpert, ohne auf irgendetwas zu achten. War mein Fehler.«

Zögernd ergriff die Fremde ihre Hand und drückte sie fest. »Ich heiße Bilke. Dann ist mir klar, dass du ziemlich entsetzt sein musst.« Sie lächelte schief. »Und dann wirst du auch noch von einer Frau angemacht.«

Marie erwiderte das Lächeln. »Das passt schon. Glaube ich. Ich bin mir nicht mehr so sicher. Es ist ... kompliziert.«

»Liebeskummer?«

Marie nickte, verspürte plötzlich einen Kloß im Hals. Vielleicht wäre es doch ganz gut, sich diesen ganzen Schlamassel einmal von der Seele zu reden. »Es geht um meine beste Freundin«, begann sie stockend. »Bisher waren wir eben einfach Freundinnen. Aber jetzt ... ich werde auf einmal eifersüchtig. Ich meine, ich hatte bisher nichts mit anderen Frauen, aber irgendwie ...«

Bilke nickte verstehend. »Und du weißt nicht, ob sie genauso empfindet wie du.«

Marie zögerte. »Nein, das tut sie nicht. Da bin ich mir sogar ziemlich sicher. Ich frage mich eher, ob eine Freundschaft daran zerbrechen könnte.«

»Bist du gerade auf dem Weg, das herauszufinden?«

»Genau das befürchte ich.«

Bilke neigte den Kopf und musterte sie, bis Marie ganz unsicher wurde und den Blick senkte.

»Schämst du dich deswegen?«

»Nein.« Marie hielt kurz inne. Das war ein Stück weit gelogen. »Nicht direkt.«

Die Art und Weise, wie sie Sarah vor nicht einmal ein paar Stunden überrumpelt hatte, beschämte sie. Marie kauerte sich auf dem bequemen Stuhl zusammen und ließ dieses aufkommende Gefühl von Verlorenheit und Sehnsucht über sich hinwegrollen. Hilfesuchend sah sie Bilke an.

Die Schwedin beobachtete sie noch immer, inzwischen voller Wärme und Mitgefühl. Sie hatte eisgraue Augen mit einem scharfen Blick, der einem mitten ins Herz zu dringen schien.

»Deine Freundin weiß also von deinen Gefühlen ihr gegenüber?«

»Ich hab es ihr noch nicht direkt gesagt, aber sie müsste ziemlich dumm sein, wenn sie es heute nicht gemerkt hat. Und dumm ist sie auf keinen Fall.«

Bilke nickte, als hätte sie so eine Antwort erwartet. »Warte ab, gib deiner Freundin Zeit.« Sie ließ sich gegen die Lehne sinken und trank ihren Cocktail aus.

»Ja, das werde ich.« Marie überlegte, was sie noch sagen könnte, damit Bilke neben ihr sitzen blieb. Ihre Anwesenheit, diese stille Anteilnahme taten ihr gut, doch sie konnte kaum von einer Wildfremden verlangen, dass die sich jetzt den Rest des Abends ihr Gejammer anhörte.

Bilke hatte anderes im Sinn gehabt, als sie sich an der Bar zu ihr gesellt hatte. Sie war auf der Suche nach einer Sexpartnerin.

Der Gedanke verursachte ein feines Kribbeln in Maries Magengrube. Ein neues Abenteuer war das Allerletzte, wonach ihr jetzt der Sinn stand.

Nach einem längeren gemeinsamen Schweigen, während dem Marie ihren Cocktail austrank, schaute Bilke sie an. »Kann ich noch etwas für dich tun?« Die Frage klang unverbindlich, wie der Abschluss einer kühlen Geschäftsbeziehung, in etwa so, wie eine Verkäuferin an der Fleischtheke fragt, ob es sonst noch etwas sein dürfte.

Damit war die Sache wohl beendet.

»Ich wollte dir nicht den Abend verderben«, sagte Marie schließlich. Ihr schwirrte ein wenig der Kopf, und das kam nicht nur von ihren ruhelosen Gedanken, sondern auch vom Alkohol, der allmählich seine Wirkung entfaltete. Marie atmete tief durch.

»Hast du nicht. Mit einer Abfuhr sollte man schließlich immer rechnen.« Bilke grinste breit. »Außerdem ist der Abend noch nicht vorüber.« Sie beugte sich vor und strich Marie vertraulich über den Arm. »Ich könnte dich ein bisschen ablenken …« Ihre Worte verloren sich vielsagend.

Marie dachte nach. »Warum eigentlich nicht?«, sprach sie ihre nächsten Gedanken laut aus.

Bilkes Berührungen sandten wohlige Schauder über ihre Haut. Die Blicke aus ihren eisgrauen Augen, freundlich wie das Meer an einem kalten Wintertag, ruhten auf ihr.

Es sprach doch wohl wirklich nichts dagegen.

Marie konnte nicht einschätzen, was Bilke wirklich dachte, als sie sie in den Abend hinaus zu ihrer Wohnung führte. Sie wirkte amüsiert und zufrieden zugleich, wie eine Katze, die nach einem langen Spiel endlich die Maus gefangen hatte. Und ein wenig fühlte Marie sich genau wie diese Maus. Die Sache mit Grit und Piet war das eine. Auch da hatte vor allem Grit die Initiative ergriffen. Aber sich jetzt aus einem entsprechenden Etablissement zu einem One-Night-Stand abschleppen zu lassen war noch einmal ein ganz anderes Ding. Außerdem, stand ihr denn neuerdings auf die Stirn geschrieben, dass sie offen für Frauenbekanntschaften wäre? Sie war in der Vergangenheit nicht oft angeflirtet worden. Andererseits hatte Sarah einmal gesagt, das läge an ihrer Ausstrahlung, sie könne ihr immer ganz genau anmerken, ob Marie offen für Flirts war oder nicht. Wenn das stimmte, dann strahlte sie vielleicht wirklich einladend auf Frauen aus, die für so etwas empfänglich waren.

Marie entschied sich, den Rest des Abends auf sich zukommen zu lassen.

Bilke bewohnte ein Eineinhalb-Zimmer-Apartment mit einer Pantry-Küche nicht weit von der Bar. Die Einrichtung war luxuriös in modernen Erdtönen mit viel Holz gehalten. Auf den zweiten Blick wirkte alles jedoch etwas nüchtern. Es fehlten persönliche Dinge wie Fotos oder Schlüssel, Briefe oder benutztes Geschirr, eben der Kleinkram, der in einer Wohnung üblicherweise anzutreffen war. Auch die schmale Anrichte neben dem Kühlschrank war sauber und leer.

Bilke bemerkte Maries kritischen Blick. »Ich war zwei Monate auf einer Geschäftsreise und bin heute erst nach Hause gekommen. In meinem Kühlschrank wirst du nichts finden, aber ich kann dir einen Kaffee anbieten.«

»Nein, danke, vielleicht etwas Wasser.«

»Oder« Bilke bückte sich zu einer Schublade unter dem Kühlschrank. »Sekt?«

»Ach, warum nicht?« Marie ließ sich auf die breite Couch fallen. Sekt stieg ihr immer schnell zu Kopf, aber vielleicht war das genau das Richtige. Wann hatte sie zum letzten Mal seit dem Frühstück etwas Ordentliches gegessen?

Bilke setzte sich mit zwei gefüllten Sektflöten neben sie und reichte ihr eines der Gläser. »Auf dich.«

»Und auf dich.« Marie wollte das Glas heben und trinken, doch da waren plötzlich Bilkes Lippen, die ihre Wangen streiften und ihren Mund suchten. Die Berührung war wie ein Feuerstoß, der durch sie hindurchfuhr und heißes Verlangen entfachte, das sie bis in die Fingerspitzen elektrisierte.

Die Schwedin schmeckte nach Sekt und Sommer. Ihre Zunge drang zwischen Maries Lippen und schnalzte ungeduldig gegen ihren Gaumen. Irgendwie gelang es Marie, das Glas sicher abzustellen, bevor sie sich ganz diesem süßen Kuss widmete.

Es war so vertraut und doch irgendwie neu und anders. Bilke war entgegen ihrer direkten, beinahe rüden Art, mit der sie in der Bar die Initiative ergriffen hatte, unerwartet zärtlich. Sie ließ ihre Zunge spielerisch kreisen, während sie ihre Hände in Maries Nacken legte und ihr mit sanftem Streicheln weitere wohlige Schauer über den Rücken jagte.

Marie hatte das Gefühl, zu schweben. Sie schloss die Augen und leckte über Bilkes volle Lippen, die sich unter der Berührung zu einem Lächeln verzogen. Ihre Zungen begegneten sich, umtanzten einander.

»Meine Güte, Mädchen, du bist ja ganz verspannt«, stellte Bilke nach einer Weile fest. »Leg dich hin, hier auf die Couch. Warte, ich schiebe dir noch ein Kissen unter die Beine. Bequem so?«

Da war es wieder, dieses kompromisslose Vorgehen. Bilke fragte gar nicht erst, sondern streifte Marie das T-Shirt einfach über den Kopf und wies sie an, den BH auszuziehen und sich auf den Bauch zu legen. Dann begann sie mit einer Massage im Nacken. Ihre Finger tasteten geübt über die verkrampften Muskeln, kneteten und drückten, bis Marie vor Schmerz aufjammerte und sich reflexartig aufbäumte.

Bilke lachte. »Moment, ich hab's gleich. Bleib so liegen, entspann dich. Ich bin sofort wieder da.«

Marie stützte das Kinn auf die Hände und blieb wie befohlen liegen, während es irgendwo hinter ihr klapperte und eine Schranktür geöffnet wurde. Obwohl sie neugierig war, schaute sie sich nicht um, sondern streckte sich und schloss die Augen. Sie merkte, dass sie schon ewig nicht mehr faul herumgelegen hatte. Die letzten Wochen waren doch ziemlich stressig gewesen, sogar ohne dieses ganze Zwischenmenschliche.

Musik erklang im Raum, irgendein träge dahinplätscherndes Instrumentalstück, das einen sofort einlullte. Marie schloss die Augen und streckte sich. Sie erschrak, als Bilkes warme feuchte Hände sich plötzlich auf ihren nackten Rücken legten. Ein angenehmer Geruch von ätherischen Ölen und Kräutern verbreitete sich im Raum.

»Was hast du vor?«, fragte Marie. »Was ist das für Musik?«

»Schh!«, machte Bilke nur und begann, das duftende Öl zu verstreichen und Maries Nacken zu massieren. Methodisch bewegte sie die Finger entlang der Schulterpartie, kreiste über besonders harte Muskelknoten und lockerte sie. Marie stöhnte und versuchte sich zu entspannen, was ihr erst nach einer Weile gelang. Bilke mochte zärtlich küssen, doch bei ihrer Massage kannte sie keine Gnade. Sie schien ein Profi zu sein, mindestens ein Naturtalent.

»Das ist eine Kompilation, nennt sich *Café del Mar*«, sagte sie nach einer Weile als Antwort auf die Frage, die Marie selbst schon fast vergessen hatte. »Lass dich einfach fallen, konzentrier dich nur auf meine Hände.«

Marie blieb liegen und genoss das resolute Kneten, das mit der Zeit sanfter wurde. Sie lauschte der Musik, säuselnde Rhythmen, die unaufdringlich mit dem Hintergrund verschwammen. Sie wollte nicht mehr nachdenken, sich dieser Massage hingeben. Nach einer Weile döste sie weg. Nur am Rande bekam sie mit, dass Marie ihr die Hose abstreifte. Ihre Finger glitten über ihre Wirbelsäule bis an ihre Pobacken und über die Hüften wieder zurück nach oben.

Marie gähnte verstohlen und achtete nicht mehr darauf. Ihre Haut war erhitzt und pulsierte gut durchblutet.

Bilke glitt über ihre Oberschenkel, massierte ihre Waden und ließ die Finger wieder hinaufwandern. Wie zufällig streifte sie mit den Fingerspitzen über die Innenschenkel. Marie erschauderte erwartungsvoll, aber schon war die Berührung wieder vorbei. Stattdessen glitten die Finger in ihre Pospalte, doch wieder nur kurz, als wäre das nur ein Versehen.

Marie war jetzt wieder wach und doch zu träge, selbst etwas zu unternehmen. War das Bilkes Masche, ihre Partner einzulullen und ihnen jeglichen Widerstand zu nehmen?

Wenn das so war, hatte sie jedenfalls nichts dagegen. Sie blieb liegen, entspannt und doch zugleich aufmerksam, was kommen würde.

Bilke setzte das Spiel fort. Immer häufiger verirrten sich ihre Finger zwischen Maries Schenkel, hin zu ihrer Scham.

Wann hatte die Schwedin ihr den Slip ausgezogen? Ganz von selbst spreizte Marie die Beine, doch sie wurde enttäuscht. Bilke verrieb neues Massageöl zwischen ihren Händen und begann wieder an der Hüfte.

Marie wurde langsam ungeduldig. Ihre Entspannung verlor sich, sie spürte, dass sie berührt werden wollte, damit sie dem ersehnten Höhenflug entgegenfiebern konnte. Sie fand es schrecklich, dass sie nicht wusste, was passierte, die Ungewissheit eine bittersüße Folter, die die Erwartung steigerte.

Bilke verharrte an ihrem Po, tauchte immer wieder zwischen die Backen und flatterte einmal über die Rosette, die Marie sofort reflexartig zusammenzog.

Dann, als Marie schon gar nicht mehr richtig damit rechnete, dass Bilke endlich zur Sache kommen würde, rieb sie mit der Hand über ihre Schamlippen. Marie keuchte, als die unerwartete Berührung ihren ganzen Körper elektrisierte. Erregung prickelte über ihre erhitzte Haut, und ihre Brustwarzen zogen sich schmerzhaft zusammen.

Und dann ließ Bilke jegliche Zurückhaltung fahren. Sie beugte sich tief zwischen die Schenkel, dass ihre Haare Maries Haut kitzelten. Sie schob eine Hand in die Pospalte, die andere von unten gegen den Kitzler. Irgendwie war da auch ihre Zunge, die über die Schamlippen flatterte.

Marie sog scharf die Luft ein, völlig überwältigt von den vielen Reizen. Ein öliger Finger schob sich in ihre Rosette, ein anderer rieb über ihre Lustperle. Marie bewegte sich überrascht, wollte den Berührungen entkommen. Sie wusste, dass sie das allerhöchstens Sekunden aushalten würde.

»Nicht so viel. Was tust du nur?«, fragte sie stöhnend und bog den Rücken durch. Sie streckte die Arme, wusste nicht, wohin mit ihnen und ließ sich wieder auf die Couch fallen.

Bilke lachte nur kurz auf, bevor sich ihr Mund um die Schamlippen schloss und daran saugte. Marie packte ein Kissen und umarmte es, als könnte sie sich daran festhalten. Bilke stieß mit ihren Fingern rhythmisch zwischen die Pobacken und rieb zugleich hart über die Klitoris. Ihre Zunge tauchte zwischen die Schamlippen und kostete Maries heiße Mitte. Maries so liebevoll gelockerte Muskeln verkrampften sich. Sie keuchte, flehte die Schwedin noch einmal an, wenigstens innezuhalten. Doch der Orgasmus näherte sich, jeder Zentimeter ihres Körpers vibrierte vor übermächtigem Verlangen. Marie biss in das Kissen, um ihre Schreie zu ersticken. Bilke knabberte an ihren Schamlippen, leckte sie, als wollte sie den letzten Tropfen heraussaugen. Es kribbelte, wenn sie fester zubiss, der Schmerz war immer kurz davor, unangenehm zu werden. Dann drangen die Finger tiefer in sie, und jede Faser ihres Körpers war von Begierde und Lust erfüllt. Ein Rausch erfasste sie, der alle Reize auslöschte und nur noch dieses eine mächtige Gefühl zuließ.

Sie schnappte verzweifelt nach Luft, sie bäumte sich ein letztes Mal auf und blieb dann völlig ermattet liegen.

Langsam ließ das Dröhnen in ihren Ohren nach, und die sanfte Lounge-Musik perlte wieder in ihr Bewusstsein. Schweiß bedeckte ihren Körper, und trotzdem rieselte ein kalter Schauder über ihre Haut. Offenbar hatte sie sich ein wenig verausgabt, obwohl doch kaum etwas passiert war.

Bilkes Hände ruhten auf ihren Schultern. Mühsam drehte Marie sich auf die Seite und schaute die Schwedin an, die sie aufmerksam und mit einem leichten Lächeln um die Mundwinkel beobachtete.

»Hat es dir gefallen?«

Marie räusperte sich und fand nicht die Kraft, etwas zu erwidern. Sie nickte nur.

Bilke hob ihr Sektglas und prostete ihr zu. »Wenn du heute Abend nichts mehr vorhast, gibt's eine Zugabe. Wir haben ja noch gar nicht richtig angefangen.«

Marie nickte noch einmal. Sie fühlte sich vollkommen leicht und befreit, in einem unwirklichen Schwebezustand zwischen Traum und Wirklichkeit. Und mehr noch: Bilke hatte es geschafft, Sarah komplett aus ihren Gedanken zu verdrängen.

Marie blieb auf der Couch liegen und döste vor sich hin, während Bilke Pizza bestellte und anschließend den kleinen Tisch vor der Küchenzeile deckte. Nach einer Weile huschte Marie ins Bad und wusch sich den Ölfilm von der Haut, bis nur noch der Duft der Kräuter zurückblieb. Neugierig schaute sie sich um. Ein einsames Handtuch hing neben der Dusche, und ein noch nicht ausgepackter Kulturbeutel lag auf einer Anrichte. Keine Deko, nicht einmal ein Parfümflakon stand herum, der Raum wirkte ebenso steril wie der Rest der Wohnung. War Bilke einfach so ein nüchterner Typ oder wollte sie etwas verbergen?

Marie stellte fest, dass sie das gern herausfinden würde. Bilke interessierte sie – wie es umgekehrt aussah, konnte sie allerdings nicht einschätzen. Die Schwedin hatte unmissverständlich klargemacht, dass es ihr um eine Bettgeschichte ging.

Entschlossen straffte Marie die Schultern und streckte ihrem Spiegelbild über dem Waschbecken die Zunge heraus. Es war müßig, hier herumzustehen und darüber zu sinnieren. Sie würde den Abend einfach auf sich zukommen lassen.

Sie zog sich an und kehrte zu Bilke in den Wohnraum zurück, der jetzt von munteren südamerikanischen Klängen statt einlullender Lounge-Musik erfüllt wurde. Die Schwedin stand am Spülbecken und ließ ihre Hüften im Takt kreisen.

Marie setzte sich an den Tisch und leckte sich nervös die Lippen. Der Anblick ihrer sich wiegenden Gastgeberin weckte sofort in ihr den Wunsch nach der versprochenen Zugabe, doch ihr Magen knurrte unmissverständlich. Wenn sie nicht bald etwas aß, würde sie vermutlich einen Schwächeanfall bekommen.

Außerdem wollte sie die Gelegenheit nutzen und versuchen, mehr über Bilke zu erfahren.

»Was machst du eigentlich so?«, fragte sie laut.

Bilke schaute sie über die Schulter an. »Wie meinst du das?«

»Beruflich, du hast vorhin gesagt, du wärst lange unterwegs gewesen.«

»Magst du Rote Bete?« Bilke hielt ein halb volles Glas hoch.

»Ja.«

Schweigen breitete sich aus, nur von der Musik unterbrochen. Marie holte ihr Sektglas, setzte sich wieder und spielte mit der Gabel, bis es an der Haustür klingelte und Bilke verschwand, um die Pizza in Empfang zu nehmen. Erst als sie einander gegenübersaßen, versuchte sie es erneut.

»Ich würde gerne ein wenig über dich erfahren«, erklärte sie.

Bilke lächelte spöttisch und nahm ein Stück Pizza in den Mund. »Warum?«

»Warum nicht?«

»Willst du über Nacht bleiben?«

Marie starrte sie überrascht an. Darüber hatte sich nicht nachgedacht, aber da es eine ausgezeichnete Möglichkeit war, das Wiedersehen mit Sarah vor sich her zu schieben, fand sie den Gedanken durchaus verlockend. Allerdings ging aus Bilkes Tonfall nicht hervor, ob die Frage als Einladung gedacht war.

»Willst du, dass ich bleibe?«

Bilke zuckte mit den Schultern. Gerade als Marie verzweifelt überlegte, wie sie dieses merkwürdige Gespräch in vernünftige Bahnen lenken konnte, sagte sie: »Kennst du diese Typen à la *einsamer Wolf*? Kerle, die durch die Bars ziehen, Frauen abschleppen und sich auf keinen Fall festlegen wollen?«

»Ja … schon«, stammelte Marie unsicher.

»So einer bin ich.« Bilke nickte, wie um sich selbst zu bestätigen, und trank einen Schluck.

Marie starrte sie hilflos an. »Worauf willst du hinaus?«

»Ich meine damit, dass du gerne die Nacht bleiben kannst. Wäre nett. Aber das war es dann auch. Du kannst nicht länger bleiben.«

Fassungslos schüttelte Marie den Kopf. »Wäre nett? Spinnst du? Vorhin hast du noch gesagt, der Abend wäre noch nicht vorbei. Aber ich kann auch sofort gehen, und du kannst dir noch jemanden aufreißen. Ich hatte nicht vor, dir einen Antrag für eine Beziehung zu machen.«

Sie ließ das Besteck sinken und wollte aufstehen, doch Bilke legte ihr sofort beschwichtigend die Hand auf den Arm. »Warte, nein, so hab ich das nicht gemeint …« Sie brach ab und schaute verlegen zu Boden.

Marie wartete.

»Ich rede nicht gerne über mich.« Bilke zog die Hand zurück und begann wieder zu essen. In ihrer Miene spiegelte sich eine Mischung aus Herausforderung, Abwehr und Trotz. »Wenn ich mich einsam fühle, suche ich mir eine süße Frau für den Abend, und das war dann alles.«

»Na ja, dein Leben geht mich auch nichts an. Ich möchte gerne noch ein bisschen bleiben und verspreche dir, dass ich keine persönlichen Fragen mehr stellen werde.«

Insgeheim fragte Marie sich, ob das eine Masche war, um sich interessant zu machen. Aber dann blickte Bilke sie aufrichtig erleichtert an, hob ihr Glas und prostete ihr zu, dass sie sich dessen nicht mehr so sicher war.

Marie lächelte und stieß mit ihr an. Ihr war soeben bewusst geworden, dass sie auch nicht über sich reden wollte. Auf keinen Fall über Sarah, aber auch weder über ihr Studium noch über ihr Leben in Deutschland oder ihre Familie. Da war es nur fair, wenn sie Bilke das gleiche Recht einräumte, nichts Privates über sich zu erzählen.

Heute Abend würde sie keine Probleme mehr lösen, sondern die Stunden mit dieser sympathischen Fremden verbringen.

Morgen früh konnte sie immer noch über alles andere nachdenken. Bis dahin wollte sie sich treiben lassen.

11. Kapitel

»Kannst du mal halten?« Irgendwer drückte Sarah einen Karton in die Hände und war auch schon verschwunden, bevor sie protestieren konnte. Sie fühlte sich ziemlich verloren bei dem ganzen Trubel am Hafen unter blauem Himmel mit den schnell dahinziehenden Wattewölkchen. Vergeblich hielt sie nach Leuten Ausschau, die sie kannte, aber sie entdeckte in dem ganzen Rummel nur Clive und Mika. Auf Clive hatte sie keine Lust, und Mika war beschäftigt, wurde ständig von allen Seiten angesprochen und delegierte Helfer und Teilnehmer in alle Richtungen.

Der Yachthafen glich einem Bienenschwarm, in den jemand mit einem Stock hineingepickt hatte. Überall lagen Taschen, Seile und Kisten, wurden Getränkekästen und Lebensmittel auf die größeren Segelboote verstaut.

Sarah war allein mit dem Bus gekommen, und bereits nach wenigen Minuten schwirrte ihr der Kopf vor lauter Fachbegriffen, so dass sie es sofort wieder bereute, sich bei dieser Studentenregatta angemeldet zu haben. In Schweden schien es zum guten Ton zu gehören, segeln zu können, oder zumindest zu wissen, wovon die Leute sprachen und nicht über Begriffe wie Spinnaker, Rig oder Sluptakelung zu stolpern. Bereits nach wenigen Sätzen hatte sie aufgegeben. Sie hatte so viel begriffen: Die größeren Segelboote, die gerade mit dem ganzen Zeug beladen wurden, waren als Begleitung gedacht und mit mehreren Leuten, sogar Sanitätern und Rettungsschwimmern, bemannt, falls etwas passierte. Ein Teil von ihnen war außerdem das Vorauskommando, das das Grillfest auf einer Schäreninsel heute Abend vorbereiten würde. Zwischen den kleineren Booten, den Jollen, wurde die eigentliche Regatta ausgetragen.

»Hey danke!« Ein junger Mann mit blondem Vollbart riss ihr den Karton wieder schwungvoll aus den Händen und verschwand.

»Warte mal!«, rief Sarah ihm noch nach, doch er war bereits in der Menge verschwunden. Sie schnaubte genervt durch die Nase und rückte ihre Umhängetasche zurecht. Warum war sie überhaupt hier? Das hatte doch alles gar keinen Sinn, sie wollte nicht segeln, sie hatte keine Lust auf einen Haufen gut gelaunter unbekannter Leute und Party. Überhaupt drohte dieses gesamte Auslandssemester, das die schönste Zeit ihres Lebens hätte werden sollen, sich zu einer mittleren Katastrophe auszuwachsen.

Sarah setzte sich auf einen steinernen Poller, wo sie nicht im Weg war und das Treiben unbeteiligt beobachten konnte.

Seit über einer Woche hatte sie Marie nicht gesehen – wobei, das war gelogen. Sie waren sich begegnet, aber nicht so, dass sie miteinander vernünftig hätten sprechen können, sondern vor einem Seminarraum oder in der Mensa. Kurze neutrale Begegnungen, ein Gruß, ein oberflächliches Lächeln, und das war's.

Einmal war Sarah ihr hinterhergelaufen, aber ihre Freundin hatte ihr Rufen nicht gehört – oder so getan – und war bald darauf verschwunden.

Sie hatten keinen Streit, aber für das, was im Moment zwischen ihnen lag, hatte Sarah keine Worte. Und das machte es irgendwie noch schlimmer, dieser undefinierte Status nagte an ihr. Mit einem Streit hätte sie umgehen können, sie könnten sich anschreien und hinterher einander verzeihen. Aber das? Wie sollten sie das angehen?

Sie hatten Sex miteinander gehabt. Nicht so richtig, aber eben irgendwie doch schon. Wie sollte sie das sonst nennen? Dass Jess dabei gewesen war, war irrelevant, er hatte sich klar positioniert, dass es bei unverbindlichen Bettgeschichten zu bleiben hatte, und das war in Ordnung so. Aber sogar ihm war die gegenwärtige Funkstille unangenehm. Täglich fragte er Sarah, ob sie etwas von Marie gehört hätte, und täglich erwiderte sie, dass ihre Freundin ein paar Klamotten abgeholt haben musste, als sie beide nicht in der Wohnung waren, dass sie mehr oder weniger normal studierte, ansonsten weder auf Anrufe noch auf Textnachrichten reagierte. Wo sie war, wo sie übernachtete, wussten sie nicht.

Sarah musste Jess zugutehalten, dass er sich ebenfalls Gedanken machte. Ihn hatte der Akt mit den beiden Frauen unglaublich scharf gemacht, das hatte er direkt danach zugegeben. Aber nachdem Marie verschwunden und nicht wieder aufgetaucht war, wurde ihm die ganze Angelegenheit zunehmend unangenehm. Er hatte seitdem keinerlei Annäherungsversuche mehr gestartet. Falls er sich in der letzten Woche mit Frauen abgegeben hatte, dann nicht in seiner Wohnung.

Das war ihm wirklich anzurechnen. Sarah hatte bemerkt, dass ihre Gefühle für ihn, wenn sie denn jemals ernst und tief gewesen waren, sich verändert hatten. Sie konnte mit dieser freundschaftlich unverbindlichen Art umgehen. Ihr Verhältnis war in jeglicher Hinsicht geklärt.

Und Marie? Warum hatte sie das getan, sich Sarah auf diese Weise genähert? Steckte mehr dahinter als der Überschwang des Augenblicks? Fast ununterbrochen hatte Sarah in der letzten Woche darüber nachgedacht. Wenn Marie sie gefragt beziehungsweise ihr angekündigt hätte, dass sie einen gemeinsamen Cunnilingus plante, hätte Sarah ihr vermutlich einen Vogel gezeigt. Auch jetzt konnte sie sich nicht vorstellen, dass sich so etwas jemals wiederholen könnte. Sie nahm Marie die ganze Aktion weder übel noch fand sie die Vorstellung abstoßend, sich von einer Frau lecken zu lassen. Aber es erregte sie auch nicht besonders. Für sie gehörten zu gutem Sex eine breite Männerbrust und ein harter Schwanz. Alles andere war nett, mehr nicht, keine Option. Und eine mehr als freundschaftliche Beziehung zu Marie wollte sie ebenso wenig. Das ging nicht in ihren Kopf, Punkt.

Da war sie wieder am Ende ihrer ewig kreisenden Gedanken. Sie wusste genau, was sie wollte beziehungsweise was sie nicht wollte. Aber wie stand es um Marie? War das alles auch ein dummer Zufall, ein Ausrutscher, oder steckte mehr dahinter?

Sarah hatte durchaus mitbekommen, wie Marie sich auf der Sommernachtsparty von Grit hatte betören lassen. Sie war schon immer offener in dieser Richtung gewesen. Sarah hatte das nie gestört, aber sie hatte nicht erwartet, dass sie selbst zum Objekt der Begierde für ihre beste Freundin werden könnte …

Eine Windbö kräuselte das Meer und wirbelte ein paar Fetzen Papier und Plastik über den betonierten Platz an den Molen. Die Segelboote tanzten auf dem Wasser und zerrten an ihren Befestigungen, als könnten sie es nicht erwarten, ihre kleinen weißen Segel auszustrecken.

Sarah fuhr sich schaudernd über die nackten Unterarme. Es war doch ganz schön frisch für diese Jahreszeit. Sommer in Schweden hieß eben nicht unbedingt dreißig Grad und Hitze, selbst wenn die Sonne schien.

»Hallo, Sarah. Ist dir kalt?«

Plötzlich stand Mika vor ihr und hockte sich auf die Fersen, um sie auf Augenhöhe anzusehen. Er lächelte freundlich, während er sie neugierig musterte. Sarah fielen die kleinen Lachfalten um seine dunklen Augen auf. Wie alt war er eigentlich? An den Schläfen zeigten sich bereits vereinzelte graue Haare, aber das musste nichts heißen.

Sie zog die Schultern hoch. »Etwas«, antwortete sie. »Aber du hast uns ja geraten, ein dickes Sweatshirt und eine wasserdichte Jacke einzupacken. Ich bin natürlich vorbereitet.«

»Das ist gut.« Er schaute sie immer noch aufmerksam an. »Wie geht's dir? Hast du deine Freundin inzwischen sprechen können?«

»Leider nicht. Sie meldet sich nicht, reagiert nicht auf meine Nachrichten.« Mika war der Einzige, dem Sarah in den letzten Tagen ein bisschen anvertraut hatte. Ohne ins Detail zu gehen, hatte sie ihm erklärt, dass es zwischen ihnen zu einem fürchterlichen Missverständnis gekommen war, das sie nicht richtigstellen konnte, solange Marie sich weigerte, mir ihr zu sprechen. Mika hatte sich das alles angehört, aber am Ende natürlich – wie denn auch?! – keinen Rat gewusst. Aber allein dass er sich die Zeit genommen und ihr zugehört hatte, rechnete Sarah ihm hoch an.

»Das heißt, es geht dir immer noch nicht richtig gut«, stellte er jetzt mitfühlend fest.

Sarah biss sich auf die Unterlippe, schwankte schon wieder zwischen Wut und Trauer. Am Ende blieb nur Ratlosigkeit.

Mika erhob sich und reichte ihr die Hand. »Eine Regatta ist eine tolle Gelegenheit, auf andere Gedanken zu kommen. Ich bringe dich zu deinem Piraten.«

Sarah ließ sich hochziehen und streifte sich die Regenjacke über. »Pirat? Mein Gott, wie albern«, entfuhr es ihr. Sie hatte eher leise vor sich hin gemurmelt, aber Mika verstand es trotzdem und lachte.

»Ich muss dich enttäuschen, es geht nicht um deinen Mitsegler. Pirat ist eine Bootsklasse, eine Knickspant-Jolle.«

»Eine was?«

Mika lachte. »Ich habe vergessen, dass du keine Ahnung vom Segeln hast. Nicht so wichtig. Es ist ein Boot und hat ein Segel, und ich habe dich Clive zugeteilt, weil er einer der besten Segler ist. Bei ihm bist du bestens aufgehoben.«

»Aha!« Sarah hatte Mühe, ihre Gesichtszüge nicht entgleiten zu lassen. Ausgerechnet Clive? Der redselige Schotte? Das konnte ja heiter werden.

Sie hatte den Gedanken kaum zu Ende gedacht, als sie auch schon seinen rotblonden Schopf entdeckte.

Clive grinste bis über beide Ohren und breitete die Arme aus, als ob sie sich ihm wie ein kleines Kind an die Brust schmeißen sollte.

Sarah stöhnte innerlich, übersah die joviale Geste und winkte ihm stattdessen lässig zu.

Immerhin nahm Clive es sportlich, ließ die Arme sinken, winkte zurück und hob den Daumen in Mikas Richtung. »Alles bereit, Chef. Wir sind startklar.«

Sarah schluckte und wurde jetzt doch nervös. »Ich hab keine Ahnung vom Segeln.«

»Das macht nichts«, erklärte Clive. »Ich habe Binnen- und Hochseeführerscheine, und einen Piraten kann man auch allein segeln. Wir haben gute Windbedingungen, sollte nicht zu schwierig sein, einen Sieg einzufahren.«

»Du willst gewinnen? Ich dachte, es geht um den Spaß und die Party danach«, entgegnete Sarah.

Clive zuckte mit den Schultern. »Beides. Aber dem Siegerpaar winken zwei Tage mit Übernachtung im Vier-Sterne-Wellnesshotel. Glaubst du, das lasse ich mir entgehen?« Er lächelte so siegessicher, dass Sarah verstohlen die Augen verdrehte. Eines war klar, sollten sie wirklich gewinnen, würde sie ihren Platz abtreten. Zwei ganze Tage nur mit einem durchgedrehten und total von sich selbst überzeugten Typen? Wie sollte sie das aushalten, ohne Schreikrämpfe zu bekommen?

Zu dritt gingen sie zu einem der Holzboote, bei dessen Anblick sich Sarah fragte, wie sie diesen Törn überleben sollte. Das Ding sah winzig aus, zappelte wie alle anderen Schiffchen unruhig an seiner Befestigung und schlug bei jeder größeren Welle an die Hafenmauer. Es war Sarah schon ein Rätsel, wie sie auf diese schaukelnde Nussschale gelangen sollte, ohne dabei ins Wasser zu fallen.

»Und du kennst dich damit wirklich aus?«, fragte sie skeptisch an Clive gewandt. Jetzt konnte er sich doch nicht mehr zurückhalten, er legte ihr mit großmütigem Schwung den Arm um die Schultern, zog sie an sich und tätschelte beruhigend ihren Arm, als wäre sie ein Kleinkind, das Angst davor hatte, in den Keller zu gehen. »Klar, Baby. Du bist bei mir so sicher wie in Abrahams Schoß. Ich besitze selbst genau das gleiche Boot, ich bin quasi darin aufgewachsen.«

Sarah hatte Mühe, sich ihm zu entwinden, ohne dass es beleidigend wirkte. Er tat ein bisschen groß, aber er meinte es gut und hatte nichts Böses im Sinn. Als sie sich endlich aus seiner Umarmung befreit hatte, fing sie Mikas verstörten Blick auf. Er stand einen Meter abseits, hatte die Arme verschränkt und die Stirn in Falten gelegt. Sarah konnte nicht deuten, was genau ihm nicht behagte, aber bevor sie die Chance hatte, es herauszufinden, war der Augenblick auch schon vorbei.

Clive hatte ein Tau gepackt und war gerade dabei, das Boot näher an die Mauer zu ziehen. »Willst du schon an Bord gehen? Da drüben sind bereits die ersten Boote unterwegs, wir könnten uns noch eine gute Startposition sichern.«

Sarah zögerte. Wollte sie sich das wirklich antun? »Ach, warum nicht«, stieß sie dann hervor, auch um sich selbst zu überzeugen, und nickte tapfer Mika zu.

Der löste sich endlich aus seiner Erstarrung und lächelte schon wieder. »Dann viel Erfolg, ihr beiden. Das Boot ist unten am Mast mit einem GPS-Gerät ausgestattet, falls ihr verloren geht, könnten wir euch damit orten. Aber ihr habt doch auch beide Telefone dabei, oder nicht? In Küstennähe gibt es inzwischen an den meisten Stellen Empfang, und aufs Meer raus lassen wir euch sowieso nicht. Ich bin auf der *Calypso*, falls noch etwas sein sollte.« Er zeigte auf eines der größeren Boote, auf denen Sarah um einiges lieber wäre als auf dieser winzigen Jolle. Aber ein Rückzieher kam auch nicht infrage.

Mika verabschiedete sich und verschwand. Sarah betrachtete wieder das winzige Boot, das immer kleiner zu werden schien, je näher der Zeitpunkt rückte, daraufzusteigen.

Neigte sie eigentlich dazu, seekrank zu werden? Sie machte einen zögerlichen Schritt in Richtung Boot, das Clive immer noch geduldig an die Kaimauer gezogen hielt. Mit einem Satz sprang sie hinein. Es schaukelte fürchterlich, doch Sarah konnte sich gerade noch am Mast festhalten.

»Das war doch schon mal nicht schlecht.« Clive lachte fröhlich. »Jetzt leg deine Tasche ab und halt dich fest, es wird gleich noch einmal ordentlich schaukeln.«

Er hatte kaum zu Ende gesprochen, als er auch schon mit einem Satz im Boot landete, so dass sie beinahe wieder das Gleichgewicht verloren hätte. Er schwankte und rempelte sie dabei kurz an, fing sich allerdings so schnell wieder, dass Sarah sich fragte, ob er das nicht mit Absicht gemacht hatte beziehungsweise eine Show abzog. Das sähe ihm ähnlich.

»Wie ist Mika eigentlich auf die Idee gekommen, dass ich ausgerechnet bei dir gut aufgehoben wäre?«, zischte sie ungnädig und ließ sich dann nahe am Mast einfach auf eine schmale Sitzbank fallen, weil das Stehen eine zu große Herausforderung war.

»Wieso nicht?«, gab Clive ungerührt zurück. »Ich segle seit meiner Jugend, und mit so einem Boot waren mein Bruder und ich sogar einmal Landesmeister. Das ist allerdings ein paar Jährchen her.« Er lachte und stupste sie vertraulich an. »Ich bin ja auch nicht mehr der Jüngste.«

Sarah schwieg genervt. Clive konnte noch so sehr um Komplimente betteln, sie würde ihm keine machen. Wer weiß, was der sich am Ende noch einbildete …

Sie legten ab, und Clive überschüttete sie mit Anweisungen, die vor Fachbegriffen nur so wimmelten. Als er erkannte, dass sie damit schon nach zwei Sätzen überfordert war, half er ihr dabei, eine Schwimmweste anzulegen, und drückte ihr ansonsten nur ein Seil in die Hand, das sie festhalten sollte. Ob das irgendwie wichtig war oder sie sich am Seil festhalten sollte, konnte sie nicht so recht erkennen, aber sie war damit zufrieden, solange er nicht allzu viel redete und sie in Ruhe ließ.

Eines musste sie ihm lassen, er wusste wirklich, was er tat. Geschickt manövrierte er die Jolle zwischen den unzähligen anderen Booten hindurch in offeneres Gewässer. Sarah versuchte herauszufinden, welche Boote zu der Studentenregatta gehörten, aber es war unmöglich, den Überblick zu behalten.

Wider Willen war sie fasziniert von dem Anblick der unzähligen weißen oder bunten Segel der Boote, die auf den Wellen tanzten, während die Möwen immer wieder kreischend über ihnen dahinsegelten.

Sarah kramte die Sonnenbrille aus der Tasche, lehnte sich zurück und atmete einmal tief durch. Vielleicht war es doch ganz gut, dass sie mitmachte, selbst wenn sie dafür Clive ertragen musste. Das Wetter war schön und schien perfekt zum Segeln, die gute und erwartungsvolle Stimmung war mitreißend.

»Wie viele von den Booten gehören denn jetzt zur Regatta?«, fragte sie Clive irgendwann, als die Neugier doch stärker wurde.

»Ungefähr vierzig plus sechs größere Segler als Begleitboote«, erklärte er und ließ ein Seil durch seine Finger gleiten. Das Segel klappte um. Sie verloren an Fahrt und dümpelten nach ein paar Metern ruhig auf der Stelle. Er nutzte die Gelegenheit, seine verspiegelte Sonnenbrille hervorzukramen.

Sarah reckte sich und tauchte ihre Finger in das eiskalte Meerwasser. »Ganz schön kalt.«

»Da hast du verdammt recht. Ich habe mich auch für ein Auslandssemester in der Toskana beworben, aber die wollten mich nicht.«

»Toskana? Wo denn? Sprichst du Italienisch?«

»Geht so.« Clive zuckte mit den Schultern. »Ich denke, dass

es gereicht hätte. Mein Schwedisch ist auch weit weg davon, perfekt zu sein.«

»Wie bitte? Du spinnst doch!« Das war ja wohl maßlos untertrieben. Clive sprach beinahe akzentfrei.

Er lachte geschmeichelt, und zu spät bemerkte Sarah, dass sie ihm doch ungewollt ein Kompliment gemacht hatte.

»Danke, aber das meinte ich durchaus ernst. Mein Vater ist Schwede, ist vor zig Jahren für die Arbeit auf einer Bohrinsel nach Schottland gekommen und dortgeblieben. Ich spreche es vielleicht gut, aber schriftlich bin ich eine Katastrophe, und sogar mit dem Lesen hapert es teilweise. Dafür hat er mir noch ein bisschen Deutsch beigebracht, allerdings eher Nonsens-Sätze wie: *Guten Tag, Sie haben hübsche Augen, mein wunderschönes Fräulein. Sind Sie schon vergeben?*« Er machte eine große Geste mit den Armen und verbeugte sich theatralisch. Sarah lachte laut auf, weil seine Betonung natürlich unglaublich albern klang. Da Clive mit seiner Zappelei das Boot jedoch zum Schaukeln brachte, wurde sie schnell wieder ernst, und auch er hielt sich rasch an der Reling fest.

»Sorry«, sagte er und hob beschwichtigend die Hand. »Das ist einer Anfängerin gegenüber nicht gerade fair. Neigst du eigentlich zu Seekrankheit?«

»Bisher nicht, aber ich war auch noch nie auf so einem Miniboot.«

»Also wenn was ist, sag Bescheid und wir brechen ab. Aber beug dich nicht zu weit über die Reling. Ansonsten pass auf, wenn das Segel rumschwenkt. Den Rest mach ich schon.«

»Wir brechen ab? Wolltest du vorhin nicht noch gewinnen?«

»Klar, aber doch nicht um jeden Preis. Und bevor du mir das Boot vollkotzt …« Er hob jovial eine Augenbraue.

Sarah schüttelte den Kopf. Clive war echt unmöglich. Wie schon bei ihrer allerersten Begegnung konnte sie sich nicht entscheiden, ob sie ihn mochte oder nervend fand. Einerseits wirkte er aufrichtig und charmant, und im nächsten Augenblick war er wieder nahe daran, die größte Nervensäge unter Gottes Sonne zu sein, dazu frech, unverschämt und vor allem nicht berechenbar.

Sarah lehnte sich zurück. Der Wind wurde stärker, und das Segel flatterte nervös hin und her, aber Clive schien alles unter Kontrolle zu haben, so dass sie gemächlich dahintrieben. Allmählich gewöhnte Sarah sich an das Schaukeln.

Nach und nach sammelten sich weitere Boote ähnlicher Größe um sie herum.

Clive zeigte auf ein paar. »Das ist ein Vaurien und das dort drüben ein Flying Dutchman. Eigentlich dürfen bei einer Regatta immer nur dieselben Bootstypen gegeneinander antreten, aber hier geht's um den Spaß, daher ist das egal.«

Sarah spähte über das glitzernde Wasser. »Flying Dutchman? Fliegender Holländer? Ich dachte, das wäre ein berühmtes riesiges Piratenschiff.«

»Es ist eine Sage um einen Kapitän, dessen Schiff verflucht ist, bis zum Jüngsten Tag zu segeln, sofern ihn niemand erlöst. Also, das ist die Version, die ich kenne, vielleicht gibt's andere.« Clives Stimme klang nachsichtig, als wäre es eine Schande, solches Allgemeinwissen nicht zu besitzen.

Sarah schwieg beleidigt, wobei ihr das wirklich ein wenig peinlich war, da sie sich jetzt dunkel an diese Geschichte mit dem Geisterschiff erinnerte. Als Kind hatte sie einmal ein weihnachtliches Theaterstück gesehen, bei dem die Liebe einer Frau den Kapitän und sein Schiff erlöst hatte. Das musste das gleiche Motiv sein.

Da hätte sie auch von selbst drauf kommen können. Clive musste sie wirklich für einfältig halten. Erst verletzte sie seinen Nationalstolz als Schotte, und jetzt fragte er sich bestimmt, unter welchem Stein sie eigentlich hervorgekrochen war und wie sie es bis nach Göteborg geschafft hatte. Gut, die Sage zum Fliegenden Holländer zu kennen war jetzt ihrer Meinung nach kein ultimativ wichtiges Detail, aber Sarah wurde das Gefühl nicht los, dass Clive sich über sie und ihre naive Art amüsierte.

Und allein hätte sie es ganz sicher nicht bis nach Göteborg geschafft. Die Idee zum Auslandsstudium war Maries Idee gewesen, die Organisation, als sie die begehrten Plätze ergattern konnten, ebenfalls.

Marie, da war sie wieder, sie ließ sich nicht aus ihren Gedanken aussperren.

Sie vermisste ihre Freundin so sehr …

»Es geht los. Festhalten!« Clive zog an ein paar Seilen, und umgehend blähte sich das Segel in den Wind. Um ein Haar hätte Sarah die untere Querlatte – sie hatte vergessen, wie man sie nannte – an den Kopf bekommen, aber sie duckte sich noch rechtzeitig.

»Am besten unten bleiben, das wird jetzt immer wieder passieren«, erklärte Clive, wobei er gegen die Windgeräusche anbrüllen musste, die sie plötzlich umgaben. Ihre kleine Jolle zirkelte gehorsam zwischen den anderen Booten herum, wobei es Sarah ein Rätsel war, wie der Schotte den Weg so genau bestimmen konnte. Sie war noch einmal beeindruckt.

Irgendwo ertönte eine Stimme aus einem Megaphon.

Sarah lauschte. »Verstehst du was?«, fragte sie Clive.

Der lachte. »Kein einziges Wort.«

Dann knallte ein Schuss über das Wasser. In einiger Entfernung flatterten Möwen mit empörtem Kreischen auf.

Sarah blieb wortwörtlich die Luft weg, als das Boot einen Satz machte und mit rasender Geschwindigkeit durch das Wasser pflügte, als würde ein unsichtbares Riesenkind es an einer Schnur hinter sich herziehen.

Clives Miene nahm einen verbissenen Ausdruck an, er beachtete sie überhaupt nicht mehr, sondern konzentrierte sich ganz auf das Segeln.

»Hey, kannst du mal kurz herkommen und halten?« Er hob eine Hand, in der er ein Seil straff gespannt hielt.

Sarah ließ den Mast nur widerwillig los, aber sie konnte Clive schlecht alles allein machen lassen. Also robbte sie auf allen vieren zu ihm, schielte dabei mit einem Auge immer zum Segel hoch.

Als das Seil hielt, nahm Clive die Sonnenbrille ab, die ganz von der Gischt beschlagen war.

»Kannst du die in meine Tasche stecken? Da ist ein Baseballcap drin, das brauch ich.«

Sarah nickte und übergab ihm das Seil. Als sie die Kappe gefunden hatte, setzte sie ihm die sofort auf den Kopf, anstatt es ihn selbst machen zu lassen.

Er blickte sie erstaunt an. »Danke!«

Sarah zwinkerte ihm zu. »Keine Ursache. Und jetzt sieh zu, dass du mir das Wellnesswochenende einfährst.«

»Aye, Ma'am, Käpt'n!«

Sie krabbelte zurück auf ihren Platz und blinzelte gegen die Sonne.

Eines musste man Clive lassen: Er schaffte es, sie zu beeindrucken.

Sarah hätte niemals erwartet, dass Segeln anstrengend wäre.

Nach einer Weile wagte sie es, Clive mit einfachen Handgriffen zu unterstützen, während die Jolle über die Wellen dahinschoss.

Schon nach kurzer Zeit schmerzten ihr Arme und Nacken von den ungewohnten Belastungen, doch klein beizugeben kam natürlich nicht infrage.

Sie befanden sich in Küstennähe am Rande der Schären, wo die Inseln weiter auseinanderlagen. Das Teilnehmerfeld hatte sich weit auseinandergezogen, und soweit Sarah das beurteilen konnte, hatten sie den größten Teil der Konkurrenten abgehängt. Lediglich vor ihnen glitt ein anderer Pirat mit zwei Seglern dahin, dem sie trotz aller Bemühungen nicht näher kamen. Das waren Robert und Sören, zwei Kommilitonen von Clive, mit denen er zusätzlich zum eigentlichen Wettkampf eine Wette um den Sieg laufen hatte. Natürlich musste er die beiden überholen.

Sie näherten sich inzwischen gefährlich der einen oder anderen Schäreninsel. Sarah wurde jedes Mal mulmig, wenn sie den ein oder anderen grauen Felsen aus dem Wasser ragen sah, doch Clive machte sich keine Sorgen.

»Solange wir dem Kurs der beiden vor uns folgen, kann nichts passieren«, hatte er gemeint.

Sarah konnte nur hoffen, dass das stimmte. Wenn sie das richtig verstanden hatte, kannte Sören auf dem Boot vor ihnen diese Gewässer von Kindesbeinen an.

Sie hatte keine Zeit, länger darüber nachzudenken. Gerade steuerten sie auf eine gefährlich enge Rinne zwischen zwei grasüberwucherten Inseln zu.

»Aufpassen!«, schrie Clive plötzlich und riss das Segel herum.

Widerwillig schwankend, änderte die Jolle ihren Kurs und

nahm sofort wieder Fahrt auf. Clive fluchte, und im selben Moment bekam Sarah auch mit, warum.

Das Segelboot vor ihnen hatte aus voller Fahrt ein Manöver vollführt und sich beinahe komplett gedreht. Jetzt sah es für Sarah so aus, als steuerten sie gegen den Wind und drifteten nach rechts ab, statt die Lücke zwischen den beiden Inseln zu durchfahren, um dann die rechts gelegene Schäreninsel auf der andern Seite zu umsegeln.

Clive hatte mit diesem Richtungswechsel nicht gerechnet und hielt weiterhin auf die – viel zu enge, wie es Sarah nun schien – Lücke zu.

»Ich komme hier nicht mehr weg, wir müssen da durch«, schrie er.

»Glaubst du, das geht?«, rief Sarah zurück.

»Für Zweifel ist es zu spät.«

Das Boot setzte irgendwo unter Wasser auf.

»Verfluchte Scheiße!« Ein hässliches Schrappen begleitete Clives Fluch, dass es Sarah eiskalt den Rücken herunterlief. Das Boot ruckte kurz, und sie waren wieder frei.

»Warum fährst du nicht langsamer?«, brüllte Sarah. Vielleicht hatten sie dann noch eine Chance, unbeschadet durch diese Enge zu kommen.

»Um noch mehr Zeit zu verlieren? Ich bin doch nicht bescheuert! Das haben Sören und Robert mit Absicht gemacht!«

»Was? Spinnst du?« Sarah richtete sich auf und starrte ihn an. »Heißt das, wir kommen durch, auch ohne unser Leben aufs Spiel zu setzen?«

»Darling, ich habe jetzt keine Zeit ... Kopf runter, Mensch, verdammt!«

Sarah zog den Kopf ein, und sie spürte den Windstoß, als das Segel um Haaresbreite über sie hinwegfegte. Wieder schrappte der hölzerne Rumpf an einem Hindernis vorbei und gab ein gequältes Kreischen von sich. Das Boot schaukelte bedrohlich.

»Clive, jetzt fahr doch langsamer! Du läufst gleich auf Grund!«

»Ach, Quatsch!«

Ein Ruck und ein Krachen war die Antwort, und sie wurden nach hinten geschleudert. Sarah stieß mit dem Kopf an die Reling, dass Sterne vor ihren Augen aufblitzten. Clive prallte gegen sie.

Sarah blieb liegen und versuchte zu verstehen, was passiert war, doch es wollte ihr nicht gelingen. Wenigstens hatte das Schaukeln aufgehört. Das Boot rührte sich nicht mehr vom Fleck.

Nacheinander bewegte sie ihre Gliedmaßen. Ihre Hüfte und das linke Handgelenk schmerzten, aber es schien nichts gebrochen zu sein, nur ein paar Prellungen und blaue Flecken. Langsam klärte sich ihr Blick. Sie hatte die Sonnenbrille beim Sturz verloren und blinzelte nun gegen die Sonne in den Himmel. Dann erst nahm sie wahr, was geschehen war. Das Segel hing schlapp am Mast und bewegte sich leicht im Wind. Ansonsten war überhaupt nichts Aufregendes zu entdecken.

Aber was war mit ihrem Begleiter?

Sie rüttelte an seiner Schulter. »Clive?«

Clive rollte von ihr weg, kam auf alle viere und kniete sich dann aufrecht hin, während er sich mit der Hand den Kopf rieb. An der Schläfe lief ein dünnes Rinnsal Blut herunter.

»Vorsicht, du blutest!«

»Auch das noch.« Er zog ein Papiertaschentuch aus seiner Hose, presste es gegen die blutende Stelle und verzog dabei schmerzhaft das Gesicht.

Sarah rappelte sich auf. »Was zur Hölle ist passiert?«, wollte sie wissen.

Clive knurrte wie ein Bullterrier. »Das fragst du auch noch? Die beiden Arschlöcher haben mich in eine Falle gelockt. Wir haben auf einer eins a Sandbank aufgesetzt! Vermutlich weiß jeder Idiot hier im Segelrevier davon! Aber mit den Ortsfremden kann man es ja machen!«

»Was machen? In die Falle gelockt?« Sarah starrte ihn fassungslos an.

Er machte eine weite Bewegung mit den Armen. »Klar! Guck dich doch um: Sören und Robert haben im letzten Moment mit so einer Patenthalse weggedreht. Und wir hängen jetzt hier fest und sind aus dem Rennen.«

»Ich kann das nicht glauben! Jetzt sind auch noch andere für deine Blödheit verantwortlich? Wärst du langsamer gewesen, dann hätten wir es vielleicht geschafft.«

»Mann, Sarah, das ist eine *Sandbank*! Ob ich da nun langsam oder schnell draufsegele, ist völlig egal!«

»Vielleicht wären wir aber wieder weggekommen.«

»Mein Gott, bist du blöd! Ist dir schon aufgefallen, dass ein Segelboot keinen Rückwärtsgang hat? Aber du kannst gerne aussteigen und uns freischieben!«

Sarah antwortete nicht und krabbelte nach vorn, um wenigstens einmal einen Blick auf das Wasser zu werfen. Sie glaubte schon, dass es einen Unterschied gemacht hätte, in welcher Geschwindigkeit sie aufgelaufen wären. Aber es war eben mehr nur ein Gefühl, das sie schlecht beweisen konnte.

Sie erkannte dunkle Schatten unter dem Wasser. »Hier sieht man deutlich Schatten unter dem Wasser. Ich gehe mal davon aus, dass du genug Ahnung vom Segeln hast, um solche Anzeichen zu interpretieren«, sagte sie vorwurfsvoll.

»Ist doch jetzt völlig egal.« Clive zog sich an der Reling hoch und setzte sich darauf.

Das Boot schaukelte ein wenig, bekam aber nicht einmal Schlagseite.

Sarah seufzte. Sie saßen ja wirklich ordentlich fest. »Ist nicht egal, wenn du wenigstens einsiehst, dass du Mist gebaut hast.«

»Ja, meinetwegen!« Er warf die Arme in die Höhe. »Vergib mir, ich habe Mist gebaut! Du weißt es natürlich besser! Du bist wohl unfehlbar, dass du dir solche Arroganz leisten kannst, was?«

»Arrogant, ich?«

»Und wie! Und das ist noch freundlich ausgedrückt, du blöde Schnepfe!«

Sarah öffnete den Mund, um etwas zu sagen, doch ihr Kopf war wie leergefegt. Noch nie hatte jemand sie als arrogant bezeichnet. »Und ... wieso?«, stammelte sie.

»Weil du dich für was Besseres hältst. Hey, was soll dein Herumgezicke? Ich wollte diese Regatta wirklich gewinnen und hatte schon einen Segelpartner. Aber dann hat Mika mich angebettelt, dich mitzunehmen, weil er weiß, dass ich auch alleine segeln kann. Ich wollte keine Anfänger dabeihaben, klar?« Clive sah sie finster an. »Ich hab mich breitschlagen lassen, weil ich dich ganz nett fand. Und jetzt hockst du hier und motzt, dass du alles besser weißt! *Da sind Schatten im Wasser*«, äffte er sie nach und schnaubte wütend. »Großartig! Dabei kannst du ein *Luv* nicht von einem *Lee* unterscheiden. Ich bin doch nicht dein Chauffeur!«

Weil ich dich ganz nett fand ... Okay, das war deutlich. Eigentlich hatte Sarah gedacht, dass er sie mehr als nett fand. Nicht dass das irgendetwas geändert hätte, sie wollte nichts von ihm. Klassischer Fall von übersteigerter Selbsteinschätzung.

Verlegen senkte sie das Kinn auf die Brust, wobei auch Wut in ihr hochkochte. »Was kann ich denn dafür, dass Mika mich dir aufzwingt?«, gab sie mit zusammengebissenen Zähnen zurück.

»Weil du ihm wichtig bist und ich eben der Beste für so eine Aufgabe bin«, erwiderte Clive in einem Tonfall, als würde er einem Kleinkind zum hundertsten Mal erklären, warum es nicht auf die heiße Herdplatte greifen durfte.

»Natürlich.« Sarah blickte wieder auf und verschränkte die Arme. »So viel zum Thema Arroganz.«

»Was ist arrogant daran, wenn's stimmt? Ich bin stolz auf das, was ich kann, na und?«

»Uns auf eine Sandbank manövrieren? Na, herzlichen Glückwunsch.«

Clive schüttelte missbilligend den Kopf und schaute sie herausfordernd an.

Sarah atmete hörbar durch. Sie sollten sich beide zusammenreißen, dieses kindische Herumgezanke führte zu nichts. Vorsichtig krabbelte sie zurück und zog sich am Mast auf die Beine. Jetzt, da sie keinem Fahrtwind mehr ausgesetzt waren, wurde es in der Sonne ziemlich warm, vor allem unter der Regenjacke.

»Und jetzt?«, fragte sie zaghaft.

»Wir sollten anrufen und uns abschleppen lassen.« Clive war vom Gesicht abzulesen, dass ihm dieser Gedanke ganz und gar nicht passte – was nur zu logisch war, denn da er ja *der Beste* war, war diese Situation doppelt peinlich.

Sarah konnte das auf einmal gut nachvollziehen. Sie war ehrgeizig, und ja, da war sogar ein wenig Arroganz im Spiel, denn sie wusste, dass sie gut war, weil sie sich selten mit halben Lösungen zufriedengab. Clive war ihr in dieser Hinsicht vermutlich ähnlicher, als sie wahrhaben wollte.

Sie blickte zum nahen Ufer der nächstgelegenen Insel. »Gibt's denn keine andere Möglichkeit, freizukommen?«

Clive deutete auf das Wasser. »Wir könnten von Bord gehen und schwimmen. Vielleicht reicht der Auftrieb dann schon, sobald unser Gewicht fehlt. Vor allem aber könnten wir versuchen, das Boot freizuziehen.«

Sarah hob fröstelnd die Schultern. »Das Wasser ist eiskalt.«

»Ich weiß. Aber eine andere Idee hab ich nicht.

Sarah legte die Stirn an den Mast und schloss die Augen. War ja mal wieder klar, dass sie in eine solch unmögliche Situation geriet.

Und jetzt?

12. Kapitel

Sarah starrte auf das nahe Ufer der Schäreninsel. Im Grunde ging sie das alles doch gar nichts an. Clive hatte sie in diese Situation wortwörtlich hineinmanövriert, und jetzt konnte er zusehen, wie sie da wieder herauskamen. Ihr musste das nicht peinlich sein, als absoluter Segel-Noob auf einer Sandbank gestrandet zu sein.

Und trotzdem. Irgendwie fand sie das Clive gegenüber unfair. Wenn sie das gesamte Geschehen noch einmal vor ihrem inneren Auge Revue passieren ließ, sah es schon ganz nach einer Falle aus, in die der ortskundige Sören den Konkurrenten absichtlich gelockt hatte.

»Könnten wir nicht eigentlich einfach auf die Flut warten?«, versuchte Sarah es dann noch mit einem Gedanken, der ihr gerade gekommen war.

»Wir haben Flut«, brummte Clive düster.

Sie erschrak, denn er stand plötzlich neben ihr. Sie hatte gar nicht bemerkt, dass er von seinem Platz aufgestanden war.

»Ach so.« Und als ob sie darauf geachtet hätte …

Clive stupste sie ungeduldig an. »Komm, lass uns schwimmen. Bitte.«

Sarah starrte auf das Wasser, dem man schon ansehen konnte, wie eisig es war. »Niemals.«

Sie schaute Clive an, der jetzt ganz dicht bei ihr stand. Um seine Nase herum zeichneten sich ein paar blasse Sommersprossen ab, die im Laufe des Sommers vermutlich deutlicher zu sehen sein würden. Er hielt die Hände halb erhoben, als wollte er sie zu einer bittenden Geste zusammenlegen, und in seinen Augen lag ein flehender Ausdruck.

Irgendwie sah er total süß aus.

Sarah legte die Hände um seine. »Ich verstehe das, aber es tut mir leid. Du kannst ja schwimmen, vielleicht reicht das schon.«

Er hob zitternd die Schultern und schüttelte dann frustriert den Kopf. »Lass uns anrufen.«

Sarah spürte die Wärme seiner Hände. Die Sonne kitzelte im Nacken, und ein paar lose Haarsträhnen strichen sanft über ihre Wangen.

Sie beugte sich vor und küsste Clive auf den Mund, ließ ihre Zunge kurz über seine Lippen gleiten. Sie waren trocken und rau, schmeckten nach Salz und Seewind.

Sie nahm den Kopf zurück. Clive öffnete den Mund und schloss ihn wieder. In seinen Augen las Sarah die Verwirrung, die sie selbst gerade empfand.

»Tut mir leid«, murmelte sie.

Er trat einen Schritt näher, unsicher, als ob er damit rechnete, dass sie ihm wie seine Segelkonkurrenten auch nur eine Falle stellen wollte. Er legte eine Hand an ihre Wange und schob ein paar lose Haarsträhnen nach hinten.

Sarah überlief eine Gänsehaut. Ihre Brustwarzen zogen sich zusammen. Was machte Schweden eigentlich mit ihr?

Sie ließ zu, dass er die Hände auf ihre Hüften legte, sie zaghaft streichelte, dann an sich zog. Ihre Lippen fanden einander, und es schmeckte wieder nach Salz.

Sarah schloss die Augen, ließ sich in seine Umarmung fallen. Ihre Zungen schlugen gegeneinander, als ihr Kuss stürmischer wurde. Clives Finger schlüpften unter den Saum ihres T-Shirts, seine Hände fühlten sich warm auf ihrer kühlen Haut an. Sanft liebkoste er ihre harten Brustwarzen und stöhnte dann leise, als könnte er immer noch nicht glauben, was gerade passierte.

Sarah konnte das ebenso wenig. Aber das war es doch, ihr neues Credo, die Dinge einfach auf sich zukommen zu lassen, für den Augenblick zu leben und nicht weiter darüber nachzudenken, was kommen mochte. Sie schielte unter den fast geschlossenen Augenlidern auf ihre Umgebung. Da war sie, bei strahlendem Sonnenschein auf einem kleinen Boot inmitten einer atemberaubenden Insellandschaft. Bei ihr ein Mann, der sich durchaus sehen lassen konnte und bei dem die Wölbung in seiner Hose bereits ahnen ließ, dass er bereit war, sich auf ein Abenteuer einzulassen. Mehr nicht.

Sarah langte nach unten und fuhr zwischen Clives Beine. Er zuckte überrascht zusammen und löste den Kuss, als sie über seine Erektion strich.

»Du weißt, was du willst, oder?«, keuchte er heiser.

Und ob er bereit war.

Sarah ließ sich auf die Knie sinken und fuhr mit den Daumen über die Rundung. Wie von selbst fanden ihre Finger die Gürtelschnalle und öffneten die Knöpfe. Sie fühlte die Wärme der Haut darunter. Sarahs Herz begann, schneller zu schlagen, als sie die Boxershorts nach unten schob.

Clive klammerte sich an den Mast und stellte sich breitbeinig hin. Er murmelte etwas, das Sarah nicht verstand, aber ihr war es egal. Sie legte beide Hände um seinen Schaft, der sich ihr sofort entgegenstreckte. Lächelnd glitt sie mit der

Zunge über die Spitze, während sie ihn mit beiden Händen sanft massierte.

Clive war komplett rasiert, seine Haut weich und warm unter ihren Fingern. Sarahs Schoß pochte, als sie sich vorstellte, wie sie sich diesen Schwanz in ihre feuchte Mitte einführt und ihn ritt, bis …

Noch nicht, noch nicht.

Sie schloss die Lippen um seine Eichel und leckte darüber. Mit einer Hand spielte sie zärtlich an seinen Hoden, während sie die andere auf und ab gleiten ließ.

Sie vernahm Clives heiseres Keuchen, und im nächsten Moment legte er eine Hand an ihren Hinterkopf und drückte dagegen. Zugleich stieß er in ihren Mund. Nicht tief, doch der Gegendruck erschreckte Sarah. Sie zuckte zurück, und sogleich verschwand die Hand.

»Sorry«, sagte Clive.

»Nein, alles okay«, erwiderte Sarah.

Sie beugte sich wieder vor und leckte über seinen Schwanz, nahm ihn tiefer auf. Die Geste hatte sie erregt, mehr als sie selbst vermutet hätte. Sie langte nach oben, fand Clives Hand und legte sie wieder an ihren Kopf. Er krallte die Finger in ihre Haare, und sie ließ ihn gewähren.

Clive begann, rhythmisch in ihren Mund zu stoßen. Sarah genoss das Gleiten an ihren Lippen, presste sie hart auf seine heiße Haut, leckte immer wieder über die zuckende Spitze. Der köstlich herbe Geschmack seiner Männlichkeit breitete sich in ihrem Mund aus. Er drang immer tiefer und nahm ihr den Atem, doch die Hand an seinem Hinterkopf ließ ihr keinen Ausweg.

Sarah öffnete die Lippen und schnappte nach Luft. Im selben Augenblick stieß Clive in sie hinein. Sie würgte, zuckte zusammen und wurde von einem Anflug von Panik überrascht. Sie riss sich los und beugte sie hustend nach vorn.

»Ich wollte … nicht …«, stammelte Clive und legte ihr die Hand auf die Schulter. Sarah schaute nach oben. Sie konnte sein Gesicht kaum erkennen, da sie gegen die Sonne blinzelte. Sein steifer nasser Schwanz ragte direkt vor ihr auf Augenhöhe. Der Anblick war überwältigend. Ihre Schamlippen zogen sich schmerzhaft zusammen, dass sie unwillkürlich aufstöhnte. Sie streckte die Hand aus, legte sie um den prallen Schaft und wichste ihn.

»Mann, Sarah …«

Lächelnd legte sie die Lippen auf die Spitze, führte sie behutsam ein und dann allmählich tiefer. Rasch hatte sie ihren Rhythmus gefunden, und als Clive zustieß, kontrollierte sie mit der Hand, wie weit er gehen durfte. Immer wieder zog sie seine Vorhaut weit zurück, lutschte die entblößte Spitze. Eigentlich dachte sie, dass es wehtun müsste, doch Clive keuchte immer lauter und hemmungsloser, klammerte sich an den Mast, um nicht umzufallen. Sein Stöhnen und der harte Schwanz zwischen ihren Lippen erregten Sarah so, wie sie es niemals für möglich gehalten hätte. Sie presste die Hand gegen ihren Venushügel, als könnte sie damit das ungeduldige Pochen und Ziehen stoppen, doch natürlich war das Gegenteil der Fall. Sie rieb sich über den Stoff ihrer Hose.

Zugleich stieß Clive wieder härter zu, drang einmal so tief, dass ihr wieder die Luft wegblieb, doch dieses Mal hatte sie damit gerechnet. Ein kleiner panischer Stoß jagte dennoch durch ihren Körper, elektrisierte ihre Brüste und ihren Schoß.

Ein winziger herber Tropfen benetzte ihren Gaumen. Clive versuchte, seinen Schwanz wegzuziehen. Sarah presste ihre Lippen um seinen Schaft, so hart sie konnte, saugte sich fest.

»Nein, lass, Jesus fucking Christ, ich kann nicht mehr …«

Sarah umfasste seine Hoden und zog sie sanft nach unten. Clive jaulte auf, und seine Erektion pulsierte zwischen ihren Lippen. Stoßweise ergoss er sich in ihren Mund. Es schmeckte scharf und ungewohnt. Sarahs Scham pochte, und beinahe wäre sie gekommen, allein von dem Geschmack seines Saftes.

Sie schloss die Augen. Es war berauschend köstlich.

Clive rührte sich nicht mehr, nur sein Schwanz zuckte noch. Sein Saft quoll in ihren Mund, bis sie auch den letzten Tropfen mit der Zunge aufgefangen und geschluckt hatte. Dann erst erlaubte sie ihm, sich zurückzuziehen.

Clive lehnte gegen den Mast und hielt die Augen geschlossen, schüttelte den Kopf, als könnte er nicht glauben, was er gerade erlebt hatte. Sarah wollte es selbst kaum glauben. Begehrlich starrte sie auf seinen feuchten Schwanz, der immer noch steif war, wenn auch nicht mehr so steil aufgerichtet.

Dann wurde ihr bewusst, dass Clive die Augen wieder geöffnet hatte und ihrem Blick gefolgt war. Sie wandte verlegen den Kopf ab und ärgerte sich sofort darüber, denn es gab wohl kaum einen Grund dazu, verlegen zu sein.

Clive ließ den Mast los und kam auf sie zu. »Darf ich mich revanchieren?«

»Ich bitte darum«, hauchte Sarah. Und in Erinnerung an die Mittsommerparty auf der Schäreninsel drehte sie ihm den Rücken zu und umarmte den Mast.

Clive schien zu begreifen, was sie von ihm erwartete, und trat an sie heran. Seine Hände schoben den BH über ihre Brüste und spielten an den harten Brustwarzen. Doch das schien ihm sehr schnell langweilig zu werden, denn schon bald glitten die Hände abwärts und öffneten ihre Hose. Sarah spürte seinen immer noch steifen Schwanz gegen ihren

Po drücken. Sie stöhnte auffordernd, als Clive sich an sie presste, an ihr rieb und seinen heißen Atem gegen ihren Nacken blies.

Er streifte ihr den Slip herunter.

»Mädchen, bist du feucht«, stöhnte Clive ihr ins Ohr. Er tauchte seine Finger in ihre Mitte, benetzte sie und rieb über ihren Kitzler.

Das war schon zu viel. Sarah schnappte nach Luft, spannte ihre Muskeln, doch eine Welle der Lust erfasste sie und riss sie mit. Sie bewegte ihr Becken, stieß gegen seine Hand und flehte stumm darum, zuzustoßen.

»Langsam, ich habe doch noch gar nicht angefangen«, knurrte Clive und rieb seinen harten Schwanz gegen ihren Po.

Zitternd lehnte Sarah gegen den Mast, irgendwie erleichtert, aber dennoch unbefriedigt. Clive strich über ihre Schamlippen, benetzte sie mit ihren Säften. Sarah drängte sich der Bewegung entgegen, wollte mehr.

Und sie sollte mehr bekommen. Eher zufällig, schien es ihr, streifte ein nasser Finger ihre Rosette, die sich sofort zusammenzog. Sarah schnappte überrascht nach Luft.

Doch dann strich ein weiterer Finger darüber, drang einmal kurz ein und war wieder verschwunden.

»Gefällt dir das?«, flüsterte Clive ihr ins Ohr.

Sarah war sich eigentlich nicht sicher, aber sie nickte.

Clive widmete sich ganz ihrem Hintern. Er rieb mit der Hand fest über ihre nackte Haut, zwickte manchmal sanft in ihre Backen und befeuchtete weiter ihr dunkles Loch. Ein paar Mal drang er ein, doch nicht lange oder tief, so dass es Sarah kaum bewusst wurde, was er tat. Nach einer Weile verstärkte er die Dehnung mit einem zweiten Finger, und auch das fand sie seltsam ungewohnt, aber angenehm. Wie von selbst begann sie leise zu stöhnen, schob sich der Berührung entgegen.

Clive zog ihre Pobacken auseinander. Wind streifte die nassen Stellen, und Sarah bekam eine Gänsehaut. Sie spannte die Muskeln um die Finger und erschauderte wohlig, als sie den Gegendruck spürte. Clive bewegte sich langsam tiefer, immer noch eher zaghaft und vorsichtig. Hatte er bereits einen dritten Finger versenkt? Sarah hätte es nicht sagen können.

Dann zog er die Finger zurück. Sarah wurde ein wenig unsicher, aber sie war neugierig genug und fühlte sich bereit. Sie atmete tief durch und schloss die Augen.

Clive war eindeutig wieder bereit. Sein steifer Schwanz rutschte zwischen ihre Pobacken. Er bewegte sich auf und ab, rieb sich an ihrem Hintern. Sarah spürte, wie er sich zwischen ihren Backen auf und ab schob, sich hart wichste. Allein der Gedanke, wie er mit seinem Schaft durch ihre Pospalte glitt, ließ sie erzittern. Sie reckte ihm ihren Hintern entgegen, wurde ungeduldig. Sie spannte ihre Muskeln an.

Clive verstand, was sie erwartete. Er zog die Backen auseinander, und seine Eichel streifte ihre Rosette, drückte dagegen. Sarah öffnete sich, so weit sie konnte, spürte, dass damit zugleich ihr Kitzler zu kribbeln begann.

Dann ging es ganz schnell. Ein Finger, dann ein zweiter, versenkte sich in ihr, dann ein kurzer scharfer Schmerz, der ihr um ein Haar alle Erregung zerstört hätte, aber dann … Clive stieß mit kurzen schnellen Stößen hinein, kniff dabei in ihre Backen oder kratzte darüber. Sarah wurde durchgeschüttelt, musste sich mit beiden Händen am Mast festhalten, um nicht das Gleichgewicht zu verlieren. Ihre Brüste schaukelten, so dass ihre Nippel hart und steif gegen ihr T-Shirt scheuerten.

Sarah presste die Augenlider so fest zusammen, dass ihr die Tränen kamen. Immer wieder erwartete sie Schmerz, der zum Glück ausblieb – trotzdem steigerte diese Nervosität ihre Lust, bis sie kurz davor war, ein zweites Mal zu kommen.

Dann hielt Clive inne. Er keuchte schwer, doch er schien irgendwie unzufrieden. Sarah reckte ihm ihren Hintern entgegen, merkte, wie er tiefer glitt, doch er reagierte nicht mit dem nächsten ersehnten Stoß. Stattdessen ließ er seine Hände über ihre Taille nach vorn wandern.

In dem Moment, wo er über ihren Venushügel strich und ihre Klitoris berührte, rammte er von hinten hart in sie.

Sarah schrie auf und explodierte. Schmerz und Lust mischten sich, rasten durch ihren Körper, verstärkten sich gegenseitig und ließen sie unkontrolliert zucken. Instinktiv versuchte sie, dem nächsten Stoß zu entkommen, doch da waren Hände, die wild über ihre Scham rieben, Finger, die zwischen ihre Schamlippen glitten. Clive kontrollierte sie von beiden Seiten. Der Schmerz löste sich auf, und der Orgasmus überrollte sie endgültig mit einer nie dagewesenen ekstatischen Wucht.

Sarah biss die Zähne zusammen, bäumte sich schluchzend auf, als eine letzte köstliche Welle durch ihren Körper brandete. Clive ließ von ihr ab, zog sich zurück. War er gekommen? Sie hätte es nicht sagen können. Ihre Beine zitterten so sehr, dass ihre Knie nachgaben und sie den Mast entlang zu Boden sank.

Atemlos starrte sie auf die Holzplanken, realisierte langsam, wo sie war und warum – und was sie gerade getan hatten.

Sie hob den Kopf, und ihr Blick klärte sich langsam. Clive stand an der Reling, wusch sich anscheinend gerade mit etwas Meerwasser und zog sich dann die Hose hoch. Dann wandte er sich zu ihr um und grinste unbeholfen.

Sarah fiel auf, dass die Landschaft sich verändert hatte, doch sie verstand nicht, wie genau und vor allem wieso. Sie befanden sich immer noch zwischen den beiden Schäreninseln, doch der Blickwinkel war ein anderer.

Das Boot drehte sich plötzlich um die eigene Achse. Eilig griff Clive nach einem Seil und zog das Segel zu sich heran.

Sarah angelte nach ihrem Rucksack, wollte nach einem Taschentuch suchen, dann begriff sie, was passiert war.

»Sind wir frei?«

»Aye, Ma'am. Wir haben uns losgefickt, wenn ich das mal so sagen darf.«

Sarah bedachte ihn mit einem finsteren Blick. »Wenn du das auch nur einer einzigen Menschenseele erzählst, vor allem mit diesem Spruch, dann drehe ich dir deinen schottischen Hals um!«

»Versteht sich von selbst.« Er zwinkerte ihr zu und gab ihr ein Zeichen, sich zu ducken, bevor das Segel herumschwang. »Vielleicht in zwanzig Jahren. Wobei du zugeben musst, dass es eine gute Geschichte ist.«

Dem konnte Sarah schlecht widersprechen. Wobei sie allein bei der Vorstellung, dass Leute, die ihr wichtig waren, davon erfuhren, rot wurde.

Immerhin musste Clive seinen Manöverfehler jetzt nicht zugeben. Sie konnten aus eigener Kraft das Ziel erreichen.

Sie hoffte nur, dass er nicht auf falsche Gedanken kam und mehr wollte. Das war nicht drin. Allerdings war sie sich ziemlich sicher, dass sie beide dieser Ansicht waren.

Sarah hockte sich gemütlich ins Boot und genoss den aufkommenden Fahrtwind. Sie spürte, dass sie mit sich selbst an einem Wendepunkt angekommen war. Sie hatte die Initiative ergriffen, sie hatte Dinge ausprobiert, sie hatte eine Menge Neues gelernt. Aber zugleich wuchs die Sehnsucht in ihr, der Wunsch nach Beständigkeit und einer festen Beziehung. Solche Abenteuer waren schön und aufregend. Ob Jess, Carl oder jetzt Clive, sie bereute nichts – allerhöchstens, dass sie sich bei Jess zu viele Hoffnungen gemacht hatte.

Es musste doch einen Mann geben, der mehr zu bieten hatte?

13. Kapitel

Immer wieder schaute Marie auf die Uhr, während sie auf dem schmalen Landungssteg eine Runde nach der anderen drehte und immer wieder ungeduldig zwischen den unzähligen kleinen Segelbooten aufs Meer hinausstarrte.

Als der Steg leicht zu schwingen begann, drehte sie sich um. Es war Mika, der auf sie zukam und sie aufmerksam musterte. »Was ist los? Keine Lust auf ein paar Würstchen und Bier?«

»Nein. Von Sarah und Clive immer noch keine Spur.« Sie starrte wieder aufs Meer hinaus.

»Es fehlen noch insgesamt vier Teams. Vermutlich haben sie sich zwischen den Schären verirrt, das passiert jedes Jahr. Aber das Meer ist ruhig, und die Leute haben alle Erfahrung im Segeln. Warum machst du dir Sorgen?«

»Weil sie doch mit unter den Führenden waren.«

»Hast du versucht anzurufen?«

»Ja. Klingelt durch, bis die Mailbox anspringt.« Marie beschattete ihre Augen mit der Hand und suchte wieder das Wasser ab.

Mika zog sein Smartphone aus der Tasche. »Immerhin heißt das, dass das Telefon intakt ist, Empfang hat und nicht auf dem Meeresboden liegt.«

»Findest du das auch noch witzig?«

»Nein, Entschuldigung. Ich habe nur aufgehört, mir Sorgen um Leute zu machen, solange mich nicht die Küstenwache oder ein Krankenhaus alarmiert. Ich bin nur der Koordinator, kein Kindergärtner. Ich habe schon erlebt, dass Teams einfach mal ein Picknick auf einer Insel einlegen oder abbrechen und nach Hause abhauen, ohne Bescheid zu geben.«

Marie nickte. »Verstehe. Aber so ist Sarah nicht.«

»Ich kann es mal bei Clive versuchen.«

»Bitte mach das.« Marie spähte zum Horizont. Täuschte sie sich, oder war da in der Ferne ein weißes Segel?

»Freizeichen. Na, mal sehen, ob er rangeht«, murmelte Mika.

»Schau mal, kommt da ein Boot?« Marie deutete auf den kleinen Punkt.

Mika folgte der Geste. »Ich glaube ja. Und der Größe und Form nach ist es ein Pirat.«

Das musste Marie so hinnehmen, für sie sahen alle diese Segelboote gleich aus.

»Hey, Clive, wo seid ihr?«, hörte sie Mika fragen.

Marie erschrak und musste den Impuls unterdrücken, sich suchend umzuschauen.

»Ja. Hey!« Mika winkte mit einer ausholenden Geste und beendete das Gespräch. Die beiden Personen auf dem Boot winkten zurück.

Marie fiel ein Stein vom Herzen. Wenig später legten sie wohlbehalten an. Mika half ihnen, die Jolle fachgerecht zu vertäuen und reichte Sarah die Hand, damit sie an Land kommen konnte.

Kaum hatte die Freundin den Steg betreten, fiel Marie ihr um den Hals. »Mensch, wo wart ihr denn? Ich habe mir langsam Sorgen gemacht, die anderen haben längst angefangen zu feiern!«

»Wir haben uns … verfahren, sozusagen.« Sarah warf Clive einen verschwörerischen Blick zu, und der nickte.

»Wir sind Sören und Robert zwischen die Schären gefolgt, und dann haben wir sie aus den Augen verloren«, fügte er hinzu.

Marie blickte in die Gesichter der beiden und war sicher, dass da noch etwas Unausgesprochenes in der Luft hing, aber sie hakte nicht nach. Wenn sie es erfahren sollte, würde Sarah ihr davon erzählen.

»Das war das letzte Mal, dass ich Sören mitmachen lasse. Dieses Spielchen hat er bereits die vergangenen beiden Jahre getrieben. Ein Glück, dass ihr nicht aufgelaufen seid.« Mika war wütend.

»Das konnten wir grade noch verhindern«, sagte Clive und grinste.

»Na, dann kommt. Ihr habt sicher Appetit. Die Party hat längst angefangen.«

Mika neigte den Kopf und schien noch etwas zu Sarah sagen zu wollen, überlegte es sich jedoch anders und lächelte sie nur an. Sie erwiderte sein Lächeln und wandte sich dann sofort an Marie.

Wir müssen reden, verriet ihre Miene unmissverständlich. Marie zog den Kopf zwischen die Schultern und nickte. Ihre Erleichterung war wie weggeblasen. Was ihr bevorstand, war mindestens genauso schlimm wie die Sorge um Sarah.

Sie hakten sich unter und blieben ein paar Schritte hinter Clive und Mika zurück.

»Wo warst du? Warum hast du dich nicht gemeldet?«, fragte Sarah sofort, kaum dass sie außer Hörweite waren.

»Ich habe mich geschämt. Sarah …« Marie gingen die Worte aus. Die ganze Zeit hatte sie gewusst, dass dieses Gespräch auf sie zukam, und doch war sie nicht in der Lage gewesen, sich angemessen darauf vorzubereiten.

Sarah drückte ihren Arm. »Musst du doch nicht. Wir waren alle drei gleichermaßen daran beteiligt. Es war ein Versehen. Die Situation hat uns überwältigt, und jetzt haben wir ein gemeinsames erotisches Abenteuer hinter uns. Es wird einfach nicht wieder passieren. Reicht das nicht?«

Marie biss sich auf die Unterlippe. Genau das war ja das Problem. Sie konnte das nicht so sehen wie Sarah. Gerade jetzt war ihre Nähe, ihr vertrauter Duft, vermischt mit dem Geruch der See, überwältigend.

Bilke hatte dieses Verlangen lindern können, sie aufgenommen und ihr über diese Sehnsucht hinweggeholfen. Vielleicht konnte aus ihnen beiden sogar mehr werden. Es fühlte sich richtig und gut an, aber Marie hatte sich innerlich noch nicht gelöst, und die Schwedin schien ein gebranntes Kind zu sein, was feste Beziehungen betraf. Sie hatten vereinbart, es vorsichtig anzugehen und alles erst einmal auf sich zukommen zu lassen.

»Marie, was ist denn?«

»Ach, Sarah!«

Sie blieb stehen und fiel ihr in die Arme. »Ich liebe dich, verstehst du?«

»Ja, also.« Sarah lachte überrascht auf und erwiderte die Umarmung. Dann stutzte sie. »Du meinst das anders, oder? Mehr als … freundschaftlich. Das war kein Versehen, was da mit Jess abgegangen ist.«

Marie nickte gegen ihre Schulter und musste gegen die Tränen ankämpfen. Ihr wurde bewusst, dass sie dabei war, Sarah komplett zu verlieren. Manche Geständnisse taten einer Freundschaft nicht gut. Aber jetzt war es zu spät.

Marie atmete ein. Es musste gesagt werden. »Ich habe die Situation ausgenutzt. Mit voller Absicht. Ich dachte, dass du vielleicht eine ähnliche Entdeckung machst, irgendwie … zu mir findest. Und wenn du jetzt nichts mehr mit mir zu tun haben möchtest, verstehe ich das.«

»Ja, aber …« Sarah schob sie ein Stück von sich und musterte sie scharf. »Wieso sollte ich? Weil du eine Chance ergriffen hast, mit mir Sex zu haben? Deswegen? Spinnst du?«

Marie zuckte mit den Schultern und schwieg. Wie sollte man das erklären, was man selbst nicht in Worte fassen konnte?

Sarah wurde ernst. »Marie, hör mir zu. Ich liebe dich auch, und ich werde dich ganz sicher nicht fallen lassen. Niemals. Du bist der wichtigste Mensch in meinem Leben. Aber …« Sie holte tief Luft und grinste. »Lass es mich so sagen. Für Sex brauche ich eine breite Brust ohne Titten und einen harten Schwanz.«

»Ups!«

»Was ist?«

»So … unverblümt hast du dich früher nicht ausgedrückt.«

Sarahs Grinsen wurde breiter. »Da siehst du, was Schweden aus mir gemacht hat. Oder gib Jess die Schuld. Das macht nichts, der hat genug verbrochen, da kommt es darauf auch nicht mehr an.«

Marie lächelte unwillkürlich. »Ich meinte nicht, dass ich das irgendwie schlimm finde.«

Sarah legte verschwörerisch den Finger an ihre Lippen. »Das ist ganz schön verrucht.« Sie wurde ernst. »Ich meine das so, wie ich es sage. Ich will deine Freundschaft auf keinen Fall verlieren. Aber mehr als das ist nicht drin. Sex verändert eine Beziehung. Ich will nicht, dass sich zwischen uns etwas ändert. Aber vor allem habe ich kein Interesse daran. Es tut mir leid.«

Marie nickte. Sie schwankte zwischen Erleichterung und Verzweiflung. Rasch drückte sie Sarah einen Kuss auf die Wange, löste sich aus ihren Armen und wandte sich ab.

Sarah versuchte nach ihr zu greifen, doch sie entwand sich. »Wo willst du hin? Was ist denn noch?«

Marie hob abwehrend die Hände. »Alles gut. Es ist alles gesagt, ich danke dir. Ich muss jetzt nur … mich … innerlich von dir verabschieden und dann als Freundin zurückkommen. Ich bin froh, dass du mich nicht fallen lässt. Aber ich muss akzeptieren, dass nicht mehr zwischen uns sein kann.«

Sarah nickte. »Ja, das musst du.«

»Okay.« Marie lächelte. »Dann gib mir diesen Abend. Ich werde gehen und mich jetzt besaufen, und morgen fangen wir wieder von vorne an.«

Sarah lachte liebevoll. »Na gut, so machen wir das. Pass auf dich auf, Marie.«

Marie lief an Clive und Mika vorbei, die sich sofort erstaunt zu Sarah umschauten.

»Was ist jetzt los? Habt ihr euch gestritten?«, rief Mika besorgt.

Rasch schloss Sarah zu den beiden Männern auf. »Nein, im Gegenteil, alles in Ordnung. Eine gute Freundschaft braucht manchmal ein bisschen Abstand.«

Ihren Mienen nach zu urteilen verstanden die beiden immer noch nichts, waren aber zu höflich, um nachzufragen.

Schweigend folgte Sarah ihnen zu einem typisch schwedischen Holzhäuschen, das in leuchtendem Knallrot mit weiß abgesetzten Fenstern einen wunderschönen Farbakzent zu der grünen Wiese mit den Sommerblumen bot. Hinter dem einstöckigen Gebäude erklang Popmusik, und der Duft von frisch gegrillten Würstchen wehte zu ihnen hinüber.

Die Wiese war voll mit schwatzenden und essenden Menschen. Nahe dem Haus auf einer hölzernen Terrasse wurde getanzt, darüber flatterten bunte Wimpel im Wind. Es herrschte eine fröhliche und ausgelassene Stimmung.

Sarah ließ sich eine Flasche Bier in die Hand drücken und stieß mit Clive auf ihre verspätete Ankunft an.

Er beugte sich zu ihr. »Hat mir gefallen mit dir. Falls dir jemals danach ist, noch einmal mit mir segeln zu gehen, dann melde dich einfach.« Sein Tonfall verriet deutlich, dass er sie damit nicht zu einer weiteren Bootstour einladen wollte.

Sarah grinste. »Ich hätte nicht gedacht, dass Segeln mir so viel Spaß machen würde«, gab sie betont unschuldig zurück. »Vielleicht mache ich doch noch einen Kurs.«

Clive runzelte verwirrt die Stirn. »Ich meinte eigentlich …«

»Schon gut.« Rasch hob Sarah einen Finger. »Völlig klar, was du meintest, hab ich verstanden.« Sie lächelte aufrichtig. »Ich glaube nicht, dass ich das Angebot annehmen werde, aber danke. Und ich meinte das durchaus ernst. Der *gesamte* Ausflug mit dir hat mir Spaß gemacht. Du hast was drauf. Ich hätte nicht gedacht, dass Segeln so anstrengend ist. Und ich meine wirklich dieses An-den-Seilen-Herumzerren und Gegen-den-Wind-Halten und all das.«

Clive nickte und lachte geschmeichelt. »Na gut. Verstanden. Auf dein Wohl!« Er stieß mit seiner Bierflasche gegen ihre. Gemeinsam tranken sie einen Schluck und gingen dann ihrer Wege.

Sarah schlenderte durch die einzelnen Gruppen und Paare, ohne jemanden zu entdecken, mit dem sie sprechen wollte, also setzte sie sich am Rande des Treibens auf eine flache Natursteinmauer, zog ein Knie ans Kinn und beobachtete die Leute.

Sie war in einer trägen, entspannten Stimmung. Die Sache mit Marie würde sicher nicht ganz so einfach werden, wie sie behauptete. Sex verändert eine Beziehung, das hatte sie auch Marie gegenüber schon gesagt. Das stimmte leider, mit dem Geschlecht hatte das weniger zu tun. Sie würden hart daran arbeiten müssen, wieder zu einer mehr oder weniger normalen Freundschaft zurückzufinden, und ob es ihnen am Ende gelang, würde die Zeit zeigen.

Sie ließ ihren Blick erneut über die versammelten Leute schweifen und entdeckte Mika. Sie winkte ihm zu und beobachtete erfreut, wie er zu ihr kam.

Er setzte sich neben sie und hob seine Bierflasche. »Prost, Sarah.«

Sie tranken, und er musterte sie kritisch. »Du siehst nicht so aus, als ob du dich glänzend amüsierst. Ist alles in Ordnung?«

»Ja, natürlich. Es gibt eine Menge, worüber ich nachdenken muss.« Sie zögerte, war nahe daran, ihm von Marie und sich zu erzählen, weil seine Gesellschaft ihr bereits so vertraut erschien. Es hatte ihr bisher immer gutgetan, mit ihm zu reden. Aber sie wusste nicht, was Marie darüber denken würde, und letzten Endes war er ein Fremder, den das alles nichts anging.

Ihr wurde bewusst, dass er sie immer noch mit seinen

dunklen Augen abwartend ansah. Offenbar hatte ihr Tonfall den Eindruck erweckt, dass sie noch mehr sagen wollte. Aber nicht jetzt, nicht heute.

»Wer hat eigentlich gewonnen?«, stieß sie das Erstbeste hervor, was ihr einfiel, um dem Gespräch eine unverfänglichere Richtung zu geben.

Sofern Mika der Themenwechsel überraschte, ließ er sich das nicht anmerken. »Hat Marie dir das nicht verraten?«

»Nein …«

»Na dann.« Mika lehnte sich ein wenig zurück und grinste breit.

»Sie etwa? Marie? Das heißt, sie wird ein Wochenende in diesem Luxushotel verbringen? Und mit wem?«

»Das ist eine gute Frage. Ich weiß es nicht.« Mika zog eine betont unschuldige Grimasse.

»Wie meinst du das? Hey, lass dir nicht alles aus der Nase ziehen.« Sarah stupste ihm spielerisch in die Seite, bis er lachte.

»Schon gut. Ich wäre der Glückliche. Da ich aber zum Organisationsteam gehöre, werde ich den Gewinn ausschlagen. Sieht ja sonst doof aus.«

»Du bist mitgesegelt? Mit Marie?« Sarah war baff. Und der erste Gedanke, der ihr durch den Kopf schoss, war, warum Mika sie nicht mit auf sein Boot genommen hatte, wenn ihm so wichtig war, dass sie mit einem guten Segelpartner unterwegs war. Warum hatte er sie nicht wenigstens gefragt? Sie wäre viel lieber mit ihm als mit Clive gesegelt.

»Das hat sich sehr kurzfristig ergeben. Eigentlich bin ich auf den großen Schiffen eingeteilt, aber Maries Partner hat uns versetzt, und bevor sie darauf verzichten musste, hab ich das Ruder übernommen. Das ist das ganze Geheimnis.« Er tat es mit einer nachlässigen Handbewegung ab und nahm einen tiefen Schluck aus seiner Bierflasche.

»Du hast ja nichts mehr zu trinken. Soll ich dir noch was bringen?«

»Danke, gerne.« Sie folge Mika mit dem Blick, als er ging und an der improvisierten Theke auf der Terrasse neben der Tanzfläche zwei neue Flaschen holte.

Sie mochte Mika wirklich gern. Er war so freundlich und zurückhaltend, das genaue Gegenteil von Clive, und dabei zuvorkommend und aufmerksam.

Sarah seufzte leise. Leider war er zu allen so. Sie hatte nicht eine einzige Sekunde den Eindruck gehabt, dass er sich irgendwie mehr für sie interessierte als für irgendeine andere. Vermutlich hatte er irgendwo eine nette Freundin sitzen und kaum einen Blick für die Damenwelt in der freien Wildbahn. Oder er war mit seinem Job und seinem Studium eine Beziehung eingegangen.

Nein, am wahrscheinlichsten war, dass er schwul war. Er hatte so sanfte Augen mit dichten Wimpern und schlanke Finger, auch seine Hüfte war ziemlich schmal wie bei einem Tänzer, dazu die langen Haare, die er heute zu einem Knoten aufgesteckt trug – das alles gab ihm einen weiblichen Touch. Sarah fand zwar, dass er kein bisschen schwul wirkte, und hatte auch in seinem Verhalten den Studenten gegenüber keine Anzeichen dafür entdeckt, aber nicht jedem Mann war auf die Stirn geschrieben, dass er auf Männer stand.

»Was schaust du mich jetzt so an?«, fragte Mika neugierig, als er ihr ein Bier reichte und sich wieder neben sie setzte.

»Ich hab nur meinen Gedanken nachgehangen.« Sarah wandte sich verlegen ab. Das würde sie ihm ganz sicher nicht auf die Nase binden. »Ich habe mich gefragt, was ich mache, wenn ich zurück in Deutschland bin. Mit dem Studium, meine ich. Ich muss dann zwei neue Schwerpunkte wählen.«

»Aha!« Mika schien enttäuscht.

»Und du?«, fragte Sarah.

»Was, und ich?«

»Was hast du nach dem Studium vor? Du musst doch bald fertig sein.«

»Ja, das stimmt. Aber ich habe keine Ahnung. Am liebsten würde ich in die USA gehen und dort ein paar Jahre arbeiten, aber dazu brauche ich ja eine Green Card und diesen ganzen Quatsch.«

»Willst du nicht zurück nach Finnland?«

Mika schnaubte belustigt. »Auf keinen Fall. Du kennst meine Heimatstadt nicht, sonst würdest du das nicht fragen.« Er ließ die Hand mit der Bierflasche sinken und starrte ins Leere.

»Also so schlimm kann es doch nicht sein«, entgegnete Sarah. »Ich habe vor zwei Jahren eine Ostseekreuzfahrt gemacht und Helsinki in ausgezeichneter Erinnerung behalten.«

»Na ja, du sprichst von ein paar Tagen als Touristin. Natürlich ist nicht alles schlecht.« Mika hob den Kopf und blinzelte in die Sonne. »Aber ich brauche Licht und Wärme. Als Kind bin ich im Winter fast wahnsinnig geworden. Von November bis Januar geht nachmittags zwischen drei und vier die Sonne unter. Und an trüben Tagen wird es gar nicht erst hell.« Sarah schloss die Augen und ließ die späte Abendsonne auf ihr Gesicht scheinen. Sie wusste, was er meinte. Sie fand die Winter in ihrer rheinischen Heimat schon düster genug.

»Aber dein Großvater ist doch von hier aus dorthin ausgewandert, oder?«

»Hab ich dir das erzählt? Und das hast du behalten?«

»Natürlich, wieso nicht?« Sarah blickte ihn verwundert an. »Nach Kotka.«

»Richtig. Das ist eine kleine Industriestadt«, erzählte Mika leise weiter. »Du bekommst alles, was du brauchst, aber nicht mehr. Mein Großvater kam zum Arbeiten dorthin. Seiner Generation ging es gut. Mein Vater ist entlassen worden, als ich fünfzehn war, und hat sich danach kaputtgesoffen.«

»Das tut mir leid«, sagte Sarah betroffen.

Mika sah sie an. »O nein, stopp! Vergiss das!« Er wedelte hektisch mit der Hand in der Luft herum. »Das ist zehn Jahre her. Wenn das nicht passiert wäre, säße ich heute nicht hier. Siehst du? Das können wir Finnen: Es ist ein herrlicher, heller schwedischer Sommertag, und ich stürze dich in tiefe Melancholie.« Er verdrehte so dramatisch die Augen, dass Sarah sofort wieder lachen musste.

Mika lächelte. »Schon besser. Jedenfalls will ich nicht dorthin zurück, und auch sonst nirgendwo in den Osten, einfach nirgendwohin, wo es im Winter nur dunkel ist. Selbst Göteborg ist in dieser Hinsicht eine Herausforderung. Diesen Winter werde ich zwei Monate in Portugal verbringen.«

»Wirklich? Wo denn?«, fragte Sarah interessiert nach. Die Atlantikküste hatte sie auch schon immer fasziniert.

»Weiß ich noch nicht. Wird sich schon was finden, was ich mir leisten kann. Ich schreibe ab September meine Masterarbeit. Ich brauche einen Tisch, ein Bett, etwas Strom und ab und zu einen Internetzugang. Das finde ich schon.« Mika zuckte mit den Schultern und trank sein Bier aus.

Sarah wollte gerade anbieten, dieses Mal neue Getränke zu holen, als zwei Studentinnen, die sie flüchtig kannte, auf sie zugelaufen kamen.

»Mika, wir müssen noch einmal raus«, rief die eine schon von Weitem. »Wir haben gerade einen Anruf von einem der fehlenden Boote bekommen. Die stecken auf einer Sandbank fest.«

»Verflixt!« Zerknirscht schielte Mika auf die Bierflasche. »Hoffentlich ist einer von den anderen noch nüchtern genug, um das Motorboot zu steuern, ich jedenfalls nicht mehr.« Er seufzte und lächelte Sarah an. »Ich fürchte, ich muss trotzdem los. Viel Spaß noch. Vielleicht sehen wir uns später noch mal.« Mit diesen Worten war er verschwunden.

Sarah schaute ihm wehmütig hinterher.

Eine Freundin schien er ja nicht zu haben, sonst hätte er doch *wir* und nicht *ich* gesagt, als er von der bevorstehenden Überwinterung in Portugal gesprochen hatte.

Also schwul, ganz bestimmt.

14. Kapitel

Marie gähnte verstohlen. Es war eigentlich viel zu früh, um wach zu sein, aber sie hatte diese Idee nun einmal gefasst und musste sie umsetzen. Um Sarahs und ihrer Freundschaft willen. Immerhin teilte Jess ihr Schicksal, wobei er entgegen Maries Erwartungen nicht darunter zu leiden schien, früh aufzustehen.

Während er ihnen das Frühstück zubereitete, ließ sie den Blick zum Küchenfenster schweifen.

Draußen hatte es zu regnen begonnen, doch hier in der Küche schaffte Jess es irgendwie, diese beschwingte Leichtigkeit eines schwedischen Sommers aufrechtzuerhalten. Gerade füllte er leise vor sich hin summend Kaffee in den Automaten. Der aromatische Geruch der gerösteten Bohnen vermischte sich mit dem von frischem Toast.

»Bin gleich so weit«, meinte Jess.

Marie gähnte ein weiteres Mal und beobachtete einen Tropfen, der an der Fensterscheibe herunterlief. Sie fragte sich, ob ihre Entscheidung klug war. Kannte sie ihre Freundin wirklich so gut, dass sie sich anmaßen konnte, welche Begleitung an diesem Wochenende die richtige war? Sie lächelte unbestimmt und kuschelte sich in das übergroße Sweatshirt, das Jess ihr überlassen hatte.

Sie würde das jetzt durchziehen. Und dann würde sie nur noch an sich selbst denken. Heute Nachmittag würde sie Bilke wiedersehen.

Marie zog ihr Smartphone aus der Tasche und betrachtete die letzte Textnachricht, die die Schwedin vor ihrem Abflug aus London vor wenigen Minuten geschickt hatte: *Freu mich auf Dich – wirklich!*, dahinter ein küssender Smiley.

Das *wirklich* war Ausdruck von Bilkes Zerrissenheit. Erst viele Tage nach ihrer ersten gemeinsamen Nacht hatte sie zugegeben, dass sie sich vom allerersten Moment an in Marie verliebt und lange gebraucht hatte, sich das einzugestehen. Zugleich war sie der festen Überzeugung, dass sie nicht fähig war, eine feste Beziehung einzugehen. Marie war sich nicht sicher, wie man das nennen sollte, was sie miteinander verband. Eine richtige Partnerschaft im klassischen Sinne war es vielleicht nicht, aber musste das denn sein?

Sie hatten sich getroffen, wieder und wieder. Bilke glaubte Marie nicht, dass es für sie okay war, wenn sie sich auf andere Frauen einließ, besonders wenn sie auf ihren vielen Reisen als Eventmanagerin anderenfalls einsame Abende in Hotels verbrachte. So simpel, so unspektakulär war die Erklärung für Bilkes abweisendes Verhalten am ersten Abend gewesen. Sie war wirklich die *einsame Wölfin*, immer auf der Jagd, rastlos und ständig von dem Wunsch beseelt, ungebunden zu bleiben, und zugleich von der Sehnsucht erfüllt, irgendwann doch bei sich anzukommen. Es war doch immer dieselbe alte Geschichte. Bilke liebte ihren Job und das Reisen, würde beides um keinen Preis aufgeben, aber warum sollte Marie das auch verlangen?

Nein, für Marie war das alles vollkommen in Ordnung so, wie es derzeit war. Sie könnte doch selbst nicht einmal die

Frage beantworten, wie es nach dem Auslandssemester bei ihr weiterging. Und zum zweiten konnte sie, wenn sie der Schwedin ihre Freiheiten auf Reisen zugestand, sich im Gegenzug ohne ein schlechtes Gewissen mit dem ein oder anderen Mann einlassen. Der Sex mit Bilke fühlte sich richtiger an, hinterließ eine tiefe Zufriedenheit, doch für immer auf einen Kerl mit einem harten Schwanz zu verzichten fiel ihr schwer. Sie wollte sich nicht festlegen, und das musste sie doch auch nicht, fand sie.

Gleich, nachdem sie Sarah im Hotel abgeliefert hatte, würde sie Bilke am Flughaben abholen. Sie würden ausgehen, einen schönen Abend in Göteborgs Nachtleben verbringen, und Marie würde bei ihr bleiben. Sie hatte für das gesamte Wochenende eingekauft, so dass sie keinen Fuß vor Bilkes Apartment setzen mussten, wenn sie es nicht wollten.

Und was danach kam? Mal sehen. Wie immer. Was sollte sie sich den Kopf über die Zukunft zerbrechen, wenn die Gegenwart so unbeschwert und heiter war?

»Hallo, bitte kommen, Erde an Marie.« Jess schnippte mit zwei Fingern vor ihrem Gesicht, und sie zuckte erschrocken zusammen. »Bist du eingeschlafen?«

»Fast. Hab nur nachgedacht.« Sie unterdrückte ein weiteres Gähnen und sammelte sich.

Jess stellte einen Teller voller mit Butter und Marmelade bestrichenen Toastecken und zwei dampfende Tassen Kaffee auf dem Tisch ab und schob eine davon Marie zu.

»Danke«, stöhnte sie und trank gierig. »In solchen Momenten wird mir wieder bewusst, warum Sarah sich in dich verknallt hat. Du vögelst nicht nur gut, du bist auch viel zu fürsorglich, um wahr zu sein.«

Lächelnd setzte er sich ihr gegenüber, schob ein Blatt Papier in die Mitte und legte ein paar Stifte daneben. »Vielleicht ist es ja das: Ich bin eben nicht perfekt.« Er wurde ernst. »So bin ich eben, das habe ich dir schon mal erklärt. Ich mache das gerne, und wenn ich weiß, dass es den Frauen gefällt, tu ich's noch lieber.«

»Und warum sagst du, dass du nicht perfekt bist? Viele würden sagen, dass der perfekte Mann so aussieht, so charmant und fürsorglich ist und trotzdem wunderbar hart sein kann.« Sie grinste, weil er die Zweideutigkeit verstanden hatte, doch er ging nicht darauf ein.

»Ich bin ja auch schon vielen Frauen begegnet, die *mir* gefallen haben«, fuhr er fort. »Ich bin noch nicht mal explizit auf Eroberungsfeldzug, das meiste ergibt sich einfach so. Aber unter all denen war noch keine, die es mir wert war, meinen derzeitigen Lebensstil aufzugeben. Entweder kommt diese Frau eines Tages in mein Leben, und dann ist es gut so. Oder es kommt eine Frau, die begreift, wie ich ticke, und für die es wirklich kein Problem ist. Aber die meisten würden mich nicht teilen wollen. Ich sitze mit dir freundschaftlich am Kaffeetisch. Glaubst du, meine Freundin würde das mitansehen, wenn ich eine hätte? Und glaubst du, ich hätte Lust, mir Eifersuchtsszenen anzuhören, weil ich in aller Herrgottsfrühe aufstehe, um meiner Mitbewohnerin Kaffee zu kochen und für sie zu zeichnen?«

Marie nickte. Sie würde das akzeptieren. Bei Bilke tat sie es, und bisher schien es zu funktionieren. »Die meisten Frauen wollen einen Mann ganz für sich, da hast du schon recht. Bei Sarah bin ich mir ganz sicher, dass sie das nicht ertragen könnte. Sie wäre eifersüchtig, ganz egal, was sie dir gegenüber behaupten würde.«

»Siehst du? Daher soll sie mit einem anderen glücklich werden, und ich helfe dir mit Freuden dabei, sie an Mr Right zu vermitteln.« Er nahm einen Bleistift und sah sie erwartungsvoll an. »Also, was soll ich zeichnen?«

Marie überlegte nicht lange.

Zwei Stunden später beobachtete Sarah freudig die typisch schwedische Landschaft, die vor dem Fenster des Taxis vorbeizog. Es war ein trüber, kühler Tag mit tief hängenden dunklen Wolken und Regen, der immer wieder in dichten Schauern über das Land trieb. Das erinnerte sie an Mika. Das war sicherlich kein Tag nach seinem Geschmack.

Sie wandte sich an Marie, die neben ihr mit ihrem Smartphone spielte, während der Taxifahrer sie über eine Straße, die mehr an einen Feldweg erinnerte, durch grüne Hügel fuhr.

»Ich kann das immer noch nicht glauben, dass du mich mitgenommen hast.«

Marie zuckte mit den Schultern. »Das war nicht meine Idee. Mika hat seinen Platz geräumt.«

»Wobei das ein Stück weit Unsinn ist, findest du nicht? Es waren einige spitzenmäßige Segler mit Ortskenntnissen dabei, und er hat ja keinen Vorteil dadurch gehabt, dass er die ganze Regatta organisiert hat. Er hätte den Preis durchaus antreten können. Ich glaube auch nicht, dass jemand etwas dagegen gesagt hätte.«

»Seine Entscheidung.«

Sarah stöhnte lautlos. Marie war kurz angebunden. Sie hatten sich ausgesprochen, ihre Freundin war in ihr Zimmer in Jess' Wohnung zurückgekehrt, doch von Normalität zwischen ihnen konnte noch keine Rede sein, obwohl sie sich beide alle Mühe gaben. Aber vermutlich hatte es keinen

Sinn, wieder darüber sprechen zu wollen. Es war alles gesagt. Den Rest würde nur die Zeit richten.

Das Taxi bog um eine weit geschwungene Kurve und gab den Blick auf eine breite Wiese frei, die am Horizont zu einer zerklüfteten Klippe abfiel. Dahinter musste ein Strand liegen, denn in der Ferne konnte man im Wolkendunst das Meer erahnen. Vor ihnen erhob sich ein herrschaftliches mehrflügeliges Gebäude mit klassischen blassgelben Holzelementen und viel Glas – eine gelungene Mischung des schwedischen Stils mit modernem Esprit.

»Romantikhotel *Hohe Düne*?«, las Sarah laut das Schild an der Straße vor. »Wieso Romantik? Was wird das?«

Marie lachte und tippte auf das Smartphone. »Keine Sorge. Das scheint eher ein Vermarktungstitel zu sein. Sie haben auch Tagungs- und Seminarräume, und laut Kundenliste liegt dort der Schwerpunkt auf Technik- und Automobilunternehmen. Na ja, und Hochzeiten.«

Der Taxifahrer hielt vor einem Eingangsportal mit gläsernem Vordach und stieg aus, um ihnen die Taschen auszuladen.

Sarah betrat eine großzügige Eingangshalle mit einem Empfangstresen, alles in warmen Gelb- und Rottönen gehalten. Lediglich einige große Topfpflanzen, von denen sie nur einen Ficus Benjamina eindeutig zuordnen konnte, setzten grüne Akzente.

Einen Moment lang fühlte Sarah sich in einen goldenen Herbsttag versetzt, der in ihr die Sehnsucht nach einem heißen Kakao und Marshmallows weckte. Sie rief sich zur Ordnung. Es wurde gerade erst Sommer! Morgen schon sollte diese Regenfront vorbeigezogen sein, und dann würde es auch wieder hell und sonnig.

Mika und sein melancholisches Gerede von Dunkelheit und Kühle hatten sie offenbar weit mehr beeindruckt, als sie gedacht hatte.

Resolut trat sie an den Tresen und wandte sich an den Concierge, der mit einem Anzug und einer zum Ambiente passenden dunkelroten Krawatte bekleidet war und sie lächelnd begrüßte.

»Herzlich willkommen bei uns!«

»Guten Morgen, mein Name ist Sarah Michalek. Für uns müsste von der Studentenorganisation für Austauschstudenten ein Zimmer reserviert sein.«

»Das ist fast richtig. Zwei Einzelzimmer. Füllen Sie bitte dieses Formular aus, während ich Ihnen Ihre Zugangskarte fertig mache.«

Sarah nickte. Natürlich waren es zwei Einzelzimmer. Hätten sie und Clive gewonnen, wären sie ja auch nicht in dieselbe Suite gezogen. Dass sie jetzt Marie begleitete, war nicht vorherzusehen gewesen.

Und vielleicht war es sogar für sie beide gut, wenn sie in getrennten Zimmern übernachteten. Früher hätte Sarah sich darüber nicht den Kopf zerbrochen, aber ihre Freundin schien immer noch nicht ganz darüber hinweg zu sein, dass aus ihnen kein Paar werden konnte.

Ja, das würde wirklich nur die Zeit richten können, nichts sonst.

Sarah füllte das Formular aus und ließ sich erklären, wo und wann es Abendessen und Frühstück gab.

»Es tut mir sehr leid, dass Sie heute so ein Pech mit dem Wetter haben«, schloss der Concierge seine Ausführungen. »Normalerweise empfehlen wir einen Strandspaziergang, um sich einen Eindruck von der großartigen Landschaft zu machen. Aber für heute würde ich Ihnen raten, unseren Wellnessbereich zu erkunden. Sie werden die gesamte Anlage mehr oder weniger für sich allein haben. Übers Wochenende sind zu dieser Jahreszeit grundsätzlich wenige Gäste hier, und dieses Mal ist es besonders ruhig.«

Sarah nickte. Was erklärte, weshalb das Hotel diesen großzügigen viertägigen Aufenthalt überhaupt gesponsert hatte. Dankend nahm sie ihre Karte in Empfang, mit der sie ihr Zimmer und den Wellnessbereich betreten konnte, als Marie endlich zu ihr kam.

»Sorry, es gab dann doch noch Gesprächsbedarf, weil dem Taxifahrer nicht gesagt worden ist, dass er über einen Gutschein abrechnen sollte. Er musste erst mit der Zentrale telefonieren. Warte nicht auf mich, ich checke ein und gehe dann erst mal aufs Zimmer.« Sie ließ ihre Reisetasche vor dem Empfangstresen fallen.

»Mir wurde die Sauna empfohlen, die würde ich tatsächlich gerne ausprobieren. Wollen wir uns dort treffen?«

»Sie finden im Schrank Ihres Zimmers einen Bademantel und ein großes Handtuch«, erklärte der Concierge.

»Gute Idee.« Marie nickte lächelnd. »Bis später, Sarah. Viel Spaß, wir sehen uns.«

Sarah stutzte und drehte sich noch einmal um, doch ihre Freundin war in das Formular vertieft und schaute nicht auf.

Das klang fast wie der Abschied ihrer Mutter, wenn sie ihre Tochter früher beim Ponyhof abgeliefert hatte und Sarah schon halb auf dem Weg in den Stall war, weil sie es nicht erwarten konnte.

Kichernd drückte Sarah den Knopf am Fahrstuhl und betrat die Kabine. Sie kam in letzter Zeit auf wirklich seltsame Gedanken und erinnerte sich an Dinge, an die sie seit Ewigkeiten nicht mehr gedacht hatte. Vielleicht lag das daran, dass sie wieder ein Stück erwachsener wurde – nein, erwachsen war sie längst. Reifer, gesetzter? Nein, das klang altbacken.

Sarah zeigte dem Spiegelbild gegenüber der Aufzugstür den Vogel. Sie sollte jetzt all diesen Quatsch aus ihrem Kopf verbannen und eine heiße Sauna genießen.

Sie betrat ihr Zimmer, eine großzügige Suite mit einem großen Himmelbett und luftigen weißen Gardinen vor den bodentiefen Fenstern. Sarah schaute hinaus und entdeckte das aufgewühlte Meer unter einem dunklen Himmel. Große schaumgekrönte Wellen brandeten gegen den Strand, an dem sich das Gras unter Wind und Regen bog. Das war wirklich kein Tag, der zu einem Strandspaziergang einlud.

Rasch packte sie ein paar Dinge aus und entdeckte dabei ein Päckchen, das jemand in ihre fertig gepackte Tasche gesteckt haben musste. Neugierig entfernte sie das Papier und hielt Massageöl in den Händen, dazu ein gefaltetes A4-Blatt. Es war eine Zeichnung, eindeutig von Jess. Drei fröhlich winkende Wikinger, ein Mann und zwei lachende Frauen, strahlten ihr entgegen. Der Mann trug den obligatorischen Helm mit zwei Hörnern und über der Schulter einen überdimensionalen Streithammer. Die beiden Frauen waren mit breiten Röcken und Miedern bekleidet, aus denen ihre Brüste hervorquollen. Sie hielten sich an den Händen. Darunter stand in seiner schönen Comicschrift:

Liebe Sarah,
Wir wünschen Dir ein wundervolles Wochenende!
Alles Liebe
Jess, auch im Namen von Marie

Sarah war verwirrt. Sie drehte das Blatt mehrmals in den Händen, aber mehr gab es nicht her. Das war nett von Jess, aber wieso im Namen von Marie? Der Wikinger sah ihrem Gastgeber ein wenig ähnlich, und eine der beiden Frauen könnte Marie darstellen. Aber wer war die dritte? Wollte ihr Vermieter ihr noch einmal deutlich machen, dass sie niemals die Einzige in seinem Leben war? Das hatte sie längst begriffen, und es war ihr wirklich von Herzen gleichgültig. Ein kurzes Intermezzo, ein wenig flatternde Verliebtheit, guter Sex, mehr war es nicht gewesen.

Sie würde Marie gleich danach fragen. Sie legte das Blatt auf den Nachttisch und flocht ihre Haare zu einem Zopf, den sie zu einem Knoten aufdrehte. Im Kleiderschrank fand sie den versprochenen flauschig weißen Bademantel und ein paar passende Slipper.

Natürlich war es nicht kalt in dem Zimmer, doch sie fröstelte, so dass sie rasch das Handtuch und ihre Zugangskarte einsteckte und der Beschilderung Richtung *Wellnessbereich* in den Keller folgte.

Vor einer wenig einladenden Stahltür, die nur durch ein Poster mit einer Lotusblüte verriet, dass Sarah richtig war, zog sie die Karte durch den passenden Schlitz und betrat einen großen Vorraum mit ein paar Spinden und Regalen. Sie entdeckte nur eine Tasche mit einer angebrochenen Wasserflasche. Das Zeug gehörte eindeutig nicht Marie, die demnach noch nicht hier war. Auch gut. Wie der Concierge gesagt hatte, würden sie den Bereich mehr oder weniger für sich haben.

Sarah öffnete eine Holztür am Ende des Raumes und wurde von der warmen feuchten Luft, die dahinter herrschte, beinahe umgeworfen. Sie betrat einen großen sechseckigen

Raum, der in der Mitte von einem riesigen Baum mit einem gewaltigen Blätterdach eingenommen wurde und um dessen Stamm eine hölzerne Sitzbank lief. Sarah konnte auf den ersten Blick nicht erkennen, ob der Baum künstlich war, seine Krone verschwand in einem Lichtschacht und einige Meter über ihr durch ein Glasdach nach draußen.

Sarah trat an eine Glastür direkt links von ihr und spähte hinaus. Sie führte in einen Innenhof, der blicksicher von einer efeuumrankten Mauer umschlossen wurde. Die Sauna befand sich demnach gar nicht im Keller, sondern auf der abfallenden Seite eines Hanges – vielleicht auch einer Düne, in die das Hotel offenbar zum Teil hineingebaut war.

Der Raum besaß außer diesen beiden Türen weitere, von denen zwei der Beschilderung nach in je eine Sauna und eine dritte in einen Ruheraum führte. Die sechste Wand öffnete sich hinter einem kurzen Sichtschutz zu einem Raum, der mit winzig blauen und grünen Mosaiksteinchen gefliest war. Dort befanden sich mehrere Duschen und ein Tauchbecken.

Sarah zögerte noch einen Moment lang, weil sie sich nicht entscheiden konnte, doch dann hängte sie den Bademantel an einen der Haken, die sie überall an den Wänden entdeckte, und duschte sich gründlich. Zwischendurch dachte sie, dass sie jemanden in dem Baum-Raum gehört hatte. Als sie jedoch nachschaute, schwang die Tür zum Innenhof gerade zu. Vermutlich war es der Besitzer der Tasche, der in eine Sauna oder den Ruheraum verschwunden sein musste.

Da Marie immer noch nicht aufgetaucht war, wollte sie nicht länger warten. Rasch trocknete sie sich ab, schlang sich das weiche Handtuch um und entschied sich für die

90-Grad-Sauna. Je heißer, desto besser, außerdem kam sie mit der trockeneren Luft besser zurecht.

Sie betrat die Sauna und schrak zurück, weil dort ein Mann lang ausgestreckt auf einer der oberen Bänke lag – wobei sie doch damit hätte rechnen müssen, wie sie sich selbst innerlich sofort zurechtwies.

Doch der Fremde schien ähnlich erschrocken, denn er zuckte sichtlich zusammen, setzte sich auf und stieß beinahe an die niedrige Holzdecke.

Sarah stutzte. Konnte das wahr sein? »Mika?«

Als Erstes fiel ihr auf, dass er die Haare offen trug. Eine zottelige Mähne umrahmte sein schmales Gesicht mit den dunklen Augen.

»Sarah, du bist schon da?«

»Was heißt hier schon? Woher wusstest du, dass ich wirklich mitkomme, nachdem du mir deinen Platz angeboten hast?«

»Wusste ich nicht. Aber jetzt stehst du da, also hast du das Angebot angenommen, so einfach.«

Sie war erleichtert, dass er sich lächelnd wieder zurücklehnte und sie nicht länger anblickte. Und sie war froh, dass sie sich das Handtuch umgeschlungen hatte. Sie drehte eine der Sanduhren um, die neben dem Eingang hingen, damit die Gäste die Zeit im Blick hatten, und suchte sich einen Platz auf gleicher Höhe und möglichst weit weg von Mika. Dabei hätte sie beinahe über sich selbst gelacht. War das zu fassen? Da hatte sie in den letzten Wochen alle erotischen Register gezogen, und jetzt war es ihr ausgerechnet in einer Sauna unangenehm, wenn ein Bekannter sie nackt sah. Und zugleich war sie selbst neugierig. Sie schielte hinüber, doch es gab nicht viel zu sehen. Mika lag ausgestreckt, einen Arm unter dem Kopf, mit geschlossenen Augen, ein Bein so angewinkelt, dass sie keine weiteren Einblicke erhielt. Er war kaum behaart, nur ein wenig heller Flaum an den Brustwarzen und um den Bauchnabel.

Sarah räkelte sich wohlig und genoss die Hitze auf ihrer Haut. Dann erst fiel ihr etwas auf.

»Mika?«

»Hm?«

»Was machst du eigentlich hier?«

»Ich genieße die Wärme an diesem schmuddelig feuchten Tag.«

Sarah hob den Kopf. Er lag weiter da und hielt die Augen geschlossen. Ein leichtes Lächeln umspielte seine Mundwinkel.

»Das meinte ich nicht.«

Er wandte den Kopf und machte grinsend eine Handbewegung, die den Schwitzraum umschloss. »Ach, komm. Kein Finne kommt um eine Sauna herum, wenn sie sich ihm in den Weg stellt.« Er schob sich eine Haarsträhne aus der Stirn.

Sarah knurrte ungehalten. »Idiot.«

Sie spürte seinen forschenden Blick, der ihren Körper entlangglitt und ein leichtes Kribbeln hinterließ, als würde er sie wirklich berühren und nicht nur anschauen. Das war nur gerecht, sie hatte das Gleiche getan. Sie fragte sich allerdings, ob ihm gefiel, was er sah, und stellte sich sofort die nächste Frage: Warum ihr das plötzlich so wichtig war.

»Hat Marie denn nichts erklärt, als du gefahren bist?«, unterbrach Mika ihre Überlegungen.

»Wieso denn, nein. Sie ist doch mitgefahren, sie müsste gleich kommen.« Mit einem Mal wurde Sarah unsicher. Ihr fiel diese merkwürdige Verabschiedung am Hotelempfang ein.

»Mitgefahren? Hierher?«

»Ja.«

»Das ist seltsam.«

Sarah stemmte sich auf die Ellbogen. Mikas ausweichendes Verhalten nervte sie langsam. »Wieso denn? Erklär mir doch einfach mal, was los ist.«

Mikas Grinsen erlosch, als hätte sie ihn geschlagen. Verlegen wich er ihrem Blick aus. »Entschuldigung. Muss dir ja komisch vorkommen. Du hast meinen Platz bekommen, und sie hat mir ihren überlassen. Falls sie jetzt noch hier ist, müsste sie ihr Zimmer selbst bezahlen.«

Sarah konnte es kaum glauben. Ja, Marie war mitgefahren, allerdings hatte sie sich noch darüber gewundert, dass die Tasche ihrer Freundin so leicht war. Hatte sie überhaupt ein Zimmer bezogen? Oder war sie ins Taxi gestiegen, kaum dass Sarah den Fahrstuhl betreten hatte, und zurückgefahren? Marie war jemand, der brachte so was fertig.

»Und warum das Ganze?«, sprach sie den nächsten Gedanken laut aus. »Damit niemand nachvollziehen kann, dass du deinen Gewinn doch angetreten hast?«

»Nein, ach, das habe ich nur so gesagt, natürlich kann ich das Wochenende in Anspruch nehmen. Es war … egal, es war eine saudumme Idee. Vergiss es!«

Sarah schwieg. Sie wollte das ganz und gar nicht vergessen. Vor allem aber wollte sie nicht mit Mika streiten. In all den Wochen, seit sie in Schweden war, war er die Konstante, ein verlässlicher Leuchtturm in all dem emotionalen Chaos gewesen. Sie hatte gar nicht gemerkt, wie wichtig er ihr geworden war und wie gut ihr seine ganze Art tat, mit ihr, mit dem Leben an sich, mit überhaupt allem umzugehen.

Sie wollte gerade ansetzen und sich entschuldigen, als Mika aufsprang, sein Handtuch von der Bank riss und hinausstürmte.

Sarah setzte sich auf. Hatte sie sich getäuscht, oder hatte er eine Erektion gehabt? Allein die Vorstellung jagte ihr trotz der Hitze eine Gänsehaut über den Rücken.

Sie stand auf und folgte Mika nach draußen. Im Baum-Raum hörte sie das Rauschen der Dusche. Leise tappte sie bis an den Sichtschutz und spähte herum. Mika stand mit dem Rücken zu ihr und ließ das Wasser auf seinen Kopf und Nacken prasseln. Sein gesamter Körper schien angespannt, Sarah konnte die Bewegung der Muskeln an seinem Hintern sehen. Und er hatte eine Erektion. Jedes Mal, wenn er sich ein wenig bewegte, erhaschte sie einen kurzen Blick, mehr eine Ahnung auf seinen fast waagerecht abstehenden Schwanz.

»Mika.«

Er fuhr mit dem Oberkörper herum, legte instinktiv eine Hand in den Schritt, um seine Blöße zu bedecken, was ihm mehr schlecht als recht gelang. Sarah leckte sich nervös über die Lippen und stellte sich vor, wie er die Hand um seinen Schaft legte und sie auf und ab bewegte …

Sie wurde rot und grinste verlegen, weil ihr bewusst wurde, dass sie ihm in die Augen schauen sollte und nicht auf den Hintern. Sie hob den Kopf.

Die Dusche wurde ausgestellt. Wassertropfen glänzten wie Perlen auf Mikas Dreadlocks, die Sarah so gern einmal berühren wollte.

Sie wusste, was sie aufs Spiel setzte. Sie wollte nicht nur Sex, sie hatte sich geschworen, dass damit Schluss sein sollte, dass sie alles vernünftig angehen und sich einen verlässlichen und liebevollen Partner suchen wollte.

Aber Mikas Anblick überwältigte sie, brachte die Stimme der Vernunft zum Verstummen. Seine nasse Haut glänzte verführerisch kühl, während sie noch erhitzt von der Sauna vor ihm stand. Diese dunklen Augen, die so unergründlich tief wie ein finnischer See waren und sie dabei stets so aufmerksam und liebenswürdig ansahen.

Dazu wuchs seine Erektion unter seiner Hand, er winkelte automatisch das Bein ein wenig an, doch es war viel zu spät, um noch etwas zu verbergen.

Sarah ließ das Handtuch fallen und trat an ihn heran.

Er beobachtete sie unter seinen dunklen Wimpern, rührte sich nicht vom Fleck, bis sie direkt vor ihm stand. Ihre Haut war so heiß, dass sie beinahe ein Zischen erwartete, als sie seinen nassen Körper berührte.

Seine Lippen öffneten sich leicht, seine Zunge fuhr nervös darüber, doch er sagte nichts.

Sarah hob die Hand, packte eine dicke Haarsträhne und ließ sie durch die Finger gleiten. Das Haar fühlte sich ganz weich an, lag nass und schwer auf ihrer Handfläche. Sie tastete die Strähne hinauf bis zum Ansatz an seiner Schläfe, fuhr mit den Fingerspitzen weiter über seine dichten Augenbrauen, an der Nase hinunter und über seine weichen Lippen. Sie würde sich auf die Zehenspitzen stellen müssen, um ihn zu küssen.

Doch Mika leckte über ihren Finger und beugte sich über ihr Gesicht. Sarah warf den Kopf in den Nacken, als sein Mund ihre Wange streifte. Er legte beide Hände auf die Schultern und zog sie an sich. Sein Schaft drückte sich hart und bereit gegen ihren Bauch. Sarah atmete erregt ein und verschluckte sich fast. Es fühlte sich anders an, irgendwie richtig. Am liebsten hätte sie Mika erst noch erklärt, dass sie mehr wollte, nicht nur eine schnelle Nummer unter der Dusche, aber sie brachte kein Wort heraus.

Er küsste sie, zupfte erst sanft an ihren Lippen und drang dann mit der Zunge hinein. Stürmisch eroberte er ihren Mund, prallte mit der Zungenspitze gegen ihren Gaumen und raubte ihr fast die Luft zum Atmen. Sie taumelte auf dem schlüpfrigen Boden, stieß gegen den Hebel, und die Dusche sprang an. Erschrocken fuhren sie auseinander wie zwei Kinder, die man beim Naschen erwischt hatte.

Dann lachten sie beide und fielen unter dem warmen Wasser übereinander her. Sie strich über seinen muskulösen Hintern und seine kräftigen Oberschenkel, ließ immer wieder kurz, beinahe scheu, ihre Finger über seinen steifen Schwanz gleiten.

Mikas weiche Hände waren überall zugleich, hinterließen brennende Male auf ihrer Haut, wenn er hart darüberrieb oder sie zwickte. Als er feststellte, dass es Sarah gefiel, wurde er sogar noch derber. Er kniff hart in ihre Brüste, zwirbelte ihre Nippel zwischen Daumen und Zeigefinger, bis sie empört aufschrie.

Wenn er sich über sie beugte, streiften seine Haarsträhnen ihren Körper und verursachten ihr eine Gänsehaut. Er löste ihren Zopf, und das Haar fiel ihr nass über den Rücken. Dann machte er die Dusche aus.

Sarah stellte sich auf die Zehenspitzen und leckte einen Tropfen von Mikas Mund. Der nächste Kuss wurde noch leidenschaftlicher, Mika biss in ihre Lippen, sog an ihnen, bis sie angenehm pochten. Gleichzeitig tauchte seine Hand tief in ihre heiße Mitte, dehnte sie und rieb über ihren Kitzler. Sarahs Atem beschleunigte sich. Sie drängte ihren Schoß der Hand entgegen, die sich nun stoßweise bewegte, versuchte die Bewegung zu verstärken, die ihr bereits ein Prickeln durch den Körper jagte.

Doch zu ihrer Enttäuschung zog Mika die Hand weg.

Ohne den Kuss zu unterbrechen, schob er beide Hände über ihren Po und weiter die Oberschenkel hinunter. Mühelos hob er sie hoch und presste ihren Körper gegen die kalten nassen Kacheln.

Sarah schlang ihm die Hände um den Nacken, um Halt zu finden. Seine Brust drückte gegen ihre weichen Hügel und schnürte ihr fast die Luft ab. Sie keuchte heftig, spürte das Wasser, das aus ihren Haaren über ihren Hals lief.

Mika hielt sie sicher in der Schwebe. Er streichelte ihren Po, zog die Backen weit auseinander. Sarah löste den Kuss, blickte herunter und konnte zwischen ihren Körpern seine Erektion sehen. Doch statt in sie einzudringen, machte er stoßartige Bewegungen, und sie spürte das Gleiten seiner heißen Haut in ihrem Schritt. Ab und zu stieß seine Eichel gegen ihren Kitzler, drängte sich dagegen und glitt ab.

Einen Moment lang war Sarah verwirrt, dann wurde ihr bewusst, dass er das mit Absicht machte. Seine Finger massierten ihre Schamlippen, zogen sie auseinander, und er glitt mit seinem Schwanz daran vorbei.

Das machte sie wahnsinnig.

Ihr gesamter Körper kam in Aufruhr. Stöhnend lehnte sie den Hinterkopf gegen die Wand, schnappte nach Luft. Mika leckte über ihren Hals, schob sie wie eine Puppe höher und legte den Mund um eine Brustwarze. Ihre Scham pulsierte erwartungsvoll, doch da war jetzt nichts mehr, kein Reiz, kein Streicheln. Seine Hände ruhten auf ihren Pobacken.

Mika saugte genüsslich an ihrer Brustwarze, bis Sarah glaubte, ihr gesamter Brustkorb würde zerspringen. Sie krampfte ihre Hände um seine Schultern, versuchte, ihn wegzuschieben. Er reagierte darauf, indem er an einem ihrer Nippel knabberte, während er mit der Zungenspitze darüberkreiste, bis kleine Stiche durch ihren Körper bis zu ihrer Mitte rasten und sie glaubte, sie würde allein davon kommen.

Plötzlich löste er sich von ihrer Brust. Mit beiden Händen war er wieder an ihren Schamlippen und zog sie auseinander.

Sarah spürte einen Widerstand, zuckte reflexartig zurück, was natürlich überhaupt nichts brachte, so fest, wie sie gegen die Wand gepresst wurde. Sanft glitt Mika in sie hinein, füllte sie vollkommen aus. Dann verharrte er.

Sarah spannte die Muskeln an, genoss seinen harten Schwanz tief in sich. Seine Finger ruhten noch immer auf ihren Schamlippen, schienen den Druck zu verstärken, ohne dass sie genau verstand, wie.

Jetzt erst bemerkte sie, wie schwer Mika atmete. Sein Brustkorb hob sich unter seinen Atemzügen, drückte sich fest an sie.

Dann spannte er die Muskeln an, zog sich ein wenig zurück. Sarah konnte sich fast gar nicht bewegen, war vollkommen eingeklemmt zwischen seinem heißen Körper und der Wand. Sie hielt sich fest und schloss die Augen. Bei ihr setzte ein wildes Pochen ein, pulsierte durch ihren Unterleib.

Mika stieß zu. Langsam und kurz. Dann noch einmal. Und ein drittes Mal.

Dann schien er sich nicht mehr beherrschen zu können. Er rammte in sie hinein, immer schneller und heftiger. Seine Finger krallten sich in ihr zartes Fleisch, zogen und dehnten es.

Sarah wurde gegen die Wand gepresst, war seinem Rhythmus hilflos ausgeliefert. Sie wollte, dass er aufhörte, seine Nähe genießen, ihm sagen, dass es nicht dabei bleiben sollte.

Sie riss die Augen auf und sah ihn an.

Und er sah sie an – er hatte sie die ganze Zeit angesehen.

Sie fühlte sich auf einmal bloßgestellt, beobachtet, wollte seinen Stößen entkommen und begann sich zu bewegen. Er stieß wieder zu, fickte sie hart und schnell, ließ seine Finger tanzen.

Keuchend atmete er ein und kam. Sarah spürte das pulsierende Pochen, als er in ihr explodierte, sein Schwanz in ihr zuckte. Ein Finger drückte von unten gegen ihre Klitoris, rieb fordernd darüber.

Das war endgültig zu viel. Sarah warf sich nach vorn und musste sich ihrem Körper ergeben. Sie schrie auf, als der Orgasmus sie mit aller Macht überrollte, bis sie nur noch ein Rauschen in ihren Ohren wahrnahm und sonst nichts mehr. Punkte flackerten vor ihren Augen. Am Rande bekam sie mit, dass Mika noch ein paar Mal in sie stieß, dieses unbeschreibliche Wohlgefühl verstärkte und sich dann zurückzog. Warme Flüssigkeit rann an ihren Innenschenkeln herab.

Mika ließ sie vorsichtig zu Boden gleiten und setzte sich neben sie, immer noch schwer atmend. Sein Haar umrahmte sein liebes Gesicht wie ein zerwühltes Vogelnest.

Er zog die Knie an, legte die Arme darauf und ließ das Kinn auf die Brust sinken, die sich immer noch bei jedem Atemzug hob.

Zaghaft berührte Sarah seinen Unterarm. »Was ist?« Ihr Herzschlag beruhigte sich nur langsam. Sie fühlte sich matt und erschöpft.

Mika biss sich auf die Unterlippe und schwieg.

Sarah wartete noch ein paar Augenblicke und erhob sich dann, als er immer noch nichts sagte. Sie hielt ihm die Hand hin. »Komm, lass uns duschen und dann etwas trinken gehen. Mein Kreislauf wird mir das sonst nicht verzeihen, und ich möchte nicht, dass du dich hier mit mir abplagen musst, weil ich in Ohnmacht gefallen bin.«

Widerwillig ergriff er ihre Hand und kam auf die Beine. »Abplagen? Du bist keine Plage, Sarah.« Er hielt inne. »Im Gegenteil.« Hastig wandte er sich ab, als hätte er bereits zu viel gesagt.

Sie duschten und hüllten sich dann in ihre Bademäntel. Mika führte sie in den Ruheraum, wo ein kleiner Tisch mit Mineralwasser, Fruchtsäften und einem Wasserkocher samt verschiedenen Teesorten sowie eine Dose mit Haferkeksen bereitstand.

Ausgehungert fiel Sarah darüber her, während Mika Wasser kochte. »Möchtest du Tee? Hier gibt's orientalische Minze.«

»Gerne.«

Sie setzten sich nebeneinander auf eine Ruheliege, jeder einen dampfenden Becher in den Händen.

Sarah musterte Mika aus den Augenwinkeln, und ihr Herz machte einen Satz. Sie mochte ihn, sogar mehr, als ihr bisher bewusst geworden war. Ängstlich wartete sie jetzt darauf, dass er ihr erklärte, dass die Nummer in der Dusche toll gewesen wäre und all das, was Männer in solchen Augenblicken sagten. Der Sex war toll und jederzeit gern wieder, aber bitte um Himmels willen keine Beziehung, blablabla.

Sarah hätte sich am liebsten selbst geohrfeigt. Vermutlich hielt er sie jetzt für ein Flittchen. Sofern es irgendeine Aussicht darauf gegeben hätte, dass Mika sie mochte, mehr als nur körperlich, hatte sie diese Chance jetzt gründlich vermasselt.

»Sarah …«, setzte Mika an und verstummte wieder. Er atmete einmal tief durch und schien dann endlich den Mut zu finden, ihr die bevorstehende Abfuhr zu erteilen. »Tut mir leid«, sagte er dann nur.

Sarah runzelte die Stirn. »Ich verstehe nicht, was tut dir leid?«

»Dass du mich … in der Dusche so gesehen hast. In der Sauna … dein Anblick war einfach zu scharf … Ich meine, so etwas gehört sich nicht, nur weil man nackt ist … Aber manchmal entgleiten einem die Dinge, geraten außer Kontrolle.«

Sarah kicherte ungewollt und erntete einen gekränkten Blick. Wie vorhin in der Dusche legte sie ihm die Hand auf den Unterarm. »Entschuldige, du bekommst ein völlig falsches Bild von mir. Das war nur sehr doppeldeutig formuliert, ein Ding, das entgleitet, sorry.« Sie presste die Lippen aufeinander, weil sie spürte, dass ihr das Lachen den Hals hinaufkroch.

Mika schob sich eine Haarsträhne hinter die Ohren und grinste verlegen. »Ich meinte das eigentlich anders.«

»Ich weiß, aber …« Sarah konnte sich nicht mehr beherrschen und begann hemmungslos zu lachen. Mit einiger Mühe stellte sie den Becher ab, während ihr schon die Tränen über die Wangen liefen.

Mika wurde von ihrem Ausbruch mitgerissen und fiel in ihr Lachen ein. Sie ließen sich auf die Liege fallen, die verdächtig krachte und schaukelte, was ihnen einen neuen Ausbruch bescherte.

Nach einer gefühlten Ewigkeit schaffte Sarah es endlich, Luft zu holen und sich zu beruhigen. Sie hatte Bauchschmerzen, und diese angenehm träge Müdigkeit erfasste sie. Mika lag neben ihr, hatte seine Verlegenheit abgelegt und betrachtete neugierig ihr Gesicht.

Sarah hob die Hand, griff nach einer Strähne und ließ sie durch die Finger gleiten. Die Faszination hatte sie noch nicht losgelassen.

Irgendwann fasste Mika den Mut, endlich auszusprechen, was ihn beschäftigte. »Es war Maries Idee, dass du und ich, wir beide, das Wochenende hier verbringen, damit wir … uns näherkommen.« Er grinste. »Vielleicht nicht direkt so nah, wie vorhin, aber …« Seine Worte verloren sich.

Sarah lächelte und zupfte an seinen Haaren, als wollte sie ihn an sich ziehen. »Ich habe nichts dagegen, wenn du mir so nahe bist.«

Er lächelte, schien aufrichtig erfreut und erleichtert. »Du bist mir vom ersten Moment an aufgefallen«, erklärte er mit leiser Stimme. »Seit dem Tag, an dem du im Büro in der Schlange gewartet hast, muss ich immer wieder an dich denken.«

Sarah glaubte, ihren Ohren nicht zu trauen. Und sie erinnerte sich daran, dass ihr als Erstes dieser dunkle weiche Tonfall aufgefallen war, der sie direkt ein wenig beruhigt und ihr die Angst vor all dem Unbekannten genommen hatte. Und dann seine Augen, dieser unglaublich unergründliche Blick.

»Wie … bitte?«, stammelte sie. »Meinst du das ernst?«

Er verzog wehmütig den Mund. »Ich habe so etwas noch nie erlebt. Was glaubst du, wie ich mich gefreut habe, als wir zusammen in dem Café an der Uni waren? Aber die Situation war ungünstig. Und danach … du warst so beschäftigt, und außerdem hast du mir sehr klar zu verstehen gegeben, dass ich nicht deinen Wünschen entspreche, also habe ich mich zurückgehalten.« Mika verstummte und senkte den Kopf, als könnte er ihrem Blick nicht standhalten. »Vielleicht bin ich auch jetzt grade wieder dabei, es zu vermasseln. Ich habe schon zu viel gesagt. Ich hätte es laufen lassen sollen.«

»Nein, jetzt warte doch mal.« Sarah schaffte es endlich, dazwischenzufahren. »Meinst du meine Aussage, dass es ein blonder Wikinger sein soll und dieses Gerede? Das sind doch nur Sprüche!«

»Das wollte ich an diesem Wochenende herausfinden. Allerdings wollte ich nicht direkt …«

»… in die Vollen gehen«, beendete Sarah grinsend seinen Satz.

Er lachte amüsiert. »Ich stecke da eben nicht drin.«

»Oh, doch, das hast du!« Sarah kicherte und spürte den nächsten Lachanfall heraufziehen. Zu schade, dass sie von diesem verrückten Gespräch später niemandem würde erzählen können.

Mika setzte an, um etwas zu sagen, doch Sarah beugte sich rasch vor und versiegelte seinen Mund mit ihren Lippen. Sie hatten genug geredet. Sie hatte verstanden, dass er sie mochte, dass Marie ihm geholfen hatte, zu arrangieren, dass er hier sein konnte. Mit ihr, wegen ihr.

Sarahs Hand wanderte unter Mikas Bademantel und weiter zwischen seine Beine. Sie streichelte über die Wölbung und spürte seine unmittelbare Reaktion.

Sie lächelte, während sich seine Lippen ebenfalls kräuselten.

Sarah war glücklich und dankte im Stillen Marie, die sie, nicht zum ersten Mal, scheinbar besser kannte als sie sich selbst.

Dank ihr hatten sie und Mika vier gemeinsame Tage, in denen sie beide herausfinden konnten, was sich daraus ergab.